張廉

插畫／Ai×Kira

風的男臣

1

妖男禍國

Kadokawa Fantastic Novels DX

凰的男臣

目錄

唰——唰——唰——唰——

我拿著掃帚在騷狐狸的雕像前掃著，日復一日，年復一年。

打掃神廟，擦拭騷狐狸的神像是巫月國巫女唯一的責任。

巫月國是這個世界唯一的女兒國，但這裡的男人並不娘，僅僅是女人當政罷了。男人成了真正的勞動力和戰鬥力，朝堂上男子也為官，但武將居多，文官較少。反之，女人文官居多，武將較少。

而我，巫心玉，是這個國家的皇族。

巫月國中的巫姓和月姓，皆是皇族，可繼承皇位。

在很小的時候，我便被祭獻給巫月國守護神狐仙大人，成為他的奴僕，負責打掃神廟。其實，我很疑惑為什麼女兒國要祭拜狐仙？想學狐媚之術？可這是女兒國，女皇執政，女人的地位自然比男人高一些，誰會自貶身價去狐媚男人？

或許，是為了美貌。古往今來狐仙是美的代表。只有狐狸精之說，從沒聽過罵小三是虎精、狼精之類的。

我抬臉看狐仙大人的雕像。

狐仙大人……真美啊～

哈哈哈。我靠在掃把上，清風陣陣揚起我臉邊的青絲。

我對我的新人生，相當的滿意！

儘管被祭獻給狐仙大人後，會失去繼承皇位的資格——至少，在別的皇族都死光前，是無法繼承的——但，這有什麼關係！

再沒有比整天看著美男子更開心的事了！

而且，狐仙大人天九君，只有我看得到～哈！哈！哈！哈！

說來也奇怪，我來到這個世界的時候，記憶並沒有完全消失，我原本生活的世界食品安全充滿了危機，我想可能也影響到了冥界。反正我喝的那碗孟婆湯品質肯定不太好，許多關於知識和工作的部分記憶還殘存一些，這也省去不少二次學習和學會怎麼做人的時間。

至於我上輩子叫什麼、是怎麼掛的，我完全不記得，但無所謂！已經開始新的人生，還去惦記上輩子的事情做什麼？

或許也因為我的特殊，我看見了狐仙大人——天九君。

還記得那天是春天時節，桃花紛飛像飄雨，落在我素淨的裙衫和長長的黑髮上。

我接受了祭獻大禮，當我準備親吻狐仙大人雕像腳背時，我看到了一隻猶如白玉般的男人腳背，皮膚通透得幾乎可以透過陽光。我愣愣看著眼前這隻腳，而身邊的人卻在催促我快點親吻，完成大典。

如玉的腳趾還在我眼前優哉游哉地輕動，像是在召喚我的嘴唇，漂亮的指甲映出了下面粉紅的肉色，在陽光下閃爍著無瑕的光輝。

我怔怔抬起臉，看到了華麗如同繁花開在華錦上的袍衫，和一個坐在狐仙雕像上俊美無瑕的狐耳男子。

細小精緻的瓜子臉，狹長的眼角有著天然的金色，宛如金色眼影，金色針瞳閃爍著迷人狐媚的流光，不厚不薄的唇帶著似有若無的狡黠淺笑和美麗的淡橘色。金色長髮隨風輕揚，縷縷金絲融入陽光，讓人無法分清那到底是他柔順的金髮，還是迷人的陽光。

他微微垂眸，目光掃過我還年幼的臉龐，發現我在看他，他也愣住了，隨後，嘴角的淺笑開始變大，變得更加迷人、更加魅惑。

他緩緩俯下身，幾乎與我鼻尖相觸，我甚至聞到了他身上好聞的迷人花香。

「我美嗎？」這……就是騷狐狸對我說的第一句話！

「美。」我老實地說。

「那怎麼還不吻我的腳背？」他忽然睨我一眼。

我被他那記白眼愣了一下，雖然美男翻白眼也很美，但是，我是欣賞你的美，不是花癡你的美！所以，我也還以白眼：「我才不會親男人的腳呢！哼！」

我拂袖轉身，嚇壞了祭祀大典上的大人們……

當然，最後，我還是成了巫女，因為，沒有其他皇族願意放棄繼承皇位的機會。而我的父親，來自於民間，也早已病死，我在朝堂裡，沒有一絲一毫的家族勢力。

靠在掃帚上，拉回絲絲回憶，在這裡服侍那隻騷狐狸已經十二個年頭，一點也不覺得悶。果然享受美，是可以打發時間的。

感受著山間的涼風，我閉上了眼睛。清涼的山風微微掀起我的髮絲和亞麻素淨的裙襬，果然夏天的山風最舒適。

呼……呼……

夏天的狐仙山雖然沒有春天的桃花如雪，沒有秋天的紅葉如蝶，也沒有冬天的白雪如絮，但是，夏天有最舒適的風。

風，是那麼的自由……還帶著大自然的氣息……

「師傅說，妳快下山了。」上方忽然傳來師兄流芳的聲音，動聽的聲音像世間最清澈的泉水。語氣裡帶著絲絲的不捨。

地上斑駁的樹影中揚起了一條粗粗的狐狸尾巴，和兩隻尖尖的狐耳。他總喜歡趴在樹上看我掃地。

「啪答。」流芳師兄躍落我的身邊，銀色的毛髮在夏天會染上一層淡淡的綠色。我現在更喜歡流芳師兄，因為他是銀色的，他可以染上大自然四季的顏色。就像此刻他的毛髮像是淺淺的銀綠色，讓人看著心曠神怡。

他大大的柔軟狐狸尾巴纏過我的腰際，軟軟的身體暖暖地貼在了我的腿邊。

「心玉，我不希望妳下山，妳下山了，就只剩我一個人了。」他寂寞地說著，蹭了蹭我的腿。

「我不會下山太久的。」

我遙看山下，我知道，我快下山了，因為，有人不得不讓我下山。

其實我在清晨已經看見前來迎接我的華麗隊伍。那條細線在山間若隱若現，緩慢行進。神廟在狐仙山最高處，狐仙山在巫月國也是最高的山，所以，雖然能看見他們的隊伍，但是要到我這裡，還需要一、兩天。

山腰會有供人休息的行宮，明天他們應該就會到了。

身邊華光閃過，人影浮現，流芳化作了人形，比我高半顆頭的個子加上那對耳朵，讓他整個人高出了十公分。整齊的銀色短髮到下頷，依然整齊的瀏海齊眉，銀瞳正閃爍著不捨的目光。

流芳還沒有修行完全，所以他的臉還是半人半狐，尖尖的狐狸鼻子微微翹起，倒也不至於讓人感覺怪異。

上身是白色短衣，寬寬的七分袖，下身是黑色的燈籠褲，這是他修行的道服。

同樣的，也只有我看得見流芳。

流芳師兄拉住了我的手，他的手也還沒有完全成人形，毛茸茸的。

「心玉，要不，我跟妳一起下去吧。」他眨著遠比師傅還清澈的眼睛，讓人不忍讓他沾染塵世。

我搖搖頭：「你在山上好好修行，我很快就會回來。你修行不知時日，一眨眼，我就回來啦。」

我可捨不得讓這麼單純的流芳師兄沾染世俗之氣。

他側著臉想了想：「妳這麼有把握？」

我揚唇而笑：「嗯，因為我已經有了人選。」

「太好了！」他高興地抱住了我：「我還以為我會一直一個人呢！」

「芳兒～～」忽然間，涼爽的風中傳來了騷狐狸懶洋洋的聲音：「玉玉是師傅的女人，豈是你能抱的？你的爪子洗乾淨了嗎～～」

流芳放開了我，嘴角帶著不悅。

「師傅真小氣。沒關係……」他隨即一笑：「等師傅升天，妳就是我的女人了。師妹放心，我不會讓妳打掃神廟累著的。」

流芳在斑駁的陽光中清澈地笑著。

我也笑了，流芳師兄就是那麼的清純。不像那隻騷狐狸，活了幾百歲還不會「說話」！把流芳師兄也給帶壞了，他還是早點登天比較好！免得在這裡禍害流芳。

「玉玉～～到我這兒來～～」空氣裡又傳來騷狐狸的聲音。

「知道了，師傅。」我把掃帚交給流芳，走向神廟。

騷狐狸，這是我心裡對狐仙大人天九君的稱呼。

其實，騷狐狸對我很好，也教會我很多東西，我是他的凡人徒弟，而另一個自然是流芳。

流芳師兄將繼承他的神位留在神廟，護佑巫月國。而各地的祭祀和人們的信奉會增加他的修為，使他的修行與日倍增。比如狐狸要修成人形大概要五百年，但是入神廟成為一方神明接受祭拜後，時間會大大縮短，可能五十年就能修成人形了。

一旦流芳師兄入神廟作為下任狐仙大人，他的修行已經受到神廟的福澤。

脫下布鞋，走在乾淨的地板上，光潔的紅銅色地板映出我素淨的裙衫，亞麻色的上衣和灰中透著藍的長裙都是麻質，很涼快、很寬鬆，也很舒服。

我靜靜地站在師傅的房前，門扉打開，他就那樣懶洋洋側躺在地板上，金髮鋪滿了光亮的地板，像是陽光染上他的長髮。

「我美嗎？」他開口還是這句話，醉人的聲音可以輕鬆俘獲任何女人的心。

我無語地看他：「師傅，有些事不必說出來，說多了，會吐。」

「噗哧。」他掩唇而笑，嫵媚地讓人想撲上去撕碎他的衣服。

他從華麗的袍衫下揚起了赤裸的腳，絲滑的袍衫隨著這個動作慢慢的揚起，而緩緩滑落至他的大腿深處。

「來～～親吻我的腳背，表達妳對我的虔誠。」

我毫不猶豫地吐出一個字：「滾！」

「哈哈哈！我的玉玉果然最可愛～～」他開心地放下腿。每天都要來這招，他已經上癮了！

我提裙進入，跪坐他的身前，把長長的髮辮輕放胸前，然後正經地注視他。

「師傅，不要在流芳師兄面前說我是你的女人！他根本不明白這句話真正的含義！」

騷狐狸揚唇睨我一眼，他已經沒有狐耳，完全化成人形了。

「妳是女的嗎？」他問。

「是。」

「妳是不是屬於我？」

「是。」

「那妳是我的女人，有錯嗎？」

「……」我一時語塞。從某個角度來看，我確實是他的女人沒錯。

「為師日後也即將升仙，流芳會代替我的位置，到時妳不就是他的女人？」

他慵懶地起身，寬大的衣領垂落一邊，露出裡面金色的內單。

「……」我再次無言以對，只能白他一眼：「天上真奇怪，怎麼收你這種騷貨！」

「噗哧！」他抿唇而笑，嫵媚地瞟了我一眼，單手支頤。「玉玉～～」

「不要這麼叫我！肉麻死了！」每次他叫我一聲玉玉，我雞皮疙瘩就會掉落一地！

「啊～～玉玉不要這麼冷淡，師傅日子不多了，師傅也好捨不得我的玉玉啊～～」

他狀似要撲過來，我抬腳伺候：「別過來！我不想被你的騷勁傳染！」

「哈哈哈——」他退回原位，和我半臂相隔，曲起右邊的膝蓋，再次支頤慵懶地看我。「玉玉，知道為師為什麼從小教妳讀書，授妳武功？」

見他說起了正經事，我也嚴肅起來，抬眸認真看他。

「是為了今天！」

不錯，今天的事，他早已看到。雖然我也不想下山，中斷兩隻美男的養成遊戲，但是，我不得不下山。因為，山下真的沒有可以繼承皇位的人選了。

巫月國二五三年，慧芝女皇繼位，那一年，巫月國出現了一位豔冠全國的美男子，名為孤煌少司，他還有一個弟弟，名為孤煌泗海。當時孤煌少司十八歲，孤煌泗海年僅十三。

孤煌家族是皇親國戚，因為孤煌少司的母親娶了一位皇族。

慧芝女皇想選孤煌少司入宮，孤煌少司卻用其口才征服了慧芝女皇，慧芝女皇沒有讓他入後宮，反而封他為巫東君，成了巫月國攝政王！

這是一件極其不可思議的事！

而且，有違祖宗禮法！

女皇猶在，也不年幼，卻多了一個攝政王！而且，還是一個男人！是一個怎樣的男人，讓慧芝女皇甘願為其違背祖宗禮法？甚至，朝堂上反對聲和贊成聲各半？只能說明一件事，就是這個孤煌少司真的很美，很會俘獲女人心！

巫月二五四年，孤煌少司成了巫月國歷史上，第一個攝政的男人！

孤煌少司的俊美讓他得到女皇芳心的同時，也得到了朝中許多女性大臣的心，從那時開始，更預示了巫月國將走向沒落，或是走向男人攝政的開始。

之後，短短三年，眾多皇族和老臣被陷害，死的死，貶的貶，逃的逃。慧芝女皇也在不久之後，重病不治身亡，孤煌少司成了真正的攝政王！

在慧芝女皇死後，接連繼位的女皇，也無一能抵擋住孤煌少司的魅力，對他言聽計從，即便一些大臣已經看出孤煌少司的野心，極力反對，也毫無作用，反遭陷害。朝堂上下，已全部是孤煌家族的人，孤煌少司已經成為真正的挾女皇以令諸侯。

可是，這些女皇命也不長，不是死於非命、意外、疾病，就是瘋癲。

現在，能繼承皇位的皇族，只剩下我——巫心玉了！

我是最後一個。

孤煌少司需要女皇，他就像是寄生在女皇身上的妖豔寄生花，不斷吸食每一任女皇的生命，讓他鮮豔綻放，最終讓他得以踏上皇權的台階。當他成為巫月國國主時，他的腳下，都是女人們的屍體！

他是男人版的妲己，是女皇身邊的武則天！

師傅算到了這一天，這甚至不需要他的神力，我自己都能算出來。而下面發生的所有事，也是師傅告訴我的。他在我上山的那天，已經算到了今天，所以，他教我文韜武略，教我識別毒藥，他說，這些我都用得到。

因為，天意不可違。這是巫月國的一次大劫，這也是我的，至於結果如何，他沒有說。

我想，他不會讓我死得很慘，因為我是他徒弟，而他，這隻騷狐狸極要面子，如果我輸了，豈不是丟他的臉？

他，絕對不允許！

「玉玉，事在人為，師傅知道妳心裡所想，但是，妳需要力量。」師傅少見地認真說道：「妳應該知道，無論師傅還是師兄，對這場天變都不可干預。」

「我明白。」我淡然地看他：「我也不希望師傅和師兄遭受天譴。」凡間的事，他們不能管，即使他們不畏天譴幫我，我也會遭受天譴，那我豈不是死得更慘？所以，他們這是為我好。

「玉玉果然善解人意～～那麼，師傅就額外再告訴妳一件事情。」

他美眸微轉，唇角揚起，總感覺不是什麼好消息。

「孤煌兄弟之所以能讓女人對他們死心塌地，是因為他們前身也是狐族～～」

「什麼？難怪！」我大吃一驚。

「你們凡人，怎能抵擋得了我們狐族的誘惑～～」他還有些得意地對我嫵媚地眨眨眼。

「你是說他們跟你一樣？」我驚訝地望向他。

「怎麼可能跟我一樣？」騷狐狸微微沉臉，語氣也陰沉起來，唇角帶出一絲不悅。「他們差太遠了～～這就是他們的前身。」

騷狐狸甩出一張畫，上面……是兩隻禿毛的狐狸！

「呃……」

我看著畫，上面兩隻狐狸像是被非專業的大媽剪了毛，這裡禿一塊，那裡禿一塊，根本不忍直視。

「師傅，你也不用小心眼成這樣吧，狐狸再醜也不可能禿毛吧！」師傅對美最在意了，他不讓流芳抱我，純粹是因為潔癖！他嫌流芳師兄毛沒褪乾淨。

「總之就是這樣～～」他隨意地扔開畫紙：「孤煌兄弟先前也是在狐仙廟裡修行，但因為抵不過凡間權力的誘惑，決定下山為人，投胎於孤煌家中。他們前身為狐，自然俊美，莫說女人，只要他們願意，男人也會舔他們腳趾～～」

就像騷狐狸動不動就抬起腳要我舔他腳趾……

我不由擰眉，這也解釋了為何下面大部分女人擋不住孤煌兄弟的美貌，只要定力不足，怎能做柳下惠？女人更是顏控，男人一旦溫柔＋顏控，基本無敵了！

你想啊，同樣是吸毒，顏控的女人對美少年和糙大叔的對待完全不同！前者是浪子回頭金不換，值得被原諒；後者直接兩個字——去死！

「玉玉，妳可知師傅為何把妳養成美人？」他伸出手，手背輕輕滑過我沒有雀斑、沒有痣，粉嫩細滑白淨的臉，又掬起我的一縷髮絲放在鼻尖輕輕嗅聞。

我很感謝他幫我美顏，當然，我底子也好。女皇家族基因好，生的都是俊男美女。因為女人大部分都是顏控，這跟男人是一樣的。男人不會娶難看的妃子入宮，女皇亦如是。這樣基因能不好嗎？

「因為師傅見不得瑕疵，師傅要我美美地伺候師傅。」

騷狐狸愛美，所以身邊所有的東西都要美美的，包括我和流芳師兄。流芳師兄的毛髮必須順滑、有光澤，整齊、帶有香味！不能有沙子，更別說是跳蚤了！

「此乃其一。」師傅繼續把玩我的髮絲：「其二是我的玉玉要做女皇了，我的徒弟怎能比別的女人醜？」

他突然認真起來了！這隻騷狐狸，果然在美的問題上格外計較！

「我要讓我的玉玉成為巫月國歷史上最美的女皇！」

「謝謝。」我除了說謝謝，無力吐槽他對美的高要求。

「當然，我的玉玉也會讓人過目即忘。」他纖長的手指在我的墨髮間打轉。

「師傅，你這是在說我是路人嗎？」

他抿唇嫵媚地笑了。

「不，是耐看。只有看一眼忘記，才會想看第二次、第三次，我要讓我的玉玉，進入別人心底！」

他的眸光忽然銳利起來，像是別人不記住我，他就要把別人給天打雷劈了似的！

師傅，真心的凶殘！在美這件事上，他簡直已經到了喪心病狂的地步！簡直是偏執的變態！

「那麼……現在……」

騷狐狸忽然朝我俯來，隨著他的靠近，我的後背開始僵直。他嫵媚地瞇起細細長長的狐狸眼睛。

「師傅要在妳下山前，教妳最後一課……」

他逼近的臉幾乎到了我的臉邊。我戒備地後仰看他，心跳開始在他魅惑的眼神中加速。

「騷狐狸，你想做什麼？勾引徒弟，不、不好吧……」

「呼……」一口溫熱的氣輕輕地吹過我的頸項，瞬間，渾身產生一種特殊的輕盈，他的狐狸臉也變得模糊起來，空氣中只聽見他醉啞的聲音：「我就是要勾引妳……」

我的心跳開始在他醉人的話中加速，這騷狐狸今天發什麼騷？

「從看到妳的第一眼，師傅就知道妳不是個普通的孩子……」

他一隻手輕輕落在我的肩膀上，貼著我的耳垂如同情人間的呢喃。

「妳帶著前世的記憶……是不是？我的玉玉？」

我立刻側開臉深呼吸，騷狐狸認真發起騷來，魅力真的……擋不住啊！

我的節操要碎了，我要守不住了～～我感覺我的理智正在崩潰，整個世界到處都在爆炸，迸射著火熱岩漿！

「我悉心養育的玉玉、我精心打造的玉玉，現在……終於長成了完美的女人，不能……毀在別的男人手裡！」

忽然狠辣的語氣，讓人不寒而慄，宛如不容任何人忤逆他的神旨。他一口咬住了我的頸項，軟舌舔過包含的所有區域，瞬間，我全身的力量融化了，我靠在了他柔軟的金髮之間。

真的要……淪陷了……

「我的玉玉要做女皇了～～怎麼能讓那兩隻妖狐碰？」

他輕輕放開我的頸項，緩緩舔過我的耳垂，電流從那裡而來，我用僅存的理智抓緊了他的衣領。

「師傅……你這是想讓我給你開苞嗎？」

「哼～～」他在我耳邊醉醉地笑了，貼到我的耳邊輕語：「師傅是在教妳……怎麼抵擋男人的誘惑……」

去死吧！老狐狸！都要升仙了，還想著這種事！

這樣真的好嗎？老傢伙不怕遭受天譴嗎？

「玉玉喜不喜歡師傅？」

「不喜歡！」

「不喜歡還抓著師傅？」

我錯了。我立刻放開他的衣領，卻被他緊緊地握住了手。

「玉玉……幫師傅寬衣好嗎？」

「不好！」

「嗯～～不乖，師傅要懲罰妳哦～～」忽然，一口熱氣又吹過我的頸項，酥癢的感覺像是有人用羽毛輕輕撫過，我覺得自己真的要撐不住了！

這樣的考驗，實在太磨人！當他的唇包裹我的耳垂時，我一陣眩暈。身上突然壓下一股重量，我躺在了地板上，面前，是師傅俊美無瑕的臉龐。

「玉玉……妳服侍師傅那麼久，這是師傅的謝禮，妳可要接受哦～～師傅要讓妳對所有的妖男免疫～～」

當他的話音結束時，他的唇也隨即而下，那行雲流水的溫柔動作，讓人漸漸迷失在他纖長的手指之中……

我瞪大了眼睛，眼前只有他那滿頭的金色，總覺得哪裡不對勁，卻又覺得一切是那麼的順理成章。

他是天九君，是高高在上的狐仙大人，他的美，無人能及。

凡人無法知道他有多麼美，外面的雕像也僅僅是凡人自己的想像，殊不知，狐仙大人遠遠美過那雕像千倍百倍。

我從小和他一起打掃整個神廟，照顧他的飲食起居，每天看著他、對著他，為他梳理長髮，為他穿上衣衫，為他做飯疊被。

師傅說，我的眼裡、我的心裡，只能有他。

每一天，他都會問我：「我美嗎？」

我都會答：「你很美。」

我們……

真的……一直在一起……

我們一起在廊下賞月，一起在亭中撫琴，一起在水台對弈，一起在竹林品茗，我真的，喜歡他……

夏日他會為我引來涼風，冬夜為我溫暖錦被，為我將春雨化作彩蝶，為我將秋風化作落櫻。

只要……

我一句話……

我知道，他寵我……

我喜歡他，但，不能愛。

他就像美人魚的夢幻氣泡，一觸即逝。因為，他要升仙。我終將失去他……

面前雲霧繚繞的世界裡，他穿上了潔白的仙袍，手執仙牌，渾身仙氣繚繞。從認識他到現在，從來沒見他穿得那麼純潔。那個時刻到了嗎？

他靜靜站在我的面前，久久地凝視我。第一次，他的臉上沒有了狐媚的神情，沒有了那若有似無的狡黠微笑，只有深深的不捨。

我有點生氣地看他，想哭，但不能哭，因為我知道，他愛我。

「你這樣吃了就走，不怕遭天劫嗎？」

他緩緩伸出手，疼惜地撫上我的臉龐。

「玉玉，妳是我的情劫，情劫未了，我不能升仙。愛過，放下，是為渡情劫；愛過，放不下，必遭天譴。玉玉，我會連累妳。今日，謝謝妳，為我了情劫，助我升仙。」

「那我的情劫呢？」我心臟揪痛地看著他，呼吸也開始顫抖。他愛過，他放下了，他可以升仙。可是我呢？我又豈是說放就能放下的！

他目露愧疚：「玉玉，妳知道，我們沒有結果，妳一直知道，所以不能愛我，不是嗎？」

我側開了臉，這個問題，我不願去想，不愛，才不痛。但是，我沒想到，深深的喜歡，還是會痛。

「妳的痛，我心知，因為，我比妳更痛……」

他的聲音，也有點哽咽了，我知道，他也一直隱忍，他也同樣不能愛我。他不是怕自己遭天劫，而是怕我。我只是一介凡人，他不敢置我於險境。

「我知道自己虧欠了妳，我留妳體內的仙氣可讓妳百毒不侵，無病無痛，續命三條。玉玉，妳有三條命了……」

我一愣，再次望向他。他察覺我的目光，終於再次揚起了唇角，露出那狡黠的微笑，嫵媚地俯身靠在了我的肩膀上。

「嗯……我的玉玉不愛我，好傷心啊……」

「滾！有多遠就滾多遠！」好吧，看在他那麼美，又給我三條命，我決定原諒他用我渡情劫的事！極品老處男，還是個神仙！我不虧！

「啊～～玉玉還是那麼冷淡～～人家可是妳第一個男人呢～～」

「快滾！別讓我再看見你！」

「果然還是我的玉玉有女皇的霸氣。」他在我的臉頰上輕輕落下一吻，退後一步，神情再次變得黯淡：「那……我真的走了。」

我轉過身，閉上了眼睛。一夜夫妻對我、對他來說，都是一種了結，也讓我們彼此沒有遺憾。再沒有比讓他升仙更重要的事。

「玉玉，師傅不僅僅是寵愛妳，而是作為一個男人，真的愛著妳。希望妳理解我唯有升仙，才更能好好地守護妳。」他焦灼地看著我，眼神中看得出怕我誤解他。

師傅的仙袍在空曠的世界中輕輕飛揚，看著他眼裡的痛，我的心也悄悄地落淚。

我知道，如果他在人間跟我在一起，我們迎來的，只有天劫！我不能毀了他的千年道行，他也不想讓我萬劫不復。生活明明可以好好的，為什麼我們要自找罪受？而他現在上天了，正如他所說，他反而更能好好地守護我。天上一日，人間一年，沒准他能趁天帝打瞌睡，下來看看我呢！

與其跟他在人間受天劫，愛得死去活來，為何不多一個神仙情人？

「等妳壽終正寢，我會來接妳……」他忽然說。

我立刻轉身背對他：「不要咒我死！我要在人間多娶幾個男人氣死你！」

我對他放出狠話。我不是開玩笑，至少，我不會讓自己活得苦情，我會替自己找一個愛人，好好愛給他看，活活氣死他！

「噗哧，果然還是我的玉玉最可愛～～那我就在天上等著妳氣我哦～～妳的情劫在巫月後宮，小心哦～～」他忽然到我身後對著我的後頸吹了一口氣。

「滾——」我大吼著猛然睜開眼睛，淚水卻在那一刻從眼角滑落，面前是夜色朦朧的安靜房間，師傅，走了……

我和他的感情就像是無疾而終的初戀，讓人心酸、心痛和心寒。

我坐起來，撫上額頭，涼被從身上滑落，露出了赤裸的肩膀，有些涼意，月光之下，我看到了淡淡的粉紅色痕跡。

他就這麼拍拍屁股走了，留下還有點風中凌亂的我……

這是一個句點，也是我人生另一頁的開始。

從此我和天九君天人相隔，仙凡有別。往好處想，我有了一個比皇帝還要拉風的靠山！我想我這輩子肯定死不了！

「心玉！」流芳浮現在我的身旁，驚訝地撫上我赤裸裸的手臂和上面的紅痕，毛茸茸的手感覺癢癢的。「妳和師傅？」

「別問！什麼都別問！」我用力捂住臉，不想讓他看到我哭泣和尷尬的表情。「現在……我只想安靜一會兒……是我沒把持住，是我……沒用……」

「心玉……這不怪妳，師傅的功力，沒人可以抵禦的。師傅怎麼可以誘惑妳！明明都要升仙了！我去找他！」

他有些生氣地要走，我用一隻手繼續捂住臉，另一隻手抓住了他的衣袖。

「你找他有用嗎？」

他頓住了身子。

我努力平靜了一下，抬頭看向他。他愣愣地盯著我，銀色的狐耳因為生氣而高高豎起，絲絲短髮在夜風中又染上了月的光華。

皎潔的月光照亮了整個地板，如同晶瑩剔透的鏡面，反射出一層朦朧的銀光。

流芳咬了咬唇，埋下臉，短髮下露出的脖頸變得通紅。

「好好修練，然後上天替我……」

「揍他！」他大睜銀瞳，擰緊了毛絨絨的爪子。

我搖搖頭：「替我上他！」

流芳驚詫地雙眸圓睜，呆滯片刻後滿臉通紅地露出歉意。

「對不起，這個……我做不到……師傅是公的……我還是替妳揍他好了……」

他的臉真的紅透了，以致於臉上還未褪盡的銀色絨毛染上了粉紅色。

「噗哧。」我忍不住笑了，謝謝他，讓我笑了，掃去了心中那份複雜糾結的痛。

我有些疲倦地靠上流芳的胸膛，聽到裡面立刻加快的心跳。

「師兄，我將成為女皇，擁有後宮三千，更有善於俘獲女人心的攝政王虎視眈眈。我即位女皇，就要擔起復興巫月，剷除妖男的責任，所以，師傅是在幫我，我想，現在我真的對美男免疫了……」

「那……心玉，待我修成人形，妳能不能……能不能……」他變得吞吞吐吐起來。

「能不能什麼？」我閉上了眼睛。

「能不能……和我……在一起？」他伸出毛茸茸的手，抱住了我的身體，在他的圈抱中，我感覺到了溫暖和舒心。

「流芳，我會很快回來的。我說過，我已有人選，我會扶她上位，讓她治理巫月，快則半年，慢則一年半載，你閉關修練，出關就能看到我了。我喜歡神廟，喜歡這裡，我會回來的……」

因為，我喜歡師傅，在這裡說話，他能聽見；也喜歡流芳，他是我唯一的家人。神廟才能讓我感覺到家的溫暖。

「謝謝！謝謝妳心玉！」他高興地更加抱緊我：「心玉，明天妳就要走了，我現在能陪著妳嗎？」

「好……」我已經……不想……離開流芳柔軟的身體了。他似乎已經變回狐狸的形態，我靠在他身上，感覺很舒服。他的毛髮絲滑柔順，讓人愛不釋手。

流芳比我晚一年來到神殿，他來的時候，是十三歲左右的模樣，是狐族的族長送來的。流芳是師傅選中的繼承者，因為師傅看出他有成為美男的潛質。看，師傅就是那麼的膚淺！幸好他早早升天了，不然真擔心他會帶壞流芳。

然後，我跟流芳一直在一起，我們像是青梅竹馬的小夥伴，他常常馱著我四處奔跑，那段日子很快樂。

失去了師傅，我還有流芳，真好……

按照師傅的說法，我現在是流芳的女人了，呵呵，感覺真有點彆扭。

✥ ✥ ✥

第二天，身上的痕跡已經褪盡，我想可能是因為師傅留給我仙氣的原因，我的身體必會發生一些我不知道的微妙變化。

我開始把對師傅這份美好夢幻的感情深埋心底，他是我的初戀，也是我情感的開始，我會找到一個彼此相愛的男人，談一場真實的戀情。

我再次穿上素淨的長裙，開始新一天的打掃。

流芳化作銀狐走在我的身邊，還是喜歡貼在我的腿邊。

「妳今天要走了，為什麼還要打掃？」

「因為今天是你做狐仙大人的第一天，讓我服侍你。」我甜甜而笑，師兄終於做狐仙大人了，真好。師兄那麼純真，一定會比師傅做得更好！

他揚起銀色的狐臉，呆呆地看著我。

「請問狐仙大人，有何吩咐？」

他眨了眨大大的銀瞳，像是咽了口口水，慢慢地，抬起前足，側開小小的狐狸臉，諾諾地說：

「吻……我的腳背……咳。」

他說得很心虛，看著好可愛。

我蹲下身，執起他的小肉爪，落下一吻。

陽光忽然明麗起來，透亮的地板照出他驚訝的臉和僵硬的身形，我看著手裡的毛爪子，已經化作他的手。

我鬱悶地看向瞪大銀瞳的他，他那張半狐半人的臉此刻充滿了震驚。

「為什麼突然變成人形？」我有些不悅。親寵物和親人感覺是不一樣的！

「為什麼會吻我？心玉妳從未親吻過師傅的腳。」

「因為他是人！我巫心玉怎麼可能去親吻一個男人的腳？」我放下他的手，看在是手的分上，不跟他計較了。

「可妳……吻我了。」他握住被我親吻過的毛爪，狐耳的內側紅得滴血。

「因為那時你是狐狸，又萌又可愛。你是不會明白女孩對萌物是毫無抵抗力的！」我戳上他的額頭。

他摸了摸被我戳的地方，側開臉，嘴角忽然揚起一個壞壞的弧度。

「師傅如果知道了，一定會恨死我，哈哈！」他開心地跳起來，指著天：「師傅！你看見了嗎？心玉吻了我的腳，哈哈哈——」

「流芳你這個笨蛋！」

我站起身，笑看他，他在陽光下扠腰笑得一臉燦爛，絲毫不介意我說他是笨蛋。

我手執掃帚，也看向高高的雲天，那個人這時一定氣死了吧。

「鈴——鈴——」清澈的鈴鐺響起，打破了此刻的寧靜，流芳盯視著我，銀瞳中充滿了不捨。

我們是青梅竹馬，一起長大，一起接受師傅的教導，當然，他學得更多，因為他要繼承狐仙大人之位。

他低下頭，寬大的衣袖在風中鼓動，毛茸茸的手爪緊緊握在了一起。我知道，他不希望我離開，即使是一天、一時、一刻，這麼大的狐仙山，我走了，只剩他一人，怎能不寂寞？

「我走了。」我伸手緊緊抱住他，在他額頭重重落下一吻，深吸一口氣，轉身跑離。流芳是我的兄弟，在狐族裡，他只能算小孩，讓他一個人留在偌大的神廟裡，我也不太放心。

神廟裡迴響著我一個人在地板上奔跑的聲音，流芳化作狐形緊跟我的身邊，沒有發出腳步聲。

當我們穿過陽光如束的迴廊，站在高高的廊橋上時，我們看到了下方神廟前的華麗隊伍，和一個男子。

他修挺地側身立於神廟大門之前，僅僅是側臉的弧度已經完美地讓人驚豔。陽光清晰地勾勒出他側臉的樣貌，更加突顯出他修挺的鼻梁和有些微微上翹的上唇，弧度柔和的下巴與嘴唇，鼻尖似乎能連成一線。

及腰的長髮如墨如瀑，在陽光中更是玄黑一分，如此黑亮的長髮，也是少見。頭頂一束長髮從金冠中而出，鋪蓋在其餘黑髮之上，金色的髮簪穿過黑髮，高貴而奢華，宛如他是一件你永遠觸摸不到的奢侈品，只能在他身下仰望。

暗紅色華服更顯一分黑色，回祿的花紋莊重而威嚴。暗紫的衣領內卻透出了一抹鮮亮的紅色，強烈的對比反而更稱出他肌膚多麼白皙晶瑩。凡人怎能長得如此俊美無瑕？

他伸出了右手，伸向面前的紫藤花枝，陽光穿透了他的手指，讓他的手指纖長而美麗。他輕拾花枝緩緩落下，放在鼻尖嗅聞，驚心動魄的美讓所有的女人都渴望能成為他手中的畫紙。

紫粉的花瓣因為他的輕觸而飄落，灑在他的上方，忽然，一把荷花的綢紙傘撐開，為他撐起一片陰涼的同時，也擋住了那些想要靠近美男的調皮花瓣。

「就是他嗎？」流芳問。

我點點頭：「一定是他，看見他頭頂的小金冠了嗎？那是攝政王的王冠。為他打傘的是巫月國近衛軍統領慕容襲靜。」

此刻，慕容襲靜的傘微微下傾，已經看不到孤煌少司的容顏，只能看到他顏色暗沉卻不失華麗的衣襬和黑色繡有金紋的男靴。

神廟男子不得進入，所以孤煌少司停在了門口。

慕容襲靜這些年護佑皇族上山來祭拜，所以我認識。她是慕容家族的長女，長相也十分姣好，鵝蛋臉、柳葉眉，又加上武將特殊的英氣，讓她比其他女人更多了一分傲氣。

慕容家族擅武，祖上曾是開國元勛，是巫月國最高貴族。沒想到慕容襲靜也效忠於孤煌少司，這對皇族而言，可是最大的威脅！

慕容襲靜可是掌管近衛軍啊，近衛軍也就是御林軍，可以隨時逼宮將女皇軟禁。

我探頭往下看去，看到了左丞相梁秋瑛，還有其他一些女官，她們身著正裝，在狐仙大人的雕像前焦急地等候，或是竊竊私語。

梁秋瑛當年是巫月國有名的才女，成了巫月國年紀最輕的宰相，不過，現在也有些年紀了，年近中年的她看上去依然貌美，但是雙眸中已經掩藏不住一分疲憊。梁秋瑛在朝堂上，善於中庸之道，這也是她還存活的原因。

有人認為她這是圓滑。其實她從不圓滑，她只是效忠巫月國，識時務者為俊傑。或者，我可以認為她是在為女兒國繼續堅持著，保存最後一分清醒。

梁秋瑛也等得有些著急，催了下身邊的女官，那女官再次到狐仙大人身邊敲了敲鈴。

「鈴——鈴——」

我轉身準備下去，忽然感覺到了一束目光從大門口傘下而來，我沒有回應，直接往前走下廊橋。走出大門，我不疾不徐地穿上鞋子，流芳蹲坐在我身邊。

「流芳，我要去做一個好色的女皇。」

「妳本來就是。」流芳的話語裡，多了一分氣鬱。

「……我是說真正的！」我非常、非常認真地看他。

「為什麼？」他眨了眨銀瞳，不解地反問。

我站起身，揚唇一笑：「因為，我要投其所好。」

流芳愣在了原處，我大步走過狐仙大人的雕像，笑看眾人。

「大祭之日未到，各位大人為何而來？」

女官們匆匆頷首，朝中三品以上的女官，今日全來了。

「巫女大人，臣是巫月國左丞相梁秋瑛。」

梁秋瑛不卑不亢地朝我一拜。我是巫女，服侍狐仙大人，身分在群臣之上。我笑看她。

「我認識妳，每年大祭，你們都會來，我都認識，所以覺得奇怪，怎麼梁大人突然來了？」

最近這兩年，女皇的更替越發勤快。

「這個……」梁秋瑛說話變得吞吐起來，像是在猶豫什麼，難道是不忍見我下山「送死」？

「想請雲岫公主回朝。」忽然間，有人替梁秋瑛說了出來，清清朗朗的聲音帶著特殊的磁性，那美妙動聽的聲音若是在你耳邊呢喃，必會讓你的心也為之融化。

雲岫公主，多久沒有人這麼稱呼我了，我自己也快忘記這個稱號。

我循聲看去，正是孤煌少司，自此目光未再移開。

他恭敬地站在神廟大門之前，薄唇帶著好看的橘色，此刻那光是看著就知道很柔軟的薄唇輕抿著，帶著淡淡的微笑，有如春雨潤澤。他雙眸微垂，顯示出對我的恭敬，沒有稜角的臉形讓他俊美的容顏無瑕而柔美。長髮如墨如瀑，異常順直，在陽光之中，閃現淡淡的流光。

我抬步朝他走去，身邊傳來梁秋瑛一聲輕輕的嘆氣。

我走到他的面前，忽然慕容襲靜微微靠前，卻被他用眼神制止。

我天真無邪地笑看他。

「回朝？真的讓我回朝嗎？我不用再一個人在這裡整天掃地擦地板了嗎？」

「是的。」他微笑地說，慢慢抬眸看向我，立刻，一雙水光瀲灩的黑眸映入眼簾，澈黑的眸子宛如有千言萬語想對你輕輕敘說，這是一雙會說話的情眸啊。

「心玉，妳再這樣盯著他看，我要生氣了！」流芳忽然出現在我的面前，用身體遮擋我的目光。

但是，沒有人能看到他。

我的目光直接穿透他，只看著面前的攝政王——孤煌少司。

「你難道就是傳聞中巫月國第一美男子，攝政王孤煌少司？」

「正是本王。」

「哈！果然長得好看，你比狐仙大人好看多了！」我回頭看向狐仙大人的雕像，這雕像真的要重塑了。現在連凡人都比過了，難怪師傅對雕像一直百般不順眼。

「雲岫公主謬讚了。」孤煌少司的語氣裡透露著謙遜。

我再次轉回臉：「好久沒人叫我雲岫公主了。你讓我回朝做什麼？」

他緩緩站直了身體，微笑俯看我：「繼承皇位。」

「繼承皇位？」我雙眸立刻閃亮，然後說出了讓所有人都驚訝的話：「那我是不是可以召美男入後宮陪我一起玩了？」

立刻，慕容襲靜擰緊雙眉，撇臉面露煩躁。

孤煌少司含情的目光落在我的笑容上，整個廣場因為我這句話而變得安靜。梁秋瑛等女官輕輕走過我的身旁，站到了孤煌少司的身後，壞笑的壞笑，輕鄙的輕鄙，滿意的滿意，哀愁的哀愁。

「是。」終於，孤煌少司微笑地說出了這個字。

我笑了，立刻轉身關上神廟大門，雙手背在身後笑看孤煌少司。

「那還等什麼？走啊！啊～～十二年，我可悶壞了！」我大步繞過孤煌少司，率先離開神廟。走了兩步，我停下腳步，轉向梁秋瑛：「梁大人，妳來了，瑾宰相怎麼沒來？」

瑾毓是右宰相，生性耿直，有種東北女漢子的感覺，該不會因為太耿直，掛了吧！我還希望她能活到我下山呢！她可是少有的將才，對國家的忠誠心也很難得，就跟穆桂英一樣。

梁秋瑛的神情變得有些黯淡：「瑾大人因為犯了重罪，明日滿門斬首！」

「砍頭！」我一驚：「好啊！我還沒見過砍人，快！我要去看！」

登時，梁秋瑛用一種奇怪的眼神看我一眼，匆匆低下頭。女官中，響起一聲聲輕笑。

我抓起灰色的裙襬，大步跑向前。

「雲岫公主小心！」身後傳來孤煌少司的關切聲，我還是快步跑下。但願來得及，可不能讓他們砍了瑾大人一家！

流芳跑在我身邊，不滿道：「妳做好色的女皇，我不喜歡，我不喜歡妳像花癡一樣盯著那個孤煌少司看。妳從沒那樣看過師傅。」

「一切都是假的，流芳，我若不看他，才會讓他懷疑，引起他的關注。」

「知道了。那妳……會讓那些男人……那個……」流芳側開了臉。我停下了腳步，那些很少鍛鍊的女官已經被我遠遠甩在了身後。

我蹲下身，摸上流芳小小的頭：「那個什麼？」

「那個……」流芳轉臉看向我：「那個侍寢嗎？」

我一愣，看到他銀瞳裡閃現焦急的目光，似乎這個問題對他很重要。

正想回答時，感覺到有人靠近，我立刻起身：「快回去！」

我拾裙繼續往山下跑，流芳不能再往下了，前面就是結界，他只要一離開神廟，就會被上天知道，狐仙如果離開神廟，就不再是仙，而是妖。

也就是神廟裡的狐妖，是官方認可將來要成為仙的人選，所以在升仙之前，他其實還是狐妖。但是，只要老老實實待在官方認可的神廟裡，那上面的人就不會找你麻煩，也會給予保護。

追上來的一定是慕容襲靜，她是最年輕的女將，其他那些都老了。但是，想追上我卻臉不紅氣不喘的話，那就不太可能了。

當我面不改色、氣不喘地到山腰時，看到了華麗的馬車和近衛軍。他們真是太——慢了。若是我用上輕功，那他們這輩子都別想跟上我。

近衛軍看到我，紛紛拔出了刀。近衛軍都是男人。

「大膽！這是皇家馬車！快離開！再敢靠近殺無赦！」

我開始退後，退到一定距離時，他們收回刀，守衛華車馬隊。

我無聊地蹲下，單手托腮用樹枝在地上畫圈圈。快啊！我怎麼隱約記得大媽的腳步是最快的，這些大媽大嬸明顯體力不行，要不要考慮搞個全民健身，讓她們每天跑跑步？

終於，慕容襲靜先到了，喘著氣看我：「妳、妳怎麼可以、可以獨自離開？」

我站起身，看看她滿頭汗濕的模樣，對著近衛軍喊：

「喂──你們長官累得跟狗喘一樣，再不拿水，我怕她喘死！」

「妳！」慕容襲靜秀目圓瞪，我對她揚起一笑。

「妳居然敢瞪我？無論我是雲岫公主，還是侍奉狐仙大人的巫女大人，還是將來巫月國的女皇，妳都沒有任何資格可以瞪我！妳這是大不敬！按照律例，我可以挖掉妳的眼睛！」

她的秀目瞪得更大，一個士兵匆匆送來了水，但她依然驚詫地看著我，我伸出兩根手指插向她的眼睛，她才嚇到回神，匆匆拽過水袋，仰天喝了起來，眸光流露一絲恨意。

等慕容襲靜喝完，我傲然地仰起臉：「快告訴妳那群蠢貨，本巫女到底是誰！他們剛才居然敢對本巫女亂吼，回去本巫女要把他們全拖出去砍了！」

慕容襲靜瞇了瞇眼，似是已經冷靜下來。她冷冷一笑，忽然昂首站到我身側，再無半絲敬意。

「哼，真是小人得志，我勸妳最好乖乖聽攝政王的話，說不定還能讓妳活久一點。」

她歪下臉唇角勾笑，輕鄙而輕蔑地看我。

「而且，他也能讓妳廣納美男進後宮。」

我眨眨眼，側開臉擰眉托腮。

「嘶……不對啊，我聽說每個女皇都挺聽攝政王的話啊，怎麼還是每年換一個，都死那麼快？妳知道原因嗎？」

我轉回臉笑看她，她的神情已經不再輕慢，而是陷入了緊張。

「還不告訴那些蠢貨我是誰？」我放沉了聲音，眸光銳利地瞥向她。

慕容襲靜在我瞥眸冷看之時不自覺後退了一步，看向她的近衛兵。

「你們真是放肆！敢對新任女皇不敬！」

立時，近衛軍的男人們一驚，匆匆向我下跪：「請女皇恕罪！」

我站在拜伏的男人們面前，揚唇一笑，從他們之間不疾不徐地走過，灰色的裙襬掃過他們的肩膀，抬腳走上華麗的馬車，大剌剌坐下，看向終於下山的孤煌少司，悠悠一嘆。

「孤煌少司體力不行啊，下山比女人還慢。」

慕容襲靜在我的話語中憤懣地咬住了下唇，狠狠白我一眼，轉身去迎接孤煌少司。

孤煌少司自己撐傘緩步而來，像是閒庭散步，一派優雅，也是面不改色、氣不喘，步履穩健，說明他內力深厚，只是沒像慕容襲靜那樣跑下來，估計要顧全他美男子美美的形象。

一身華服，手執綢傘，衣襬飄飄，長髮飛揚，優雅高貴，真是風華絕代啊。

不過他身後的女官們，可就慘了。

慕容襲靜匆匆迎上前，替孤煌少司撐傘。只是這一舉動，已說明孤煌少司在慕容襲靜心目中的地位並非主僕那麼簡單。

孤煌少司依然不疾不徐地走到我的華車旁，一手握住金色雕鳳的車柱，揚起臉微笑看我，溫柔含情的目光像是一池春江水：「雲岫公主的腳力讓人驚訝。」

我壞壞地彎腰對他眨眨眼，輕聲說：「告訴你一個祕密，其實我常常偷偷下山。」

我坐直身體，他笑了，雪白的牙齒如同白玉。他拉住車柱跨步而上，飄逸長髮隨著他的動作飄過我的面前，帶來絲絲蘭花的幽香。他整理一下衣冠坐在了我的對面，我迫不及待地雙手握緊催促他。

「快下山、快下山！你的隊伍真是太慢了。我一個人的話，已經下山了。」

「這麼快？」他有些吃驚：「現在下山也要日落西山了。」

「有捷徑啊。」

他眨眨眼，充滿興味地看我：「捷徑？」

「嗯嗯！我來指路，明天早上就能回皇都看砍頭！」我興奮地說著。

他微微皺眉，看向四周：「我倒是更喜歡狐仙山的安靜，賞花聞香，流連忘返……」

他說著說著，已經閉起了眼睛，沉浸在狐仙山舒服的夏風之中。

他沉靜的容顏，讓慕容襲靜目不轉睛。

「我每天看，已經看膩了。」

我打斷孤煌少司的享受，他睜開眼睛看我，眼中流露一絲惋惜和惆悵，不知他在惋惜什麼，又惆悵著什麼。

我單手托腮，說道：「人就是這樣，你從繁華中來，所以愛這寧靜，我每日在寧靜中孤獨度過，所以更想回歸繁華。要不，我們換換，你去掃神廟，怎樣？」

他一怔，忽然大笑起來。

「哈哈哈——哈哈哈——」他的笑聲很爽朗，所以說，女兒國的男子其實不娘，即使是禍國殃民的妖男。

在我的指引下，下山的路程縮短一半。慕容襲靜一直騎馬跟在我和孤煌少司的華車旁，像是怕一恍神我就把孤煌少司給吃了！

因為我的強烈要求，整支馬隊沒有休息，連夜趕路。

「烏龍麵，砍頭好玩嗎？」我問。

已經入了夜，銀鉤高懸，成為黑澈澈的天空中唯一的一絲光明。

孤煌少司一愣，淡淡的月色裡是他迷惑的臉龐。他微微靠在車內的靠墊上，雙腿伸直。周圍紗帳放落，我們可以在裡面過夜。華車很大，還有柔軟的靠枕與薄被，可以休息。

「烏龍麵？」他疑惑看我。

我指向他：「就是你啊，以前的女皇為什麼給你封了個巫東君的名號，害我總是想起烏龍麵。」

孤煌少司的面容有些緊繃，但還是露出微笑：「雲岫公主很喜歡給人取綽號。」

「是啊，因為我很悶。你會不會覺得我很煩？我一個人在山上很悶，所以會偷偷下山找人聊聊天，沒人的時候就一個人對著雕像說話。現在難得有你陪我，我想跟你多聊聊。」

我抱著抱枕看他，他搖搖頭：「雲岫公主很可愛。」

「真的嗎？你真的覺得我很可愛嗎？那我可以挖了你的護衛慕容襲靜的眼睛嗎？」

孤煌少司又是一怔，黑澈澈的黑眸中劃過一絲冷光：「怎麼？她讓妳不高興了？」

我立刻沉臉：「因為她瞪我！我最討厭她瞪我！而且她的眼睛比我好看！我要挖掉它！」

孤煌少司微微側臉看紗帳外的身影，目光中閃過一抹寒意，那抹寒意在月光的襯托下顯得格外無情。可是，在他轉回臉時，依然是滿目的春情柔意。

「雲岫公主的眼睛，才是最美的。」

「真的嗎？」我再次高興起來：「你真的這麼覺得？」

他點點頭：「我第一眼看到雲岫公主時，心已經為雲岫公主的美麗而驚嘆，原來真正美麗的花朵，果然是綻放在深山最高之處。」

「你真會說話，我喜歡你。」我開心地說，他也微笑點頭。

「我願為美麗的新女皇奉獻忠誠。」看著他閃閃發光的眸子，不由得讓人相信他是真心的。

「那身體呢？」我直接笑問，他不禁笑了。

「我自然也是女皇的人。」

「那好，現在就借你身體用用。」

「現在？」他一怔，看看四周。

「嗯。」我看他一眼，隨即躺下，躺在了他的腿上，舒服地閉上眼睛。「真舒服啊，真香，我喜歡你身上的香味。」

「原來……是這樣。」

「對了。」我坐起身，認真看他：「不准停車！如果看不到砍頭，我就挖掉慕容襲靜的眼睛！殺了所有趕車人！」

說完，我壞壞推倒他，他順勢落在靠墊之內，並無驚訝，面對女人的主動依然處變不驚。

我睡在他起伏平穩的胸膛上，滿意而笑：「這才是真正的舒服。」

「是……」他輕輕地答，那帶沙的呢喃，果然能鑽入女人心。

他的手環上我的肩膀，我閉著眼睛不悅道：「烏龍麵，我准你碰我了嗎？」

他的手放落我的肩膀，輕輕摩挲：「怎麼，心玉不喜歡這樣嗎？這樣可以讓妳溫暖。」

好快啊，這麼快就叫我暱稱拉近關係了？

「我喜歡你，但是，你被太多女人碰過了，我不要用別的女人用過的男人。不知道你那隻手摸過多少女人了，我不喜歡。」

我抬手，朝他環在我肩膀上的手輕輕一彈。他默默地放落手，我再次揚起笑。

「這才乖，烏龍麵，很高興每天能看到美美的你。以後你每天都要讓我看見，不然，我會很不高興的！」

「知道了，沒想到心玉遠居狐仙山，卻知道那麼多。」

我在他身邊雙手環胸閉著眼睛，耳邊傳來他異常平穩但非常有力的心跳。

「每次下山聽得最多的就是女人們談論你，知道你美，但被那麼多女人從嘴裡說出來，我不喜歡。我的就是我的，不准別的女人說，不准別的女人看。以前我養過一隻貓，可是，牠卻向別的貓示好，你知道我把牠怎麼了嗎？」

「怎麼了？」他的手指輕輕滑過我散落在身後的長髮，我睜開眼睛，緩緩撐起身體，長髮從他指尖溜走，我冷酷而無情地俯視他。

「我把牠餵了狼！」

我這句陰狠的話讓他眸中閃過一絲驚訝。我立刻笑了。

「哈哈哈——騙你呢！我才沒那麼變態。烏龍麵你真好騙，哈哈哈——」

明顯看到他眼中的一抹不悅，我再次躺回。

「我要把朝堂上所有的女人換掉，全部換成美男子，那樣才美好，要那麼多女人做什麼？女人又不好看……嘿嘿……」我天真無邪地說著，他輕聲而笑。

我不確定他信了多少、不信多少，但是孤煌少司，我們的棋局，已經開始了！

一夜下來，他真的不再碰我半根手指頭。我大致得到一個情報——討好女人非他所願。這個晚上，我知道了很多事，也更了解他一些。

✣ ✣ ✣

第二天，終於及時到了皇都。

這座我從小離開的皇都，比我離開時少了幾許生氣。雖然城牆看上去比我離開時更加嶄新，城樓也更加氣派、更加宏偉，但是，你能從百姓的臉上看到疲憊。

這些年來，孤煌少司的黨羽大肆斂財、增加賦稅，百姓們已經被重稅壓得苦不堪言。

途經皇都外的郊區時，很多女人停下了腳步，癡癡地看著我們的華車經過，孤煌少司默默放落紗帳，遮住了那些女人的目光。有意思，一個靠女人寵信依存的男人，卻又同時鄙夷著女人。

但是從那些女人的眼中，你可以看出她們並不恨孤煌少司。看臉的世界就是那麼簡單，只要你夠美，什麼錯也都是對的！

我在那一束又一束癡癡的目光中，心開始懸起，到時我若是殺了她們心目中的美男子，會不會引起暴亂？在女人的國度裡，一些事還是要特殊對待的。

嗯嗯，這點也要考慮進去。現在的巫月千瘡百孔，禁不起半點打擊。

「到法場了嗎？到了嗎？到了嗎？」我著急地掀開紗簾的一角，在紗帳包裹的空間裡，孤煌少司身上幽蘭的香味變得濃郁起來，宛如要化作激情的玫瑰花香，誘惑人去輕含唇中。

「心玉穿著樸素。」孤煌少司像是沒話找話：「到了皇宮讓心玉換上華麗的衣裙，心玉會更美。」

「我美不美無所謂。」我不在乎地說：「只要朝堂上、後宮裡的男子夠美就行。」

就像言情劇裡，女主不是女神也ＯＫ，只要男主們臉蛋好看就行！

「呵……」孤煌少司又是輕輕一笑，像是在聽一個孩子說著孩子氣的話。

車隊終於緩緩進入城門，守城的士兵紛紛下跪，百姓見狀也匆匆趴伏在地，瞬間，整個皇都安靜下來。

漸漸的，午時陽光開始猛烈。孤煌少司的手伸出華帳之外，外面的慕容襲靜隨即停下。

「讓人清道。」孤煌少司淡淡地說完，收回了手，宛如不想讓猛烈的陽光多曬到他一分。

「是。」慕容襲靜遠離，外面的百姓開始被士兵驅趕到一邊，整條道路乾淨而通暢。

車隊再次前行，不久之後，我聞到了空氣中特殊的冤魂血腥味，這也是別人所看不到的，就像別人看不到狐仙大人一樣。畢竟跟師傅跟久了，我多少有一點通靈本領，再加上師傅留給我的仙氣，更是加強了我的感應能力。

如果沒有猜錯，法場到了！

我掀開紗帳，果然百姓已經被士兵遠遠趕開，而前方是一個大大的法場，正有六個人跪在法場之中，一邊兩個行刑者正用酒淋過手中雪亮的大刀。

「快停車！」我提裙要下車，孤煌少司輕輕拉住我。

「心玉，要看在這裡就可以看了，法場煞氣重。」

我笑了，笑得純真無邪。

「誰要看？我要自己去砍。」當我說完這句話時，我看到了孤煌少司變得詫異的雙眸。他在迷惑、他在揣測，我的一舉一動都脫離了他的控制，他無法判定我到底是哪種女人。

在他發怔時，我躍下馬車，在匆匆下車的官員目光中，大步跑向法場。

法場邊的士兵揮出槍立刻攔住我的去路：「大膽！誰人敢擅闖法場？」

坐在法場前負責行刑的官員也立刻起身，我昂首朗聲說道：

「我是雲岫公主，即將繼位的新任女皇，都給我閃開！」

登時，所有人匆匆下跪，嘩啦啦一片。我環視跪在我面前的眾人，主持行刑的官員卻偷瞄向我身後，我知道，他在看孤煌少司。

我收回目光，一步一步走上了刑台，白色上衣、淡灰裙襬緩緩拖過還帶著血漬的冰冷台階。這幾年，不知道在這裡砍了多少忠臣良將！

天空倏然烏雲密布，為我擋去那烈日灼陽的同時，卻猛然掀起了一陣陰風！捲起我的長髮飄揚於後，刑台上的行刑人面露一絲懼色。他們心虛地看看周圍，雙手合十，像是在默唸什麼。

刑台上四大兩小的身影，身穿滿是髒汙的白色中衣，披頭散髮地跪在陰沉天空之下。誰會想到在孤煌少司那麼溫柔美麗的外皮下，居然擁有那麼一顆殘忍暴虐的心！連瑾家的孩子都不放過！真是斬草除根！

六個人都低著頭，即使是那兩個孩子，也沒有害怕地哆嗦，不愧是將門之後！

就在這時，孤煌少司輕輕走來，站在刑台下，溫柔而語：「雲岫公主，時辰到了。」

我揚起手打斷孤煌少司的話，直接看向跪在第四個的男子，他鮮亮如墨的長髮在陰風中絲絲縷縷地飛揚。

「墨髮如水，必是美男。」我用孤煌少司和身邊人可以聽見的聲音說。

然後，我走到了那個男子的身前，在我緩緩半蹲之時，陰風像是敬畏我的身分，在我腳邊退下，上方的陰雲也恭敬散開，再次灑落明麗的陽光，照出面前墨髮一絲墨綠的流光。

我抬手拾起一捧長髮，那長髮光滑地從我手心裡流下，帶著如同山澗溪水的清涼之感。

「要殺快殺，不要羞辱我！」長髮的主人用沙啞的喉音，像是用盡最後一絲氣力說，彷彿做出最後無力的反抗！

我向儈子手伸手：「酒！」

儈子手一愣，匆匆送上，我喝了一口，掐住面前男子的下巴用力抬起，然後，一口酒噴在了他的臉上。他不舒服地閃避，我拾起自己的裙襬在他的臉上用力擦了擦，他憤怒地開始掙扎。

「放開我！妳這個昏君！」

「大膽！」儈子手上來按住他，他像是受到了刺激般，徹底爆發似地朝我披頭散髮地憤恨罵道：「妳這個昏君！妳早晚也會死的！要殺快殺！不要羞辱我！放開我！放開我！」

「崋兒！」瑾毓大人忽然大喝，嚴厲無比：「我們瑾家人死也要死得有尊嚴！不要像個瘋子一樣亂吼！」

他應該就是瑾家次子瑾崋。

「崋兒！跪下！要有骨氣！」瑾崋的父親毫不畏懼地抬起臉，一雙虎目不怒而威，瑾家是一門虎將！

瑾崋在自己母親嚴厲的斥責和父親的威嚴怒視中再次冷靜下來，低下臉，不再掙扎。

我笑了，伸手慢慢掀開他遮住臉龐的長髮，他側開臉，我伸手再次扣住他的下巴轉過來，他被迫與我相對，但目光努力瞥向別處，充滿威武不屈的傲勁。

細看果然是劍眉星目，英氣逼人！格外閃亮的眼睛閃耀著倔強的神采，狹長的眼睛足以證明他俊美的潛質，眼角微微上挑，和劍眉一樣飛逸。只看眼睛，足以顯露他的剛毅之美。

英武的美男子讓人更心生欽慕。

再往下，果然也是挺直如同劍鞘一般的鼻梁，接著是不屈而緊抿的薄唇。薄唇因為抿得過緊而微微發青，嘴角還有淤青，微微開合的衣領裡，也隱約看見傷痕，他們對他用刑了。那麼，他們對瑾大人一家都用刑了？

「看著我！」聽見我的命令，瑾崋的胸膛大幅度起伏，撇開眼就是不看我一眼。我捧住他那一副要殺了我的臉，大聲喝道：「看我！」

他恨恨地白了我一眼，卻在看到我的那一刻愣住了。很好，這眼神不錯。不愧是瑾大人的兒子，要用他，我的風險也很大！其實我現在已經在冒冷汗，心裡發虛了，所以，我需要看到他的眼神！

在看到他眼中的鋒芒之時，我已徹底做出了決定。

我立刻起身，一手指著瑾崋，對場外的孤煌少司說：「我要他！」

孤煌少司臉上的神色已經有些緊繃，梁秋瑛微微一驚，眨眨眼，匆匆低下頭，盡量讓自己的身形消失在空氣之中。

輕笑聲從女官處傳來，慕容襲靜又給了我一記輕鄙的白眼。

「哼，他是重犯！」慕容襲靜大聲地對我說：「瑾毓一家謀反！要誅九……」

「住嘴！」我不輕不重地打斷了慕容襲靜的話，大步走到刑台邊，俯視孤煌少司，扠腰，鼓臉：「我、要、他！」

三個字說得清清楚楚、明明白白，順便把唾沫星子噴在孤煌少司的臉上。

孤煌少司不疾不徐地從袖袋中掏出絲帕擦了擦臉側，淡淡揚唇微抬下頜看向我，陽光從我身後落下，我的身形遮住了孤煌少司的光線，他的表情在陰影中微露一絲陰沉。

「為什麼？」他注視我許久，終於開口問。

我雙手環胸，揚唇而笑：「欸～～是你答應讓我收美男進後宮，我才答應你下山來做這個女皇的，做女皇不就為了後宮美男？怎麼，你想反悔？」

「呵……」他輕輕一笑，微微垂眸：「我只想知道，為什麼是他？妳要美男，我可許妳三千。」

他再次抬臉，清澈黑亮的眸子裡，閃過一抹精光。

「誰要你送的？」我嘛嘛嘴，只見他微微擰眉、抿唇，我繼續說道：「他像一匹野馬，我喜歡。」

聽我這麼說，他的唇角才露出一抹笑意，微瞇雙眸。

「原來如此，若是我送來的太過乖巧，妳不會喜歡。」

「對啊！」我笑得越發開心，伸手捏捏孤煌少司的臉：「你果然聰明，一點即通。美男再多，都是同一個模子又有什麼好玩的？就是要不同品種的，乖巧的、倔強的、嫵媚的、妖孽的，各式各樣。那我現在就去抱美人了。」

我在孤煌少司微笑的目光中，轉身蹦回美人身邊：「美人，跟我走吧。」

「女皇陛下！不可啊！」負責行刑的官員忽然跑了上來，著急地說。有些事，孤煌少司不便說話，但身邊多的是替他開口的人。

「女皇陛下！他們都是要誅九族的重犯！女皇您不能如此兒戲……」

我直接提裙，一個旋轉，裙襬飛揚的同時，一腳踹在了那名官員的腹部，登時，他橫飛出去，撞上城牆，從嘴中直接噴出一口血，緩緩墜落，不省人事！

立時，全場唏噓，瑾家人吃驚地看著被我踹飛的行刑官，一旁拿刀的儈子手也看得全身僵直。

我冷然站在瑾崋身邊，單手背在身後，輕薄的麻質衣衫在陰風中飛揚。

「居然敢阻止本女皇帶回美男，我才是女皇！巫月國裡的事我說了算！我說有罪就有罪！我說無罪就無罪！他們謀的是前任女皇的反，與我何干？把他帶走，其他人繼續收押！」

在我語畢，全場人依舊發著呆。

我看向因為這場突發的變故而發怔的孤煌少司，著急跺腳：「攝政王～」

孤煌少司回神，看向一旁士兵，這時才有士兵匆匆上台，拖走瑾崋。

「崋兒！」

「崋兒！」

「弟弟！」

「哥哥！」

頓時，瑾家在刑台上亂成一團。

「妳這個昏君！不要帶走我的崋兒！」這下，連瑾家二老也沉不住氣了，士兵立刻上來按住了瑾大人和她的丈夫。

「崋兒——記住！我們瑾家人寧死不屈——」瑾崋的父親像是在叫瑾崋寧可自裁也不能侍寢！

瑾崋拚命掙扎，憤怒地用嘶啞的嗓子嘶喊：「妳這個昏君！快砍了我！我寧死也不……」

我立刻反手一掌，直接打在他脖頸處，瑾崋眼睛睜了睜，立刻暈眩過去，兩邊的士兵都看愣了。

我開心地拍拍瑾崋的臉。

「拖回去，還有，別弄傷他的臉！」我冷冷地掃兩邊的士兵一眼，他們竟嚇得不敢注視我。

「是。」士兵有點彆扭地匆匆低下頭，把瑾崋像死豬一樣拖走了。

台上響起一片喊罵「昏君」之聲。

「妳這個昏君——妳這個昏君——」

我對著被一一拽離的瑾家人揮揮手。

我歡喜地蹦回刑台邊，孤煌少司笑看我，像是在看寵愛的女兒：「高興了？」

「嗯嗯！」我高興地點頭：「烏龍麵你對我真好！」

我撲下去，他一怔，匆匆用手接住我。我直接撲在他身上，抱住他。

「以後我有喜歡的，你一定要幫我抓回來哦！」

「好。」他點點頭。

我放開他，對著俯看我的他，用異常認真的語氣說：

「這款我已經有了！不需要了！下次我要別的！」

「好。」他還是只有一個字，溫柔地微笑看我。

「哈！回去調教美男去。哼哼哼哼～～」我哼著小曲轉身，無視刑台邊瑾家人對我拋來的憤恨眼神。

梁秋瑛看看瑾家、再看看我，依然不動聲色，垂下臉一聲不吭。

瑾崋是瑾家次子，其俊美之名亦傳遍全國，位列巫月十大美男之一。而且，他功夫超群。但性格有些衝動，和他的父母一樣耿直，所以要用他之前，還需調教一番。

瑾崋被扔上了我的華車，就在我和孤煌少司之間，我雙腳踩在一動不動的瑾崋身上，東踩踩、西踩踩，孤煌少司坐在對面有趣地笑看我。

雖然他留意我的一舉一動，卻不知道我可不是在亂踩，而是查看瑾崋目前的身體狀況，就像昨晚我睡在孤煌少司的胸口上，也不是亂睡的。

轉眼間，已來到巫月皇宮前。

巍峨的宮殿五彩斑斕，和女人一樣，擁有著炫麗的色彩。女人愛美，在追求美上，毫不吝嗇金錢，所以巫月國的宮殿，必然是這世界最美的、最為奢華的。五彩斑斕，又金碧輝煌。遠遠已見占星樓上閃耀的應該是這個世界最大的璀璨水晶。

宮內到處可見修剪得像是一件件藝術品的園藝。各色整齊排列的鮮花，鋪出華美的花紋，將整座宮殿裝飾得宛若一件精美的華服。

白玉雕像，琉璃窗櫺，還有刻有精美花紋的宮門，每一處細節都能看到巧奪天工之美。侍女、侍者整齊跪在路邊迎接我的華車，身上纖薄粉豔的裙衫和飄逸的長髮頭飾，讓他們有如敦煌壁畫裡的仙女那般精緻。

接下去，就是巫月國的另一個特色——皇宮裡沒有太監。服侍女皇的男人，全是正常的男人，因為他們侍奉的是女皇，後宮三千男子皆屬女皇。

而且，巫月國有一條法令很人性化，也體現了女人的善良。就是非女皇喜愛的宮中侍者，倘若與侍女產生情感，可上報內侍官，經得女皇同意後，便能離開宮廷，與愛人成婚。

所以，只有巫月國的男侍女侍可以談戀愛，但是不得在宮內做出越軌的行為，那將視作淫亂宮闈。至於處罰，也要看女皇的脾性了。

遇到仁慈的女皇，至多趕出宮廷。趕出與同意離開不同，既沒有津貼，還要挨頓打。而經得女皇同意離開的，還可拿到一筆豐厚的津貼，讓你回去做點小買賣。所以沒有人那麼蠢，會自己討打。

若是遇到長年更年期的女皇，那只能自求多福了。若是殘暴的，處死閹割也是常事！女人變態起來，足以讓男人膽寒。莫忘古訓：最毒婦人心！

「心玉對皇宮還有印象嗎？」孤煌少司輕柔地問，我看著外面的景色搖搖頭。

「妳會喜歡的。」他說，目光停留在我的臉上良久，像是要記清我的長相。

整座皇宮纖塵不染，隨處可見正在打掃的宮僕，他們看見我們立刻低頭下跪，他們是這座皇宮裡地位最低的奴才。

穿門過院，整座皇宮瀰漫在清新的花香中，四處可以觀賞到鮮花、舞蝶、鳥兒。這座皇宮非常美麗，而這只是巫月國皇宮的冰山一角。

眼前出現後宮的宮門，女皇的寢宮在裡面。

我們下車改成步行，瑾崋也被人抱走。

所有官員也不再入內，候在門外。她們候的不是我，而是攝政王，可見孤煌少司才是巫月國真正的主人。

不過，我會讓他知道，誰才是巫月國真正的主人！

孤煌少司之所以無法完全上位，一是因為巫月還有皇族，他若想即位也是名不正言不順。二是巫月周圍有虎視眈眈的三個大國——漠海、蟠龍、蒼霄，這三個是男人執政的王國，對巫月這塊肥土早就想佔為己有。

只要孤煌少司上位，他們便能以孤煌少司篡位為由，隨便找個巫月的皇族作為傀儡藉機討伐，巫月就成了他們的囊中之物，最後的結局必是巫月被瓜分乾淨！

孤煌少司不笨，所以他一直需要女皇，也需要找一個讓他名正言順繼位的理由。最簡單的狀況，比如……女皇死光了。然後，他在群臣擁戴之下上了位，即可名正言順。

此時在前方領路的是男侍，他們身穿簡單乾淨的月牙色長衣長褲。衣襬隨著他們步伐輕擺，上好的綢緞襯出了他們的身姿，流露一絲飄逸之美。長髮編成長辮垂在身後，臉蛋白淨。

侍者身上衣服的顏色也端看女皇的喜好。在巫月國對白色並無忌諱。如果女皇喜歡純潔的白色，整個皇宮的侍者就會換上白色花紋的衣衫，像一朵一朵白雲四散飄移。

站在一座乾淨奢華的宮殿前，孤煌少司停下了腳步。

「女皇陛下，這裡就是您的寢宮了。」孤煌少司此時不再叫我心玉，而是女皇陛下，顯露出對我的一絲恭敬。

「好美啊——」我開心地看著眼前巨大的宮殿發出讚嘆。不管怎樣，換個環境生活生活也不錯。

「女皇請在內休息，擇日會舉行即位大典，少司暫不打擾女皇休息了，稍後少司會入宮陪女皇用膳。」

「嗯嗯，去吧去吧。」見我揮揮手，孤煌少司緩緩退後。他可有的忙了。宮外文武百官還在等他的安排。

我走入寢宮，女皇的寢宮居然是一整座真正的宮殿！外殿內殿，無數個房間，一條條相似的走廊，都把我繞暈了。簡直比紫禁城皇帝的寢宮還大！

當我跑入內殿的寢殿時，意外看到瑾崋已經被人送來，並扔在床上了。

我笑了。見到旁邊的桌子還有一套男子的乾淨衣衫，應該是為瑾崋準備的。嗯——？這裡的人很熟練嘛，看來孤煌少司以前很常幫女皇送男人。

哦！那些女皇之所以短命，該不會玩過頭了吧！嘶……女人也會嗎？只有男人會精盡人亡吧？

就在這時，一個身穿醬紫色長衫，繫著墨玉腰帶的男侍，低頭帶著六名鵝黃裙衫的侍女匆匆走了進來跪下。

眼前的男侍無論是衣著還是髮型，都與外面的男侍不同。

他的頭髮是全部挽起，髮髻用一個銀冠和一根銀簪固定。銀冠前鑲有一塊暗紫色的寶石，銀冠的兩邊各有一根同樣絳紫色的帶子垂落臉側，末梢有著小小的流蘇。根據寶石的顏色判斷，這個男侍應是後宮的御前。

皇宮之中，侍者之首為大侍官，戴銀冠鑲碧璽。女官亦同，戴碧璽華盛。

大侍官之下，分內侍官與外侍官。內侍官主內宮事務，內宮之外由外侍官掌管，戴銀冠鑲碧玉。內外侍官之下分御前、殿前，御前有點像大太監，侍奉女皇左右，是女皇身邊的女侍或是男侍。而殿前在御殿之前。接下去，還有侍從、掌事、各司局主事等等官職。

「奴才懷幽，拜見巫女大人。」面前的御前侍官恭敬地低頭拜見，然後起身，依然眼觀鼻，相繼介紹隨他而來的宮女。「這是桃香、小雲、蘭琴、柔兒、碧詩、慧心，還不拜見巫女大人。」

「拜見巫女大人。」她們再次下拜。

我俯看懷幽，總覺得他的名字很熟悉。約略一看，懷幽二十上下，長相相當乾淨順眼。我想起來了，這懷幽確實聽說過。哼哼，以後就是他們負責替孤煌少司監視我了，我得先弄一兩個心腹過來。

「起來吧，給我去拿條白綾。」我隨意地說，侍女們一驚，紛紛看向懷幽。

儘管懷幽有些猶豫，還是低頭起身：「是。」

侍女們立刻隨他離去，我靠坐在床邊看著還在昏迷的瑾崋，反省自己出手有點重了。

片刻後，懷幽手托一個紅漆托盤進來，托盤上是一條白綾。他放在一旁的桌子上，和那套男子衣衫一起，然後退出，站在寢殿之外。

我揮揮手：「到大門外去，關門，我不喜歡別人看我行刑。」

他似乎明白了什麼，立刻頷首：「是。」然後低頭匆匆退出，並關上了寢殿的門。

我轉向窗戶，窗外是中庭花園，不遠處可以看到侍衛，很快地便看到桃香等宮女匆匆上前，指使侍衛也退離，我隨手關上了窗。

這批人，果然熟練。不，應該說是那個懷幽聰明。如此「蕙質蘭心」的男子，難怪會常年在女皇身邊。真不該用蕙質蘭心去形容一個男人，可是若用心思細密來形容又顯得狡詐了些。

懷幽是個老實人，他不敢狡詐。

我拿起白綾笑了笑，另一手拿起華衣到瑾崋面前，對著他吹了口氣，他睫毛顫了顫漸漸甦醒過來，劍眉收緊，似是還有些痛。

他緩緩坐了起來，雙手還被綁著，顯得還有點昏昏沉沉。然後，他慢慢睜開了眼睛，隨即，低著頭陷入長時間的呆愣。

我把白綾和華衣放到他面前。

「給你兩個選擇，一個直接上吊……」我話還沒說完，他已經用嘴去叼白綾，我不疾不徐繼續說道：「然後你全家陪著你一起死，包括你年幼的弟妹。我想這應該是孤煌少司最樂意看到的結局。」

他的嘴停在了白綾之上，氣息輕輕吹動了白綾，肩膀輕顫，顯得激動而憤怒！

「另一個選擇。」我把華衣扔到他面前：「你穿上華衣，丟掉名節，在後宮忍辱負重幫我一起除掉孤煌少司！」

登時，他驚訝地直起身看向我，凌亂的長髮下，一對星眸閃閃發亮。

「我說過，你怎麼就知道我是個昏君？」我雙手環胸而笑。

他一怔，眨眨眼回過神來，垂下了頭。

「哼，遲早妳會被孤煌少司誘惑，和之前的女皇一樣變成昏君的！」

「你以為我用你就不冒險嗎？」我站起身沉語。

瑾崋這性格同他爹娘，過於耿直、不會拐彎，若不與他說清，他絕對會壯烈地去尋死！但他是個人才，將來更是個護國的將才，我不能讓孤煌少司殺了他！

他再次抬臉，驚異的目光隨我而動。

我站在床邊俯看他：「現在能救一個是一個，你今天如果選擇白綾，不用我賜死，你們一家也會再次被拖到法場滅門！」

他的雙眸立刻顫動起來，他知道我說的事必會發生。

「你生性耿直衝動，城府遠遠不及孤煌少司，以你這種性格很難演戲騙過孤煌少司。所以，我今天雖然救你，但是我自己也不確定你能否和我一起演下去，孤煌少司遠遠比你想像的更加敏銳！所以……」

我再次拿起白綾。

「如果你演不好，為了顧全大局，這條白綾我還是為你留著！」

見他一臉驚詫，我認真回問：

「我再次問你，你可否能幫我？」

他倏然擰緊雙眉，眸光鋒利。

「如果妳被那妖男誘惑，我馬上殺了妳！就算賠上我這條命！」他狠狠地說，像是在立誓！

「哼～～」我挑挑眉，笑了。「看來我收了個刺客在身邊，好！我們這算是成交了！」

我走到化妝台邊，找到剪刀，剪掉了捆綁瑾崋的繩子，他的手腕上滿是深深的紅痕。

「嘶……」他忍痛地輕揉被綁得有點發紫的雙手：「放了我全家！」

「這個你放心，既然我是因你的美色把你拐進宮，我好色之名已經遠播，我自然會因美人的要求而放了瑾大人一家。不過，你爹娘都很耿直，會不會因為你的委曲求全而自殺？」

「不會。」他垂著臉坐在床上：「爹娘只會更恨妳！」

「那就好。此事還不急，需等待時機。你放心，你人在我這兒，孤煌少司不會私下謀害你的家人。稍後我會命人來將你收拾乾淨。記住，你只需發呆。」

「發呆？」他給了我一個疑惑的眼神。

我看看他：「你還會演別的嗎？發呆最好，你就繼續裝呆吧，就像剛才一樣，很像你。」

「哼。」他有些頹喪地垂下臉：「只要我爹娘、姊姊和弟妹能活下來，我什麼……都無所謂了……」

「嘖嘖嘖，你這樣可不行哦～～」我雙手撐到他身前的床上，他全身頓時緊繃起來。「你這個樣子好像真的要捨身取義似的，我需要的是一個幫手，而不是一個公子、一個愛寵！」

他怔住了，更像是過度緊張。

「所以，給我打起精神來！這還只是開始！」

「妳真的要對付攝政王？」他怔怔地抬起臉。

「哈！不然你以為我頂個好色的名救你幹什麼？要美男，我去要孤煌少司就好啦。」

他微微側臉，似乎開始真正思考我的話。

「那……妳為何要我？」他有些困惑地看向我：「只要妳想對付孤煌少司，朝中自然有人……」

「朝中的人可信嗎？」我反問他。

「朝中並非所有人都是孤煌少司的人！」他急道。

「但那些人也已經受孤煌少司所監視，就像你們家一樣，遲早會被他處理的！」

他一怔。

我伸手輕拾他的下頜。

「卿，我們要轉入檯面下。去洗乾淨吧，做一個稱得上讓女皇為你心動的美男子，這樣，你才有留在我身邊的理由，才能由明轉暗。」

我收回手，他白皙的臉蛋慢慢地爬上一層薄紅，他匆匆低下臉。

我轉身準備叫人，身後傳來他的聲音：「所以，我是妳第一顆棋子嗎？」

我笑了，背對他說：「不，你不是第一顆。」

「那是誰？」他追問。

「哼，是孤煌少司。」

「什麼？」他一聲驚呼。

我轉回身看他：「這個局從他來找我時，就已經開始。他真以為我深居山林一無所知。瑾崋，從此你是宮中的崋公子，是我第一個幫手！」

他怔怔看我，緩緩垂下臉，俊挺的臉依然帶著一絲猶疑。

「對了，我記得懷幽有個舅舅，效忠於孤煌少司，他舅舅叫什麼？」

「妳怎麼知道懷幽家的事？」瑾崋震驚看我，像是對我深居深山卻知天下事感到深深不解。

我笑了：「是不是讓你很驚訝？有沒有對我信任一點？」

他一愣，匆匆撇開臉：「懷幽的舅舅妳不是剛見過？」

「我剛見過……」我努力回想了一番，驚詫道：「啊！難道就是被我踹飛的那個倒楣官員？」

「就是他，懷立江！現在是監斬令。」

「哦……監斬司……」這官不大不小，可有可無，我摸著下巴沉思。「看來懷幽可用。」

「哼！懷幽可是孤煌少司的人！」

「不一定，我看他只是為求保命，有點像梁大人。」

「別提那個奸臣！枉我爹娘和她還是故交！她卻畏懼孤煌少司，在我家蒙冤時不敢說上半句話！」

「那難道你要她跟著你們家一起滅門嗎？」我打斷他激動的話。

所以才說瑾崋需要調教。好在他聰明，若是耿直外加蠢，就真的不能用。他現在只是缺少經驗。

他再次一怔，轉向我，我對他誠懇說道：「你們全家都是耿直的心性，梁大人是現在僅剩的力量了，倘若她也被滅門，那巫月國就真的完了！」

瑾崋怔怔看我一會兒，紅唇半張，緩緩側下臉：「難怪娘也在我罵梁大人的時候罵我……」

「好好想想吧。」這個瑾崋是力量之中的「勇」，我還需要一個關鍵的「智」，這樣才能智勇雙全，左膀右臂！

我喚入懷幽，瑾崋跪坐在床上默不作聲，臉上還帶著怒氣。

他尚未完全信任我，但也沒有懷疑我。然而，他完全不相信懷幽。

在懷幽進來時，他的劍目橫掃，直直盯視懷幽，已然把懷幽當作孤煌少司的人來怨恨。

懷幽恭敬垂首走到我面前，目不斜視，只是身形有些緊繃，似是察覺到了瑾崋飽含殺氣的目光。

我不會阻止瑾崋，也不會教他如何演戲。展現他最真實的一面，才不會讓孤煌少司起疑。

「懷幽，帶瑾崋公子去洗漱一下。」

「是。」懷幽老老實實地答。

「哦！還有，瑾崋公子身上有傷，讓御醫來醫治一下，一定要用最好的膏藥，留一條疤，我就砍了那御醫！」

「是，巫女大人。」懷幽微微一頓，仍然點頭。隨後轉身走到寢殿門口，輕聲囑咐：「帶瑾崋公子去沐浴更衣。」

「是。」外面傳來小宮女輕輕應允。

隨即，懷幽帶著兩名宮女入內，來到床邊，依然恭敬：「請瑾崋公子下床。」

見瑾崋憤憤瞪視自己，懷幽不動聲色，也不言不語，只是耐心等待。

「呵。」瑾崋忽然愴然地一聲苦笑，頹然垂下臉，墨髮散亂在臉邊，乾啞而語：「我還有得選擇嗎？」

我笑咪咪地伸手摸瑾崋的頭：「乖～～」

「別碰我！」他憤然把我的手打開，懷幽帶宮女們微微側身，可見他謹守宮內禮儀與本分，小心謹慎。

瑾崋閉上雙眼側開臉，胸膛大幅度起伏了一下，雙眸再睜開時已是空洞無神。他面無表情地走下床，每一步都走得異常沉重，宛如走向比死亡更加未知迷茫的世界。

懷幽立刻低頭跟上，帶著另兩個宮女一起。

我一直看著懷幽小心翼翼的背影，懷幽可用，但收懷幽卻比救瑾崋更難。

懷幽帶出宮女，再次折回時，我已躺在床上。軟軟的床好舒服，昨晚奔波了一夜，實在有點累。

懷幽靜靜地打開了房內所有窗戶，立刻帶著荷香的清新涼風吹入房內。

「荷香？」我的窗外可沒荷花。

「院牆外是荷花池。」懷幽靜靜地說。

我閉上眼睛，懷幽的安靜讓他可以輕易融入周圍空氣之中，不引人注目，這是一個……五星級的奴才。

難怪孤煌少司會留他到現在，我和孤煌少司的品味還真……有點像。

「巫女大人今日新入皇宮，奴才們還不知巫女大人的喜好，請容奴才相問記錄一番。」

說罷，我聽到了輕輕翻本子的聲音，睜開眼睛時，懷幽已規規矩矩地站在床邊，手裡拿著一個小本子。

「請問巫女大人有何忌口？」

「沒有沒有。」我開始在床上滾，大大的床讓我可以從東滾四圈到西，再從西繼續滾四圈回來，好軟的床，滾起來好舒服。

「巫女大人……」

「叫我女皇～～女皇～～」按照理，在正式即位前，不能稱我為女皇，但我覺得女皇聽起來很拉風，就跟總裁一樣！

更何況，孤煌少司為了向我示好，已經這麼叫了。

懷幽靜了片刻，再次開口：「女皇陛下……」

「對！就這樣叫我！」我開心地坐起，把懷幽嚇了一跳。但是，懷幽很明顯長居宮闈，所以處變不驚，他很快恢復鎮定，依舊不苟言笑。

我繼續躺下滾。

「女皇陛下偏好哪些食物？」

「懷幽，有沒有人說過你的聲音很好聽？」我停下滾動。懷幽的聲音有些柔，有一種特殊的金屬沙啞的質感，他唱情歌一定好聽。

他因為我的話而微微一愣。我躺在床上，頭垂落床邊，長髮落地之時，也把他的臉盡收眼底。

果然是一張乾乾淨淨、溫和柔美的臉。雙眉不長不短、不粗不細，微作修剪，乾乾淨淨。鼻梁高挺但鼻尖柔美如水滴，雨潤雙唇不厚不薄，雙頰線條柔美飽和，不顯高凸。下巴也是乾淨光潔，真是一位溫溫潤潤的如玉君子。
這懷幽的五官並無特色，但他讓我想起了師父說的耐看，就像一尊青花瓷的花瓶，雖然色彩簡潔乾淨，並不豔麗，卻是人們最愛欣賞的收藏品之一。
雖然懷幽的長相遠遠不及孤煌少司那種碉堡級美男，但在民間，也是俊男一枚。
「謝女皇陛下喜歡懷幽的聲音，懷幽不勝榮幸，請問女皇陛下偏好哪些食物？」
他在一番公式化的謝恩後再次發問，從容又謹慎，小心到讓我感覺到他的神經從未放鬆，時刻緊繃，讓你無從突破他的防線，打亂他的心思。
「懷幽，我今天把你舅舅給踹了。」我不輕不重地說。
聽我這麼說，他渾身一僵。
我緩緩坐起來，終於看到了他失去鎮定的模樣，從低垂的側臉可看到他驚訝瞪大的秀目。
我單腿曲起，揚笑看他：「是不是……心裡很暗爽？」
「啪答！」他手中的本子落地，他匆匆撿起，跪在我的床邊：「女皇陛下恕罪，懷幽失態了。」
我緩緩爬到床邊，探下身，貼近他的耳側，看著他越來越緊張的神情。
「你舅舅可被我踹到吐血了，現在應該還沒醒。我……對你是不是比孤煌少司對你更好？我可是幫你報仇了哦～～」
他嚇得後背徹底僵直。
「是不是覺得奇怪，我是怎麼知道你的祕密的？如果你乖乖的，我就告訴你。」
他慌亂地趴伏在地，我坐直身體壞笑。

「我可是侍奉狐仙大人的巫女大人！有什麼是我巫女大人不知道的？孤煌少司選你真是選對了，我喜歡，你可要好好留在我的身邊，別被孤煌少司趕走了！」

他能夠被孤煌少司一直安排到女皇們的身邊，證明他是一個聰明人，聰明人就這點好，說話不費力。

「下去吧，從今而後，我也是你主子了，你可要乖乖聽話哦～～」當我的話音落下，懷幽竟是愴惶地匆匆拾袍逃離，連跪安都忘了。哈哈，還是懷幽好玩一些。

瑾崋認定懷幽是孤煌少司的人，是一己偏見。

懷幽其實很恨他的舅舅，他的舅舅並非如外界傳聞靠懷幽做了官，而是正好相反，他是因為賣了懷幽，才有了這官做。所以，懷幽是因為他的舅舅才入宮做了這內侍。

我踹了他舅舅，他不但不會恨我，反而會感激我。

這件事要從三年前說起。懷幽和鄰居家的女孩青梅竹馬一起長大。當二人情竇初開時，曾在狐仙廟許下生生世世在一起的願望，還請了狐仙大人做證，兩人定了情。

狐仙大人是巫月國信奉的神，各地自然有他的神廟，莫說各地，不少家裡還供奉了他的神像。只是巫月國的皇族神廟非皇族不可進入。

但只要有狐仙廟，或是在家中供奉狐仙大人，也就是我那騷包的師傅，他就能用神通看到周圍的事物，聽到所有人對他的訴求和願望。

所以，懷幽和自己心愛的女孩兒在狐仙廟裡許願時，師傅自然知道，有時我還會幫忙記錄他們的心願，但能不能達成，還要看他們造化。

可是沒想到，懷幽的舅舅看中了懷幽的美貌，說服了懷幽的母親，把懷幽送進了宮，指望著懷幽能被女皇看上，即使寵幸一晚，也能讓懷家榮華富貴！

當時負責招收宮人的正是孤煌少司，孤煌少司見懷幽確實長相俊秀，而且為人老實守本分，估計那時他也看出懷幽應該會是一顆聽話的棋子，所以十分滿意，還賞了懷幽的舅舅一個小官做，懷幽的舅舅從此在官場上混得如魚得水。

以懷幽的長相，我推估在巫月美男排名裡應該在前二十以內。

有趣的是，最初懷幽被送入宮，他母親是求狐仙大人保佑懷幽能被女皇寵幸，可是這兩年，他的母親已經改成祈禱懷幽能平安出宮，她對當初的作為後悔不已。

不過，懷幽毫不知情。因為懷幽入宮後從未回過家門。並非是後宮不准，巫月國的宮規還是很有人性的，宮人是有假期的。

同樣從懷幽母親許願懷幽能回家看看的願望裡，我推斷懷幽應該不曾回家過。他不回家的理由可能是孤煌少司命他片刻不離女皇身邊，也有可能是心裡還在記恨當年母親和他舅舅一起拆散了他與心愛之人。

懷幽喜歡的那個女孩兒也已經和別的男子成親，現在孩子都兩歲了。每年都來許願家宅平安，孩子健康。

人世間，再沒有比被強行拆散情侶更痛苦的事，更何況懷幽的舅舅還因此做了官，可見懷幽心裡會有多恨他的舅舅！

孤煌少司千算萬算，算不到我久居狐山十二年，卻能知天下事，還是連他都不知道的事。

但是，想靠這個外掛來打敗孤煌少司，是不可能的，這些訊息只能作為一些參考，用來判斷他人性格的一些依據。

知人心，識人性，再加上放手一搏，才能從孤煌少司的人中，找出可用之才。

懷幽走了後，換成桃香進來詢問我一些生活習慣。

「女皇陛下月信幾時？」桃香拿著本子有些激動地問。跟懷幽的鎮定謹慎完全不同，她顯得很興奮，還有種想要滔滔不絕的感覺，但礙於禮數，才沒有把心裡的話倒出來。

「不定期，很亂。有時一個月兩次，有時兩個月一次。」先這樣說，若是哪天我跟人打起來，不小心受傷流血弄了一床，還能用月信擋一下。

桃香聽了擔心地皺眉。

「那要找御醫好好調理一下。女皇陛下有什麼偏好的顏色和花紋？我好讓製衣局為女皇做新衣服！」她激動興奮地快要跳腳。

「嗯……沒什麼偏好。我穿了一輩子粗布麻衣，你們看著辦吧！」

「是！那奴婢先把這冊子交給內侍官大人，若有吩咐，小雲和蘭琴就在外面候著，隨時……」

「內侍官是男是女？叫什麼？」並非所有事師傅都知道，師傅只能看到供奉狐仙神像之地發生的事，聽到向狐仙大人祈禱或是懺悔的話。其餘的事，師傅無法看到，也無法聽到。

而且在巫月國，很少有男人會供奉狐仙大人。

「啟稟女皇大人，內侍官大人姓白名殤秋。」

「姓白？他是監禮司白霞的……」

「長子。」桃香說。

我點點頭：「知道了，妳下去吧，我想休息一會兒。」

「是。」

白霞是孤煌少司的人，所以白殤秋也是孤煌少司的人，這個毋庸置疑了。內侍官這樣重要的官職，孤煌少司還是放了自己的人。

原本還想著宮內是不是至少有一股勢力可以用，但現在是全軍覆沒了。內侍官、近衛軍，身邊的宮婢全是孤煌少司的人，你說女皇怎麼可能活得久？

不急～不急～棋局才開始，那碗烏龍麵應該還捨不得讓我那麼快死～

在桃香離開後，我開始翻箱倒櫃，想找一件深色的衣服，可是衣櫃裡只有白色內衣和彩色衣裙。我拿出一件白色內衣看了看，鋪在桌子上，拿出筆墨，開始磨墨。

「拜見攝政王。」外面傳來宮女們的聲音。

孤煌少司來了？

不知不覺快要晌午了。這是早會開完了？

我把白色的內衣疊了疊放到抽屜裡，鋪上了畫紙，繼續磨墨。幽幽的荷香從窗外飄入，揚起我纖細的髮絲。

孤煌少司不疾不徐走了進來，輕柔的髮絲在腳步中輕輕微揚。雖然瑾崋的髮質不錯，但還是屬於男人的髮質，有點硬也有點粗。但是，孤煌少司的細如蛛絲，格外飄逸，比一些女子的還要柔順纖細一分。

「烏龍麵你終於來了，我一個人好悶。」我一邊磨墨一邊說。

他站到我的書桌前，幽蘭之香已經隔桌而來。

「瑾崋呢？」他看向大床，大床珠簾半垂，在陽光中晶晶閃亮。

「洗澡去了。身上也有傷，你的人也太狠了吧。」

我不滿地抬臉看他，他的唇角已經揚起溫柔的微笑，我嘸了嘸嘴。

「看得我心疼死了。雪白雪白的一身皮膚，留了疤多難看。」

「看來他乖了？」

「哪能不乖？」我在硯台裡加入一勺水：「承諾保他全家平安才答應留在宮裡，不自殺。」

「不出所料。」

孤煌少司走到我的右手旁，輕拾絲綢的袖袍，握住了我磨墨的手，溫暖的手，覆蓋在我的手背之上，白皙的手指也是纖長而富有光澤，他握住我的手開始輕輕磨墨。

「聽說妳拿了一條白綾。」

消息傳得真快。

我從他的手下抽回手拿起鎮紙壓好畫紙。

「我說他不聽話就賜死囉，看他長得美，賞他個全屍，總比砍頭好。順便給他全家都一條，只要他一死，我馬上讓他全家跟他團聚，我可捨不得他一人下黃泉，那多寂寞。」

「心玉倒是善良。」他溫文儒雅地說。

「真的嗎？」我轉臉笑看他：「我也覺得自己很善良，嘿嘿。」

他側下臉看我，抬起手像是要撫上我的臉。

「女皇陛下，瑾崋公子沐浴完畢。」這時小雲進來回報。

我立刻轉回臉，激動地看小雲：「快！快帶進來！」

小雲一見到我身邊的孤煌少司，馬上嚇得雙腿發抖，竟然直接跪了。

「小雲該死，不知攝政王與女皇陛下一起。」

我看向孤煌少司，孤煌少司在一旁依然磨墨不語，雙眸半垂，纖長疏密的睫毛在陽光下閃爍流光。

我轉回臉笑看小雲。

「妳剛才給瑾崋公子沐浴去了，自然不知道，下次注意。快，快把瑾崋公子帶進來，讓我好好看看！」

「是。」小雲顫巍巍地應了一聲，匆匆退出。

碎碎的腳步聲輕輕響起，一身淡粉華袍的瑾崋呆呆地出現在婢女的簇擁之中。長髮在兩鬢束起，在腦後挽了個髻，用銀簪固定，剩餘的墨髮垂於後背，長及後腰。

因為長髮被整齊束起，突顯了俊美的臉容，鼻梁也變得格外挺直。髮型讓他的雙頰有些瘦削下去，形成了錐子臉，劍眉不粗不細，微挑的眼角也更加顯眼，越發拉長了他的眼線。

此刻，他眼神呆滯地看著地面，顯得無神而空洞。這不是裝的，而是真的，想必他的腦子裡，現在也是一片空白，對未來已經徹底失去了方向。

「你們怎能給他穿粉色？」我生氣地扔下鎮紙，嚇得婢女們紛紛縮緊脖子。

瑾崋依然像是沒有生氣的木偶，宛如已經徹底放空地聽不到任何聲音，任人擺布、扯弄。

我大步來到瑾崋面前，扯起他粉色的衣袍，上面還繡滿彩蝶。

「這衣服根本不適合他！你們把他裝扮得像是花街柳巷的男人，完全抹煞了他的英氣！他要穿更加貼身的深色衣物，像個俠客一樣！去，去換過再來！」

「是，是！」婢女們又匆匆簇擁著瑾崋走了，瑾崋走起路來也是一步一拖，顯得有氣無力。像是一具行屍走肉。

「瑾崋沒了生氣，要不要我刺激一下？」孤煌少司調笑的聲音從身後而來。我轉身看他時，他已坐在書桌後執筆勾畫起來。「心玉應該不會喜歡人偶吧。」

「當然！我會自己慢慢調教的，我很享受那個過程，你別插手。」

「嗯。」他一邊畫一邊點頭。

「我會帶瑾崋回家見一見他的家人，你可得把他們放了，即便是做個樣子，我也要他家人完好地出現在他面前。」

「好。」孤煌少司爽快答應，宛如天上的天神，所有人的命運任他擺弄，生生死死操之在他的一句話。

「懷幽呢？他怎麼沒有在心玉身邊？」

他問起懷幽，說明懷幽從離開到現在沒有與他碰面，也沒有把剛才的事跟他彙報。

「懷幽老實守本分，心思也很細密，侍奉過前幾任女皇，很有經驗，也很受前幾任女皇的歡喜，我特地讓他來貼身服侍心玉。怎麼沒見到他？」

他的語氣裡帶了一絲不悅，懷幽不在我的身邊算是違背了他的命令。

「我好像惹他生氣了。」我雙手環胸而笑。

「生氣？」孤煌少司停下了筆，抬起臉看我，宛如他才是這裡的皇，我只是一個調皮的孩子。

我用力點點頭：「嗯！嗯！我覺得他長得還不錯，調戲了他一下，結果把他嚇跑了。」

「妳……調戲他？」

我咧嘴一笑，笑得純潔無辜。

孤煌少司看著我的笑容，雙眸漸漸深沉似海，隨即也笑了，還搖了搖頭：「妳啊妳……」

正好，懷幽匆匆回來了，已經恢復了之前的鎮定，只是不敢看我。

「懷幽見過攝政王，懷幽失職。」他進來先對著孤煌少司謝罪。

孤煌少司卻是一笑，目露溫和：「心玉調皮，嚇到你了。」

懷幽一怔，沒有抬頭：「懷幽已經備好午膳。」

孤煌少司點點頭，起身，這時懷幽才敢起身。現在孤煌少司才是這座女皇宮的主人，缺的只是一個正大光明的理由。

「心玉，用膳了。」孤煌少司走到我的面前，伸手輕執我的手腕。懷幽和所有婢女匆匆閃退兩邊，低垂臉龐，非禮勿視。

孤煌少司拉我走出，懷幽和婢女們才匆匆跟在我們身後。

午膳在中殿，一張長長的矮桌，我盤腿坐上軟墊，懷幽跪坐在一旁，孤煌少司坐於另一桌後，桌上的菜碟由小而大，面前是小碟，為小食開胃之用。到桌尾是大盤的菜式，可見全雞全魚。

太奢侈了，太奢侈了！

懷幽用銀筷夾取一塊牛肉，要放入自己嘴中，我直接抓取奪來，在他還沒回神時，仰臉放入口中，嚇得懷幽立刻趴伏在我膝蓋之前。

「女皇陛下不可！所有菜品需要懷幽先行試食！」

我吮了吮手指頭，一邊吃一邊說：「攝政王跟我一起吃飯，誰敢下毒？等你吃完一圈，菜都涼了！你想讓我吃冷菜嗎？」

「奴才不敢。」懷幽趴在地上又是一副神經緊繃的模樣。

「以後試吃免了，要我流口水看著你吃，真讓人不爽。」我看看一桌子的菜：「還有，菜太多了，看得我心煩，不知道該先吃什麼。我最討厭選擇，以後四菜一湯，兩葷兩素。」

懷幽不敢言語，偷偷抬起臉看孤煌少司。

孤煌少司不動聲色，用筷子點了點桌面，懷幽立刻低下頭：「是……」說完緩緩起身，跪坐在一旁低垂臉龐，隱約可見他清秀的雙眉已經擰在了一起。

「心玉是未來的女皇，你們連她的喜好也不知道嗎？」孤煌少司的語氣裡再次流露出不悅和威嚴。

「是奴才失職，未能問得詳盡。」懷幽立刻全身緊繃。

「不怪他、不怪他。」我一邊笑一邊用剛才抓過牛肉的油手摸懷幽的頭，像給緊張的狗狗順毛，結果懷幽更緊張了，一動也不動。

「是我沒說清，不知道女皇用膳會有那～～麼多的菜。」我伸長脖子看桌子的末端：「我以前過年的時候也只吃兩顆饅頭就打發了。」

「過年只吃饅頭？」孤煌少司看著我的目光中流露出一分憐惜：「心玉是巫月國巫女，儘管不能食葷，素食一直有人送上山。」

「我懶啊。」我懶懶地單手撐在桌面：「一想到今天要做什麼菜、吃什麼菜，心裡就煩。尤其看到東西太多的時候，我總是會不知道該先選哪個，這會讓我很煩躁，我應該是有選擇困難症。」

「選擇……困難症？」孤煌少司目露一絲疑惑：「這世上還有這樣的病症？」

「我自己編的。」我對攝政王笑了笑：「烏龍麵，我知道你對我好，但以後你不用來陪我吃飯了，我知道你很忙的。」

孤煌少司的唇角揚起一個淺淺的弧度：「今日特別。」

「哦～～對，是給我接風？」

「是。」他微笑點頭，舀出一勺湯放入我的銀碗之中：「心玉請用，妳長居神廟，吃得清淡，不知這裡的菜是否合心玉口味。」

「合、合！」我咬著銀筷笑看孤煌少司：「有美男陪，喝水也飽了。」

「呵……」孤煌少司垂眸一笑，繼續為我添菜，舉手投足之間散發一種高貴的優雅。他輕拾袖袍，每一次抬手放落，如同美人沏茶一般優美。

唇角總含淺淺的笑意，不看你，不與你對視，不會用目光來勾引你，只是專心做自己的事情，卻格外誘人，讓你無法移開目光，宛如在期盼他幾時能看你一眼，對你含情微笑。

他的不卑不亢，不急不躁，會讓你覺得外面那些說他魅惑女皇的話都是謠言。因為，他從沒魅惑你，反而與你保持著完美的距離。

我看著他，一直看著他，直到……瑾崋回來了。

再次出現的瑾崋終於恢復了一個男人本該有的模樣，緊身束腰的修身長衫，深藍藏青的顏色瞬間襯托出他逼人的英氣，長髮高束，眉宇顯得俐落乾淨，散發男兒的英雄氣概。

在我的目光被瑾崋吸引之時，孤煌少司的手也頓在了我的面前。

與此同時，瑾崋原本呆滯的目光也瞬間收緊，憤恨地盯視孤煌少司，殺氣驟然而生，全身緊繃地如同快要撲向獵物的黑豹。

「心玉，快吃吧，不然涼了。」一直不看我的孤煌少司，終於在我將視線轉移到瑾崋身上時，溫柔地看向了我。

而我依然看著瑾崋：「美人～～你這樣盯著攝政王是什麼意思？」

瑾崋似乎沒聽出我是在叫他，料他也不會想到這是我對他的稱呼。他依然緊緊盯著孤煌少司，眸中的仇恨顯而易見。

「美人？」我放沉了聲音，見他還在瞪孤煌少司，我有些生氣地沉下臉：「小花！」

忽地，懷幽立刻起身躬身到瑾崋身邊，輕聲提醒：「瑾崋公子，女皇正叫你。」

瑾崋這才回過神，突然狠狠瞪我一眼拂袖離去！

懷幽大驚，起身就追：「瑾崋公子！瑾崋公子！不得對女皇陛下放肆無禮！」

懷幽追著瑾崋跑出，我單手托腮而笑。

「有個性，我喜歡。果然能刺激他的只有烏龍麵你。」我轉回目光笑看孤煌少司。

他微垂眼瞼，再次執起銀筷，不看我而語：「心玉還需慢慢調教。」

「嗯，我們吃。」我端起酒盞，孤煌少司也抬眸朝我看來，紅唇微揚。

「好，少司來陪心玉。」

我仰臉喝下酒盞中的酒，孤煌少司也抿唇微笑喝下，我忽然明白他是如何攻入一個又一個女人心的。他不急不躁，溫柔細語，在不知不覺之中，已被他所迷。

瑾崋躲在了寢殿深處，大門關起，讓懷幽再次露出頭痛之色。因為，瑾崋是女皇看中的男人，即使現在還只是公子，沒有名分，但懷幽這些宮人也能察言觀色，看出我對瑾崋的喜愛。所以，他們不敢得罪。

孤煌少司淡淡笑看侷促地站在門外的懷幽，我無奈道：「小花讓懷幽頭疼了。」

「小花？」孤煌少司柔情似水的目光中也溢出一絲笑：「莫非是瑾崋？好比我的烏龍麵？」

「嗯嗯！」我連連點頭，孤煌少司笑了，伸手摸了摸我的頭。「心玉真是可愛，上午舟車勞頓，下午好好歇息，讓妳的小花陪妳。若他不乖，可找懷幽。」

站在門邊的懷幽身子一緊，但依然垂首敬立，目不斜視。

孤煌少司看向了懷幽。

「懷幽侍奉過三位女皇，也侍奉過各種公子，所以心玉若是放心，可將瑾崋交給懷幽調教。」

懷幽果然經驗豐富啊！看不出來，明明那麼老實，連孤煌少司都大力推薦他。

「哦～～」我也看向懷幽，此刻，懷幽卻顯得緊張起來。「懷幽不錯嘛～～」

「呵……看，心玉又讓懷幽緊張了，懷幽侍奉三任女皇，從未侍寢，讓懷幽如此緊張的女皇，心玉是第一人。」

「原來懷幽是怕我讓他侍寢嗎？」

懷幽的臉色在我和孤煌少司對話中漸漸發紅，一旁桃香那些小妮子也竊笑起來。

「攝政王、女皇陛下，」懷幽終於無法鎮定下去，急促地朝我們一拜：「請勿再消遣奴才了。」

他最後的語氣簡直像是在祈求我們一樣，真是好笑。

「哈哈哈——」我大笑起來，孤煌少司也是笑著微微點頭，再次溫柔看我。

「心玉，本王不打擾妳休息了。懷幽，你過來。」他召喚懷幽時，臉上已無笑容，宛如那份溫柔只為我施放。

可憐的懷幽，這下真的該惴惴不安了。

「是。」懷幽匆匆從我身前走過，與孤煌少司一同離開，背影緊繃，下巴低垂。

懷幽侍奉三任女皇，卻從未侍寢，這也是一種本事。懷幽不醜，又那麼善解人意，這很吸引女人。這是女皇的國度，女皇可不會有什麼矜持，只要喜歡，就跟男性帝君一樣直接召入鳳床了。

孤煌少司特意提及懷幽從未侍寢，像是在暗示我什麼，入宮的男子必是處子。特殊的女兒國，自然有特殊的檢驗方法。此法為祕密，連我也不知。有時忍不住實在好奇，紅著臉問師傅，師傅也是壞壞一笑，說兒童不宜。

這個騷包，我哪裡算是兒童？老娘也活了兩輩子好不好！

不過，孤煌少司為何今天要特意跟我說？難道他想扶正懷幽，壓制我的愛寵瑾崋？

為什麼？為什麼要扶正懷幽？是覺得懷幽現在的身分還不足以接近我，無法完全監視我？

因為我不讓孤煌少司接近。

懷幽老實，一眼便知他心思縝密，擅於察言觀色，審時度勢。而他又很守本分，察言觀色只為自保，不去害人，因此孤煌少司才留下他，讓他在我的身邊，做一個不大不小的官。想必孤煌少司也無法完全信任懷幽，現在效忠他的人，不少是因為畏懼他。

總覺得……孤煌少司似乎因為我是最後一個名正言順的女皇而格外優待，這是為什麼？難道這一次，他想改變套路，讓最後一任女皇多活一點？

估計現在孤煌少司的心裡，對我以美男為由救下瑾崋仍有所懷疑，所以他中午前來，只為看我如何對待瑾崋。現在又把懷幽喚走，想必也會詢問一番後再交代事項。

但是，我猜這份懷疑是微乎及微的，因為我，巫心玉，沒有背景。

一個從小被送上山的皇族，沒有任何背景，沒有跟其他皇族甚至與宮中忠臣有過任何接觸和來往，父母早亡，不知山下任何時事，又怎會想到要去救瑾崋一家？

他來，只是再次確定我是不是真的喜歡瑾崋，真的好美色。

現在到了我和孤煌少司搶懷幽的時刻了，誰能先搶下懷幽，誰就能左右今後事態的發展，懷幽是一顆舉足輕重的棋子。我必須有所行動！

「女皇陛下快請歇息吧。」桃香代替懷幽為我推門，可是推了推卻推不開，她面露尷尬之色，著急地小聲輕喚：「瑾崋公子、瑾崋公子……」

「我來、我來。」我趕開了桃香，用力拍打門。「美人～～是我～～你開門啊～～不然我會不高興哦～～」

「匡噹！」門被打開了，然後就看到瑾崋怒氣沖沖往回走的身影。他那樣子，若非事先知道他恨死孤煌少司，不然會讓人誤會是在吃醋。

我跨入寢殿，順手帶上門，瞬間眼前寒光劃過，剪刀已經指在我的眉心，殺氣包裹了瑾崋的全身，他冷冷俯視我。

「我說過，如果妳被孤煌少司魅惑，我會毫不猶豫地殺妳！」

「噗哧。」我笑了，抬眸看他：「你覺得我剛才被魅惑了？」

「難道沒有嗎？」他大聲地反問：「妳盯著他看都快流口水了！」

我微微瞄向外側，瑾崋見到我的目光，似乎也有些後悔自己太大聲而斂眉咬唇，壓低了聲音。

「我居然真的信了妳！」

我笑了笑，悠然走出他的剪刀前，瑾崋立時後退一步把剪刀再次對準了我，我不疾不徐走向書桌，他便舉著剪刀一路追我到書桌前。

我發現書桌上放了一幅女子輪廓的畫像，應該是剛才孤煌少司所畫，他在畫我？後來懷幽來了，他沒有畫完。

我挪走了那畫，兀自取出藏好的那件單衣，瑾崋憤然道：「妳再不說話我現在就殺了妳！」

「既然想殺我，為何到現在還不動手？」

見我鋪平單衣，瑾崋捏緊了手中的剪刀。我挑出最大的毛筆。

「是因為你對我還存有一絲希望。來，幫我把這件衣服塗黑了，別讓別人發現。」

瑾崋怔怔拿著剪刀，看我桌上的衣服。我從他手中直接拿走剪刀，放入毛筆，對他眨眨眼。

「要全部塗黑哦，不能留一絲白。」

他莫名地瞪視我，我到窗前再次關好窗，大聲道：「美人美人～我跟攝政王真的什麼都沒做啦～你不要不理我啊～我們一起睡覺覺好嗎～」

瑾崋站在書桌前，臉立刻抽搐起來，舉起手就要甩掉筆，我立刻閃身到他面前，扣住他要甩筆的手，帶起的風微微揚起桌上的白色單衣和他鬢角的髮絲。

與此同時，瑾崋也怔住了，杏眸圓睜：「妳怎麼那麼快？妳會功夫！」

我對他揚唇一笑。

「現在，我要去休息，你好好給我塗黑。」我雙手放到腦後準備大睡一覺，晚上好辦事。

「妳到底要做什麼？」瑾崋緊跟在後追問我，我把自己往大床上一扔，他站在床邊攥緊毛筆。

「如果妳什麼都不告訴我，我不會為妳做任何事！」

我鬱悶起來，盯著一臉緊繃的他，心煩這傢伙什麼都要人說明白。

「瑾崋，我發現你還真沒什麼安全感，難道我救了你無法證明一切，不值得你信任嗎？」

「沒錯！」他直接盯視我。

「而且你對我的態度也很差……」我嘆口氣。

「哼，對巫月皇族，我們家族已經徹底失望透頂！一個個都好色貪慾，妳也不會例外！只是時間長短！」

他篤定說完，拂袖轉身，側開臉咬了咬牙。

「我居然還對妳抱有一絲希望！我到底該怎麼辦？」

「好～～好～～」我對著他的後背妥協：「告訴你就是了，看你在那邊糾結來糾結去的。」

他聞言才再次轉身看我，星眸異常閃亮。

「讓你塗黑那件衣服呢，是為了做夜行衣～～」

立時，瑾崋面露驚訝之色，在我面前徹底定格。

「我又不能明著跟宮人要夜行衣，這事如果傳到孤煌少司那裡，他會怎麼想？」

我反問瑾崋，他已經啞口無言，只剩下呆呆的表情。

「為了盡快救瑾大人一家，我直接下山，沒有拿任何行李。到這裡才發現連一件黑色的衣服也沒有，只好這樣臨時做一件，晚上出去後再買。」還是要找個機會回神廟一趟。

「妳……晚上能出去？」他終於回魂，那語氣像是完全不相信我晚上能出去，也沒有半分感動。

我雙手撐到身後，笑看他：「怎麼？不相信？我不但要出去，還要去孤煌少司家。」

「不可能！進不去的！」瑾崋此番倒是神情變得認真起來。「莫說孤煌少司的暗衛，孤煌少司本身的功夫也極高，可謂深不可測！更別說還有他那個神神祕祕的弟弟孤煌泗海……」

「我知道。」我打斷了他，見他雙眉擰緊，我揚眉，回憶道：「昨晚我跟孤煌少司睡過……」

「妳跟他睡了！」瑾崋差點喊出來，星眸圓睜。我立時起身，在他眨眼間已經來到他身前捂住了他的嘴。

我站在床上，他在床側，我居高臨下捂住了他的嘴，他熱熱的唇貼在我的手心上，傳來一股濕熱的呵氣。

「瑾崋，你是個男人！沉穩點！」我擰眉看他。

瑾崋的星眸睜了睜，一抹氣鬱轉瞬即逝，在我的手心下側開了臉，唇瓣擦過我的手心，帶來一絲輕癢。

「我只是睡在他身上，藉機查探他的心脈和氣息，判斷他內功的強弱。」

「那也是睡！果然沒有一個女人能抵擋住孤煌少司的魅力！」瑾崋幾乎咬著牙說，我無語地翻個白眼。

「那你說，我怎麼靠近他，探他功夫深淺？難道暴露我自己？」

瑾崋一下子轉回臉呆呆看我，再次語塞。我伸手按上他的胸膛，他立刻渾身僵硬。

「只能靠這樣了，而且，若不想讓對方察覺，需要很長的時間去感覺和判斷。我不可能打內力到孤煌少司體內去試探！」

真當我發騷抱孤煌少司睡覺嗎？一個晚上，他氣息的變化和心跳的速度可以判斷出他的內力到底有多深厚。我還感覺到在我抱他睡的時候，他還順便調息了一會兒。

調息是習武之人的習慣，通常是在睡前和醒來之時，因為那樣可以養足精神，即使一夜不睡也沒關係。

孤煌少司也應該知道我會一些功夫，巫女大人一般都會一些，所以我踹飛瑾崋舅舅時，他並沒露出太大驚訝。但他也沒來試探我，說明他還沒對我的功夫留心，還沒有放在眼裡。

瑾崋胸膛內的心跳在我的手心下迅速加快，他擰擰眉退後了一步，轉身走了。

「瑾崋，你去哪兒？」我看著他背影問。

「去幫妳塗黑白衣。」他沒好氣地甩了一句話給我，我笑了。想要讓一個人馬上信任你，真的好難啊。

我躺在了大床上，開始為晚上養精蓄銳。

「我現在終於明白你為什麼說孤煌少司是你的第一顆棋子，巫心玉女皇，希望妳不要讓我失望，不然我……」

「殺了我嘛，你煩不煩啊。」

「嗯！然後我再自殺。」他悶悶說完，不再說話，寂靜的房間裡，開始瀰漫濃濃的墨香。

我閉上眼睛淡淡而笑。瑾崋性情剛烈，真希望能得到他全心的信任，他會是一名良將的！

「下午不會有人來嗎？」瑾崋輕輕地問，語氣已經沒有了之前的生硬。

「嗯……白天趕路，孤煌少司讓我休息。你放心畫吧。」

「好。」

之後，他再無言語，只有靜靜的磨墨聲，和用毛筆塗刷衣物的聲音。

我假寐休息，偶爾看到瑾崋塗抹白衣時認真的神情。他的面色好了許多，昏暗的光芒中，映出他修挺的身姿和修長的剪影，身上也沒了最初的殺氣。

安心睡了一會兒，忽然感覺到床明顯一沉，像是有人躍上我的床，我戒備睜眼時，卻正好看到瑾崋快速躺倒在我的身邊，與此同時，我也感覺到窗外他人的氣息。

瑾崋功夫不錯，能察覺到外人靠近。這也是我選擇瑾崋的原因，只有功夫不弱，才能察覺到周圍的變化，我一個人演戲，實在太累。

瑾崋快速的動作像是小孩子爬床，他飛快在我身側躺下，然後撫平自己的氣息。他開始進入狀態了，不再像之前那麼慌亂無措。

他像是沒料到我醒了，表情有些吃驚。我聽到輕微的開窗聲，立刻一個翻身直接壓在了瑾崋的胸膛上，導致瑾崋氣息瞬間奔潰紊亂，心跳也變得劇烈。

看來瑾家的家教很嚴，瑾崋一定沒有跟別的女孩兒有過親密接觸，才在我碰他時心跳加快，慌張失措。

他快速的心跳害得我也有點不好意思起來，我努力保持鎮定。他氣息紊亂不至於引人懷疑，因為他是被我搶來的，不情願是應該的。而且，我察覺到來偷看我們的人功夫並不高，他應該察覺不出瑾崋氣息的變化。

但我的氣息可不能亂。

我伏在瑾崋的胸膛上，等待不速之客離開。孤煌少司對我的懷疑果然不深，所以派來的還只是普通侍衛，這從對方的氣息上可以判斷。若他對我懷疑加深，那派來的定是高手，高手的氣息可不是那麼容易察覺的，不過瑾崋也是個高手，嘿嘿，只是比孤煌少司差一點。孤煌少司嘛……嗯……應該還比我遜，我可是有一個神仙師傅！

「撲通撲通撲通！」瑾崋的心跳像是擂鼓，全身僵硬，身上每一塊肌肉都緊繃得像是石頭，這樣趴在他身上也是非常的不舒服。

因為太過緊繃，瑾崋的胸膛忽然不再起伏，他居然緊張到屏住了呼吸，只有我一個人發出勻稱的呼吸聲。

我們就這樣保持這個姿勢，時間格外難熬，寂靜之中每一聲呼吸都變得格外清晰撩人。

侍衛再次輕輕闔好了窗，瑾崋的身體卻更加緊繃，像是侍衛離開了，這個世界只剩下我們孤男寡女，反而讓他更加緊張。

一旦察覺不到外人的氣息，我便立刻起身，瑾崋也立即坐起，側身坐在我的身邊，單腿曲起，靜謐的房間響起他壓到最低的短促呼吸聲。

「瑾崋，你太緊張了。」我看向別處對他說，臉也有些熱。有時候就是這樣，大家裝鎮定，才不會覺得尷尬。

「我從沒碰過女孩子！」他鬱悶地說：「這是第一次，妳忽然撲上來做什麼？」

他的語氣像是恨死我毀了他名節。

「我是好色的女皇！」我微微轉臉盯著他通紅的耳朵：「我不抱著你像話嗎？」

「以後別碰我！」

他又是沒好氣地甩了一句，起身躍下床，飛越到上方，從樑上取下了黑衣，憤憤不平地看我。

「還說沒人來？」他滿臉通紅地盯著我，活像是自己虧大了！

「噗哧。」我忍不住笑了，抬眸笑看他：「你反應很快嘛，知道躺我旁邊。」

他窘迫難當地把黑衣朝我扔來：「別再提這件事！」

「啪！」我接住黑衣，果然塗得一絲不苟，不見一分白，墨跡也已乾，所以整套黑衣黑褲硬邦邦的，還帶著墨香。今晚就這麼湊合吧。

瑾崋自己坐到桌邊，替自己倒杯涼水喝，安撫一下剛剛緊張的情緒。

「瑾崋。」

「什麼？」他立刻像兔子一樣一驚一乍，顯得格外緊張。

我又忍不住笑了。

「放鬆點、放鬆點，以後我們會常睡在一起的。」

登時，他通紅的臉瞬間變得慘白，杏目圓瞪：「妳想也別想！」

我無語地側開臉，搖搖頭，轉回臉看他。

「那你要我怎麼辦？把你扔到冷宮，我們是要怎麼合作？而且，你一入冷宮，孤煌少司定會派人再次捉拿你的家人，把他們處死，我們前面做的全白費了！」

瑾崋的表情再次僵住。從剛才他察覺有人，快速躺倒我身邊這個舉動來看，可以判斷他是一名機智的男人，他知道探子來到底想看什麼。只是未入朝堂，所以經驗不足，還未練出城府來。

「該死！」他一拳砸在圓桌上，震得茶蓋撞響，他的眸光開始猶豫，掙扎起來，咬了咬牙瞪向我。「我會和妳睡在一起，但妳別想跟我做……做……」

他的臉越來越紅，幾乎成了醬紫色。

看他那副像是快要咬斷腸子的模樣，我放過他，受不了地瞪了他一眼。

「誰要跟你做？我晚上很忙的！」

他睜了睜星眸，像是遇到大赦般鬆了口氣，整個人隨之放鬆下來，望著地面發起了呆。

「還有，你對我態度好點。我就算不是女皇，也是巫月國的巫女大人！」

他又渾身一緊。

「我問你，你知道京都黑市在哪？」

「黑市？」瑾崋再次抬頭，臉上羞臊的潮紅已褪去。「那是三教九流的地方，我從來不沾。」

「喲！瑾大人的家教真嚴啊！」我驚嘆。

他的眸光閃了一下，微帶一絲窘色地側開臉。

「不錯，家父家母管教很嚴，從小不准我直視女孩兒，更不能……碰觸女孩兒，煙花柳巷我更不能去，所以……所以剛才是我第一次！」

他越說越尷尬。

「我知道我剛才做的不好，我會努力適應的！」他一口氣說完才敢再次看我，目光裡已少了分羞臊。

我點了點頭。

「妳去黑市做什麼？」他還是那麼不客氣，對我這個女皇毫不尊重。

「我要去買套夜行衣，還有一些易容用的物品和藥物。順便也替你買些裝備。」

他的目光中流露出驚詫，似是完全沒想到我去黑市是為了採購物資。

「怎麼了？」我起身到他身邊坐下，也幫自己倒了一杯茶水。

「沒什麼。」他低下臉說道：「妳真的跟別的女皇不一樣。別的女皇一入皇宮便不再出宮，而妳……」

「其實前幾任女皇也並非全都受孤煌少司魅惑……」

「但她們最終還是迷上了孤煌少司這個妖男！」

我點了點頭，微皺秀眉，啜飲一口水。

「就拿上一任淑嫻女皇來說，她即位時也是聽從家母和其他忠臣的諫言，要收回孤煌少司的攝政王位，但因為孤煌少司擁兵在手，這件事因而被推遲，結果，半年後，女皇就……」

瑾崋失望地低下臉。

「只要有足夠的時間，孤煌少司就能攻進女人心房。」

「是的，妳如果不盡快除掉孤煌少司，最後一定也會迷上那個妖男的！」瑾崋近乎著急地控訴。

我搖搖頭：「你們錯了，對付孤煌少司，急不來。」

瑾崋瞬間瞇起了星眸，眼中已出現殺氣，又是一副隨時想殺了我的模樣。

我抬手輕輕拍了一下他煞氣騰騰的臉。只見他一怔，呆呆看我，我對他壞壞一笑。

「就憑你？也想殺我？沒聽說過不死鳳凰命嗎？就是我。乖乖跟我學著點，你才能對付孤煌少司。到時你可別被他迷住了。」

「我怎麼可能！他可是個男人！我也是個男人！我、妳、他……」他著急地結巴起來。

見他這樣，我哈哈大笑起來。對於我的反應，他再度鬱悶地甩開臉，半天不再說話。

直到晚上孤煌少司的人沒有再來。

瑾崋一臉呆板地坐在一邊，依然由懷幽服侍我用膳。然後，是沐浴。

孤煌少司不在，讓懷幽也顯得輕鬆不少。

浴殿在後宮的東側，離女皇的寢殿有些距離。懷幽在我身前領路，桃香等宮女在兩側挑燈。

夜晚的女皇宮別有一番景緻，星光璀璨，月光明媚，假山樹木在月光之中妖嬈，花香依然撲鼻，隨處可見豔麗的花兒綻放，像美人一樣美麗。

我身上還是那身從神廟裡下山時的樸素打扮，沒有資格上神廟的宮人們都好奇地偷偷瞧我的衣衫，他們在我靠近之時，紛紛下拜。男子清秀美麗，女子嬌俏多姿。

題外話，能進女皇宮的宮女是要求最多的，姿容不能比過女皇，胸部不能大過女皇，除了奶媽。腰不能細過女皇，身高絕對不能高過女皇等等，諸如此類。

不久之後，我已經站在一座奢華的宮殿前，很難相信這一整座宮殿都是浴殿！

再次脫鞋而入，懷幽也跟隨在旁。

進入一扇又一扇華麗的門，浴殿終於映入眼簾。

此刻，浴殿裡已經燈火通明，照得金碧輝煌。

兩排純金的鳳凰雕像立在浴池邊，從鳳凰的口中吐出涓涓流水，整個浴池是一整塊碧玉雕刻而成，清澈的池水映成了綠色。

男侍們身著微微透明的白色綢衣，整整齊齊垂首站在浴池畔，一個個如墨的長髮半垂胸口，說不出的妖嬈風味。

另一邊，是正在忙碌的侍婢，她們把鮮花的花瓣灑入池水，手執琉璃瓶輕輕倒入芬芳的精油。濕熱的空氣之中，立刻瀰漫出迷人的玫瑰花香。

「玫瑰？」玫瑰這東西放在這裡，可是別有用意啊！

「是。」懷幽垂首答：「每日精油會更換，如女皇陛下有特別喜愛的，可告訴懷幽。」

「知道了，你帶那些男侍們下去吧。」

懷幽躬身道：「不讓他們留下服侍嗎？他們是宮內最好的按摩手。今日女皇陛下舟車勞頓，攝政王特命懷幽帶他們前來為女皇陛下放鬆一下。」

按摩手？少來了。誰不知道那些男侍是幹什麼的。

我單手負到身後，冷冷看他。

「我乃侍奉狐仙大人的巫女，我的身子豈是那些凡夫俗子可看可碰的？」

懷幽不語，依然恭敬站立，鎮定如常。

「以後我沐浴不要讓男侍站在那裡！」

「是！」懷幽淡定地轉身，帶離了男侍。

女皇色，但不一定要淫，這樣也可以防止孤煌少司把什麼亂七八糟的男人都往我這兒塞。我看得上的，才會收！

今晚這一齣，八成也是孤煌少司的試探。

侍婢們小心翼翼地上前為我寬衣。我還是有點不太習慣，有種沐浴被圍觀的感覺，儘管她們始終垂首，目光不看我一分。

進入浴池之中，整個人瞬間放鬆了。說起按摩，還真是男人較擅長。男人手大，力道也足，不像女孩的手軟軟的，所以想在女人裡選出按摩技術好的，得要大媽等級的！

正想著，來了兩個老一點的宮人。哈，懷幽果然心思細膩，不必我說，他已換人，是個好奴才！

在侍婢們為我沐浴洗髮之後，我趴在池邊的軟墊上，讓兩個大媽為我按摩。

兩位大媽小心翼翼地服務我，哇塞！整個人渾身一輕！

「很好！很舒服！嗯……今晚賞妳們在浴殿沐浴了。」

「謝、謝女皇陛下！」在浴殿沐浴對這些服侍女皇一輩子的宮人來說，簡直是莫大的榮幸！

兩位大媽激動地一直趴在地上不起來。

婢女們開始上前，為我裹上雪白繡有金鳳的微微透明絲綢抹胸，露出我胸口因為沐浴而微帶粉紅的半抹肌膚，依然是雪白繡有金鳳的外袍套上我的雙臂，稍微遮起我赤裸的雙肩，露出半抹鎖骨和修長的頸項。

放落所有烏髮，在末端繫上金色紗帶，在身後飄逸飛揚。

寬大的袖袍，輕薄的材質，絲滑的質感，若無胸前金鍊相連，衣領會自然滑落肩膀。通體的玫瑰幽香，讓人心猿意馬。

步出浴殿之時，在外等候的懷幽依然垂首等候。夜風輕輕撩起我臉邊的髮絲和輕薄的衣襬。面前是一張華轎，大如床，放有精美柔軟的靠墊，由八人所抬。

懷幽伸出手：「請女皇陛下上轎。」

懷幽依然低著頭，恭恭敬敬。

我抬手輕扶他的手，趁他微微一怔，便從他面前而過，走上華轎。他卻失了神，呆呆舉著手站在轎子邊，即使我的手已經離開他的手背，他的手還沒收回。

「懷幽？」我輕輕喚他，他下意識抬臉看我，卻在看到我的那一刻，愣住了。我燦燦而笑：「怎麼？不過是洗乾淨點，換了身衣服，懷幽就不認識我這個山野巫女大人了？」

懷幽的秀目立刻睜了睜，臉蛋一片潮紅，倉皇下跪。

「懷幽該死！懷幽不該直視女皇陛下，懷幽該死！」

「嗯……真是膽小的懷幽。走吧，回寢宮去。」

隊伍緩緩而行，只剩懷幽戰戰兢兢趴伏在地上。瑾崋是身體緊繃，懷幽則是精神時時緊繃，只要我和攝政王輪番逼他，這根弦遲早會斷。

「啵——」弦斷之時，就是我用他之刻。

當我回到寢殿時，看到瑾崋也是一身微微透明的睡袍，緊張而鬱悶地跪坐在床上，雙拳握緊貼放在膝蓋上。俊容低垂，長髮披散，垂在臉邊，遮住他應該已經憤懣不已的神情。

寢殿之門在我身後關閉。

「吱嘎——」最後那一聲輕微到幾乎聽不見的緊閉聲，明顯讓瑾崋的身體瞬間僵直起來。

我拾起拖地的睡袍走到瑾崋床邊。他胸膛大幅度地起伏著，也不知看哪裡。

我則是拿出了夜行衣，鋪在床上。

「今晚妳打算怎樣？」他突然頓住了口，我拿出一件肚兜轉回臉看他。

「打算什樣？」卻看到了他呆滯的神情和半啟的紅唇。

他的臉又開始紅了起來，漸漸蔓延到他同樣修挺的脖子，鬆散的衣衫露出赤裸誘人的胸口，絲薄的材質貼在他的胸膛上，清晰地映出他微微鼓起的胸膛，他習武的身姿一覽無遺。沒想到瑾崋穿衣服顯瘦。而那微微透明的絲綢更是遮不住他粉色的茱萸，性感得教人血脈賁張。

瑾崋半張著口，臉紅地呆滯看我，我疑惑地問他：

「怎麼了？你也跟懷幽一樣不認得我了嗎？」

他匆匆垂下臉，近乎愴惶地躲避我的眼神，做了一個大大的深呼吸，喉結明顯地上下滑動了一下，輕輕低語：「今晚妳打算怎麼辦？」

「你一個人睡。」我開始解開外袍的帶子，他身體徹底僵硬，匆匆轉身背對我。

「不要在我面前脫衣服！」

「你不是轉身了嗎？我知道你會轉身的，你是正人君子。明天我會命人安置一個屏風，說來奇怪，這房間裡怎麼沒有換衣服的屏風？」我再次環視，四周確實不見屏風。

他後背頓時僵硬，呼吸一滯，房間因此突然安靜下來。我揚起手打滅燭火，讓這個房間陷入本該有的黑暗。寂靜之中，響起我匆匆脫衣的「撲簌」聲。

燭火打滅後，一身白衣的瑾崋反而更加突顯，他後背僵直緊繃，比下午還要緊張。隱隱約約的月光下，屋裡有個白衣黑髮又如此僵直的身影，說實話，看著有些嚇人。
我換好夜行衣躍上床，他瞬間一怔，連脖子都直了。
我半蹲到他身後，戳戳他僵硬的後背，他猶豫了一會兒，才有些機械地轉身看我，見我穿了衣服，才鬆了口氣。
「瑾崋，你睡吧。」
瑾崋尷尬地看我一眼，垂下臉，長髮鋪蓋在白色的睡袍上。
「可是、可是……什麼都不做……會不會太……奇怪了……」
「嘿──？」我壞笑看他：「你也知道那件事？」
他的臉立刻轉開，長髮在月光中輕顫。墨髮滑落，露出他已經通紅的耳朵。
「不用，我是從神廟來的，孤煌少司應該以為我不懂房事，說不定他覺得我只是一個單純喜歡美男子的小女孩兒，只會收藏美男，卻不知如何使用。所以，你放心，現在你就安心地睡吧。記得放好紗帳。」
「嗯。」他點點頭，握緊的拳頭緊了緊。
我轉身欲走，他微微起身伸手，抓住了我的手腕，我感到了他手心的汗濕與火熱，他真是太緊張了。他在抓住的那一剎那又匆匆放開。
「盡快回來，我怕自己撐不住。」他這句話讓我很高興，有種被當作兄弟的感覺。
「知道了，我會盡快回來。」說罷，我躍下床，推開後窗，確認窗外無人，一躍而出。正轉身關窗時，見瑾崋起身放落帳幔，對我點點頭，躲入華帳之中。

踏星而出，師傅留給我的仙氣無疑提升了我的功力。老狐狸，別以為給我點仙氣就能一筆勾銷了！早晚上去找你報仇！

✣ ✣ ✣

京都地圖是在神廟裡看的，和實際地圖還是有很大差距的！我從小數學不好，師傅教我的所有項目裡，只有術數我學不好。我上輩子數學不好，這輩子術數還是不好，這是我的弱項，沒辦法。

憑藉地圖上的一些標誌性建築物，我摸到了孤煌少司的家。

攝政王府在京都最繁華的地段，有意思，我以為像孤煌少司那種人會住在比較僻靜的角落裡。不過正因為繁華，人來人往，所以即使穿黑衣也很難進去。

知道自己摸清攝政王府需要時間，才早早出來。在攝政王府裡又繞了一圈，才找到一個類似書房的別院，丫鬟正在進出，我收斂氣息躲在樹枝之中。師傅給我開的外掛還不夠多，應該再給我一對千里眼和順風耳。

此時，書房的門窗都大開，書房裡鋪有地板，書桌為矮几，從窗戶的位置看進去正好可以看到孤煌少司正盤坐於書桌之後，微微斜傾，右手肘撐於書桌上。

而他的身旁，卻慵懶地倚靠著另一名執卷男子，淡青色的綢衫上可見用紫色絲線繡出的流雲線條，雖不明顯，卻在明亮的燈光中折射出光亮，如同真的有流雲在他身上盤繞輕移。

男子倚靠在孤煌少司左側的身上，顯得怡然自得，而更讓人驚訝的，是他的一頭雪髮！

泛著流光的雪白長髮在淡青色的綢衫中染上了一絲淡淡的藍。我看著那頭雪髮微微失神，眼前浮現出流芳的滿頭銀髮。但流芳師兄是短髮，而這男子的雪髮蜿蜒在他的華衣和孤煌少司的黑衣之上，像是妖嬈的狐尾盤在他們身上。

那男子的雪髮只用一根翠玉簪挽起，乾淨而亮眼，翠玉簪的翠綠襯出了髮如雪，雪髮的白襯出了玉簪的翠。

這名雪髮男子……難道是……

一直以來，世間只流傳著孤煌少司的傳說，對他弟弟孤煌泗海的傳聞卻少之又少，甚至無人知曉孤煌泗海到底是何模樣。

有人說孤煌泗海其實是一個醜男，所以躲在家中。

有人說是孤煌少司對其弟極為保護，不讓他拋頭露面。

現在孤煌泗海應該已有十七、十八歲，卻依然無人能說清孤煌泗海的長相，即使是孤煌家裡的家奴，彷彿也未曾見過這孤煌泗海一面。連瑾崋提起他時，也是用「神神祕祕」四個字。

這個孤煌泗海被孤煌少司藏得有夠深，難道真的是因為孤煌少司對弟弟愛護有加？

「那個巫心玉長得怎樣？」忽然間，悠悠揚揚的聲音隨著夜風掠過我的耳邊。

我一驚，那雪髮男子的聲音，出奇得好聽！

清靈的聲音與孤煌少司的溫潤之聲不同，恰似琴聲一般悠揚，能撥動你的心弦，隨風而來時，如同一隻手輕輕撩撥你耳畔的髮絲，若是這樣的聲音在你耳邊輕喃，必會擾亂你的心神，為他心猿意馬。

只見那雪髮男子優哉游哉地翻過一頁書頁，只是專心看書。

「呵，弟弟還是只關心人的長相。」當孤煌少司溫潤的聲音響起，我定下了心，這個雪髮男子果然是那個神祕的孤煌泗海。

「嗯，怎樣？好看就多留她一會兒。」雲淡風輕的語氣宛若他們才是主宰女皇生死的天神。

「嗯……」孤煌少司托腮而思，雪髮男子微動，但未轉身。

「怎麼？這女人長得這般好看，讓哥哥也動了心？」

「未曾。」

「那為何還要思想一番？」

「嘶……奇怪……只記得好看，卻怎麼也想不起來她什麼模樣……」

孤煌少司微露疑惑。雪髮男子立時轉身，但窗框卻正好遮住了他的面容，他伸手握住孤煌少司的手臂，白皙的手指竟如師傅一般通透，在燈光中透出一絲暖光來。

「你不記得了？」他顯得非常驚訝。

我摸摸臉，師傅該不會在我的容貌上下了什麼咒語吧，難道看在別人眼裡像是打了馬賽克？還真……讓人看一眼記不住啊！

「哼！」孤煌泗海冷冷一哼：「定是神廟給予了她庇護，畢竟她是侍奉狐仙的巫女，身上有庇護也很正常。待她沾染俗世破身後，身上的庇護自會消失。」

他說的庇護是類似於靈氣，長久侍奉天神的人，身上會得到神的庇護，帶有一些靈氣，比如不會被鬼物上身之類的。

奇怪，庇護之說只有巫師或是妖道上的妖類才會那麼說。若是普通百姓一時記不住我的容貌，怎會認為我有神的庇護？只覺得自己記性不好之類的。孤煌泗海卻用庇護來解釋，有點詭異。

這對孤煌兄弟，很有問題！尤其那孤煌泗海，不知為何，總感覺他身上飄散一股說不出的邪氣！

就在這時，那孤煌泗海忽然執卷起身，走入了身後的屏風之後，雪色的長辮揚起，掃過屏風，宛若是長長的狐尾掠過。

隨即，我看到了匆匆走入院子的慕容襲靜。

這孤煌兄弟的內功果然厲害，慕容襲靜還在院門口，他們已經察覺。難怪他們的院子裡沒有人看護，也難怪孤煌泗海無人得見。

孤煌泗海躲入屏風，也是刻意迴避見人。

慕容襲靜匆匆走近書房前。

「王。」

「進來吧。」孤煌少司依然單手支頤淡淡地說。

慕容襲靜這才脫鞋進入，跪坐於孤煌少司面前：「巫心玉房中沒有動靜。」

「巫心玉是妳叫的嗎？」孤煌少司的語氣驟然寒冷，他放落右手，眸光哪裡還有白日的溫潤似水，只有冷酷冰霜：「在行宮妳跟巫心玉說了什麼？」

孤煌少司忽然深沉的語氣讓慕容襲靜微微吃驚，有些不服地揚起臉。

「王！她實在太囂張了！她不過是一個傀儡，居然對我指手畫腳還羞辱我，我、我只是給了她一些警告！」

「啪！」孤煌少司忽然拂落矮桌上所有的冊子，現在才看清，好像是奏摺。

慕容襲靜立刻止住話，露出了屬於女人的乞憐姿態、嬌媚神情，滿目深情、欲言又止地看著孤煌少司。

孤煌少司緩緩起身，慢步來到慕容襲靜的身前，俯身抬起了她的下巴，她侷促不安又帶著一絲欣喜地凝視孤煌少司。

忽然，孤煌少司放開慕容襲靜的下巴，甩手就是一巴掌。

我吃驚地捂住了嘴。好狠！

「啪！」

慕容襲靜被打趴在地，一旁的孤煌少司，身影異常寒冷：「多嘴！」

「對不起……少司！對不起！」慕容襲靜匆匆起身抱住了孤煌少司的腿。

見狀，我嘆息地搖搖頭，此刻的慕容襲靜哪裡還有女將士的英氣，只有小女人祈求心愛之人憐愛的急切。

孤煌少司再次扣住慕容襲靜的下巴，她的臉上寫滿楚楚可憐哀求的神情。

「我錯了，我只是嫉妒，嫉妒她可以生下少司的孩子，而我，我……」

生下孤煌少司的孩子？啊！原來如此！

奇怪，孤煌少司為何不跟之前的女皇生孩子？是太忙了沒空？還是想一口氣除掉其他皇族，先絕了後患再慢慢生孩子？

後者的可能性比較大。

嘿嘿，原來這妖男想跟我生個孩子啊，難怪對我柔情似水，格外優待。

「知道了。」孤煌少司依然冷冷看著慕容襲靜：「妳下去休息吧，有事本王會喚妳。」

慕容襲靜低下臉，孤煌少司這冷淡的溫柔居然也能讓她滿足，真是可憐。慕容襲靜匆匆退出了書房，站在門口穿鞋之時，她不甘心地回頭看一眼，這才抹淚離去。

「這個女人太癡。」在慕容襲靜離開後，孤煌泗海又從屏風中出來，再次懶懶地靠在桌邊，角度之巧合，我還是沒有看到他的容貌。師傅怎麼沒給我一雙透視眼！

「癡，可以讓她為你死心塌地；癡，也可以讓她由愛生恨，就像之前那幾個女人。若是變成了恨，就是麻煩，還是要除掉。」

他們口中的那幾個女人，很有可能是前任女皇。異常平淡的話道出了之前那些女皇的死因，原來是太愛孤煌少司，愛成了恨。

「嗯，好在她聰明。」孤煌少司的語氣更是無情地像是慕容襲靜只是他們隨時可棄的棋子。朝中不知有多少女人被他這樣利用，真是胸悶心塞。這兩隻妖男，必定除之！

女人愛上，會癡，正如孤煌泗海所說，癡會讓我們對男人死心塌地，我對師傅不就是一種癡？而同樣的，會由癡生恨，因為妒，女人的嫉妒是很可怕的。所以，他們必須要除掉那些壞掉的棋子，以免像瘟疫一樣壞了整盤棋。

忽然，有黑影落下，跪在書房外窗下：「主子！有刺客！」

刺客？誰膽子那麼大？這黑影應該就是孤煌少司的暗衛了。估計巫月國的高手全成了他的暗衛。

「活捉。」孤煌少司只是淡淡發出命令，便繼續看他的奏摺，而孤煌泗海依然慵懶地靠在孤煌少司的身側，繼續悠閒地看書。

「是！」黑衣人飛離。

我想了想，也跟著離開去看看，畢竟敵人的敵人就是朋友！不過，身上的夜行衣真是噁心，畢竟墨乾了會硬，穿著非常不舒服也很醜，而且隱約感覺，要是出汗，我就完了！

當跟著黑衣人到前院時，此時前院中已經打得熱火朝天！

刀光劍影，丫鬟僕人驚叫聲四起，在侍衛包圍之中，正有一黑衣人奮力廝殺，流暢的劍法堪稱一流，我差點以為是瑾崋溜出宮了！

就在這時，孤煌少司的暗衛飛躍而來，我立刻折斷樹枝飛躍而下，落到那刺客的面前，揮開刀槍抓住了黑衣男子的手腕。黑衣人吃驚看我，露在面罩外的細長眼睛微微帶鉤，長長的睫毛平直而疏密。

「快走！暗衛來了你就走不了了！」我拉起他就跑，他也立刻隨我離開。面前飛來暗衛，內力震斷樹枝化作暗器推出，暗衛閃身之時，我和黑衣男子飛躍而出。

我拉起那男子跑得飛快。外面已是深夜，街道無人，正好逃離，兩三下甩脫暗衛後，我拉著他落入小巷之中，這才放開他，沒想到他此時居然累得狗喘扶牆了！

「呼呼呼呼……」他在面罩下費力喘息。怎麼山下的男人體力都不怎麼行？

「你倒是有膽兒，敢去孤煌少司的府裡鬧！」我笑看他。

他深吸一口氣，穩住了氣息，轉身直接走人，不發一言。酷酷的身形走入小巷裡一束滄冷的月光中，如同一匹荒野上的孤狼。

我一愣，攔住他，痞痞地說：「我救了你，你就這麼走了？」

黑暗之中，他狹長的眼睛裡閃過一抹煩躁：「妳想怎樣？」格外清冷的聲音，拒人於千里之外。

我看看他身上的夜行衣，直接說：「簡單，帶我去買夜行衣。」

他一愣，掃了一眼我的打扮，忽然俯下身來，鼻尖停在了我右肩之上，他身上一抹淡淡的沉香隨之而來。

他再次站直身：「原來墨香是從妳身上來的，難道妳這衣服是自己畫的？」

「所以啊，我人生地不熟，麻煩你帶我去買一身。」我雙手背在身後，在面罩下狡黠而笑。

他看看我，點點頭，沒有半句多言，直接飛身而起，我緊隨在後。

當他帶我落下時，已來到煙花柳巷，我們站在高處的房樑之上，隱入夜色之中，下面整條街彩燈豔麗，男伶女伶穿得花枝招展，空氣裡飄來濃郁的各種香味，淹沒了我身上的墨香，格外刺鼻。

我有點難受地捂住鼻子。巫月國雖然女人執政，但就跟女人從事公務員一樣，並無女尊男卑的習俗，男女平等，自然也就有服務於男人的女伶。

「來。」那男子只是短短說了這個字，便帶我躍入旁邊一個暗沉沉的院子，院中有一間小屋，屋內亮著燈。

院中有兩個大漢把守，可是大漢沒有阻攔我們，只是看看我們，便繼續看守院門。似乎黑衣人是這裡的常客，宛若你不穿夜行衣，反而進不來似的。夜行衣像是這裡的通行證。

男子到宅子前敲響了門。

「啪啪啪，啪啪。」這規律的聲響，必定是暗號，我心裡記下，以後有用。

門「吱呀」一聲打開，出來一個小鬍子瞇瞇眼。

「喲，爺來了，想要什麼服務？」

我往門裡張望，宅子裡布置得像是藥房，好像是青樓後院的藥房。

「想買些裝備。」

「好。」小鬍子讓開，我跟著男子進入。小鬍子關上門，男子帶我直接走到櫃檯後，熟練地轉動上面的一個藥罐，整個櫃檯移開了。

喔！密室！有意思！

我單手背在身後隨他大模大樣進入，立刻，面前豁然開朗！

只見眼前是一個異常開闊的圓形地下市場，一排排陳列櫃像扇形一樣整齊排列，形成一個巨大的自選「超市」。

而我們正站在它上方靠牆的走廊上。下面分出東西南北四個區域，只有一個穿著風騷的女人看管。

女人看起來三十有餘，風韻猶存，衣著豔麗暴露，肩膀裸露，乳溝外露，外衣幾乎褪在腰間，露出繡有鴛鴦花紋的肚兜。

此刻她正躺在搖椅上悠閒地搖擺，單腿曲起架在搖椅扶手上，裙襬便滑落到她的腿根，露出了她整條裸露的雪白玉腿。

「要買什麼～～隨便拿～～」她一邊搖一邊朝我們看來，嬌滴滴的語氣風情無限。

男子帶我下了樓梯，平淡地看我一眼：「就這裡了，妳自己選吧。」

忽然，那女人似乎認出了男子的聲音，一下子站了起來。

「狼少？你好久沒來了！今天終於來看看我花娘了？」

被叫做狼少的男子雙眉立刻皺起，細長的眼睛裡再次浮出那絲煩躁。這邊花娘已經撲向他。

「狼少～～」

他立刻轉身要走，我隨手拉住，放沉聲音：「等等！」

花娘這才看到了我，嫵媚的眼睛將我上下打量，當然，大家都戴著面罩，看不出真面目。不過，這花娘以聲辨認，也算心思細密。

狼少停下，他的身高比瑾崋還略高一分。他眼神冷漠地看我：「妳還想做什麼？」

「喲！獨狼、獨狼，什麼時候找了隻母狼？」還沒等我開口，花娘已經酸溜溜地開口。

原來這男子就是京都有名的夜俠獨狼！真是救了個寶！

在三年前，京都忽然出現一個鋤強扶弱、劫富濟貧，懲治貪官的大俠，名為獨狼。獨狼，顧名思義就是獨自行動，從未有夥伴的一匹狼。

而且，他也從不殺人。只是把貪官或是掛在城門上，或是扒光扔在法場上。從他懲治的手法上可以看出他的理智，以及對無法除掉貪官的無奈。但是，京都因為有了他，一些貪官確實有所收斂，也讓百姓們有了希望。

花娘還在滿目醋意地打量我：「這隻母狼太瘦了～～沒味道的～～」

「我不認識她。」獨狼看看我說。

我依然拉住他的手臂笑咪咪道：「我走得急，忘帶銀子。」

獨狼細長的眸子立刻圓睜，在他還來不及抗議前，我已經笑看花娘。

「記他帳上！」說完，我直接走向這個琳瑯滿目的黑市。

「哦呵呵呵～～」空曠的市場響起花娘一個人的嬌笑聲：「堂堂的夜俠獨狼居然被人打劫，咯咯咯咯，笑死我花娘了，那女孩兒到底什麼來歷，能讓獨狼你如此聽話？」

「不認識。」獨狼有點煩躁地撇開臉：「欠她一個人情，要還。」

「人情？嗯～～剛才有人送來消息，說攝政王府潛入刺客，殺到一半又有一個黑衣人出現帶走了刺客，該不會……就是你們吧！」

我挑選夜行衣的手一頓，轉身看花娘，花娘正在摸獨狼的胸口。

「你放心～～我跟你交情那麼好，不會出賣你的～～」

獨狼抬手，用拇指與食指像抓噁心的蟲子一樣提開花娘摸他的手。

「原來花娘還賣消息？」我的話讓花娘停止了對獨狼的騷擾。獨狼默默移開。

「姑娘好聰明！從剛才開始姑娘就不用真聲與花娘說話，姑娘是怕被花娘我認出嗎？」

花娘風騷地從腰間取出了一管大煙槍，瞇眸點燃，火光之中的笑容格外嫵媚。她吸了一口，朝我的方向吐出一個白色的煙圈。

「姑娘若是想買消息，也可以找我花娘哦～～姑娘救了我最愛的獨狼，一定會給妳打折的～～」

獨狼搖搖頭，背轉身不想看我們兩人。花娘看著獨狼的背影嬌笑連連。

「狼少～～你不要害羞嘛～～到這裡買東西的男人只有你不正眼看我，莫非嫌我年紀大了？」

花娘婀娜多姿，一步三扭地走到獨狼身後，凹凸有致的身體軟軟地要貼上獨狼的後背，立刻，獨狼腳步一轉，避開了花娘的投懷送抱。

「嗯～所以我最愛你，不過……獨狼這次怎麼也那麼衝動，竟去刺殺孤煌少司？」

獨狼後背一緊，似也有悔意。

花娘吸了一口煙，緩緩吐出。

「攝政王對瑾宰相滿門抄斬，確實手段毒辣，不過，那好色的女皇不也救了那一家子？」

「士可殺不可辱！」獨狼憤憤而語，右手握住了寶劍的劍柄。

「哎～你們這種人講氣節、講名節，而我們這種人只要能活，做什麼都無所謂～那好色女皇看中了瑾崋公子，至少保住了瑾家的命～人家瑾崋都沒怎樣，你何必那麼衝動去刺殺攝政王？你是我最喜歡的男人，可別把命丟了～多少高手入了孤煌家，可都是有去無回～」

花娘又要靠上獨狼的身體，獨狼閃身再次躲過。

「是，我多管閒事了！或許妳說得對，用瑾崋一人換瑾大人一家的命，還是划算的。那好色女皇也算是救了瑾家的命。」

「呼……」花娘一口白煙噴吐在獨狼的臉上，獨狼掩面咳嗽起來。

「咳咳咳咳……」

「想通了就好～你們這種大俠，就愛多管閒事～死了……就太可惜了……」

花娘抬起食指，輕輕滑過獨狼的後背，獨狼立時閃身，眸中鬱悶的目光像是渾身不自在。

我心中偷笑一會兒，可憐他被人調戲，一邊挑夜行衣一邊不疾不徐說道：

「我記得曾有一個叫花娘的人許了一個願，希望隔壁豔人坊的人全部得花柳而死，不知道那個花娘……」

我轉回身看驚訝地圓睜美眸的花娘。

「是不是妳這個花娘？」

她立刻扔了煙管朝我指來：「妳、妳、妳，妳怎麼知道？」

我拿著夜行衣說：「三折。」

「三、三折！反正是狼少買單，妳還殺什麼價？」她的眼睛瞪得更大了。

「讓人請客怎能貪人便宜？既然他是獨狼，我自然也要幫他殺價。而且殺價也是我們女人的習慣，不是嗎？花娘？」我走到一旁的藥櫃說。

我朝花娘眨眨眼，花娘一臉想殺了我的神情。

「不用了。」獨狼語氣很煩躁：「妳動作快點！」

他是真的待不下去了！

「人家狼少有的是錢～～」

花娘再次靠在櫃檯上，碩大的胸部壓在檯面上，抹胸鬆開，露出裡面春光無限。

「小丫頭～～看妳也是初出江湖，妳不如跟了狼少，可以少花錢在裝備上，要知道我這兒的東西，可不便宜～～」

「妳不吃醋嗎？」

花娘一臉笑咪咪。

「吃醋有什麼用～～狼少……好像不太喜歡我～～」花娘說罷，托起自己大大的胸部晃了晃。

「看，狼少可是從來不看我一眼呢～～」

獨狼的眉皺得更緊，轉開身不看花娘。從面罩下發出一聲長長的悶哼。

暗器、藥物、易容物品，我像是進超市血拼一樣抱了滿懷，然後看到一個玉色的半臉狐狸面具，也一起打包，順便再給瑾崋挑了一件，方便出入。

我把東西放到櫃檯上，花娘看了看。

「狼少，這女孩兒是行家啊～～謝謝惠顧～～三千兩～～」

「三千兩？這麼貴！」這什麼世道，連個大俠也做不起。要知道大俠通常是很窮的！

獨狼倒是直接到我身邊，甩下銀票就走，煩躁的身影和他冷冷的身形完全不搭調。此刻他更像是受了驚的小狼，逃得慌張飛快。

我瞥眸看那三千兩，普通的大俠可不會在身上帶三千兩的銀票，嗯……這獨狼是土豪出身啊。會是誰的兒子？

「哎～～獨來獨去的一匹獨狼～～」花娘感嘆著，而我只是看著銀票。

「獨狼真的很有錢啊。」一般的大俠可都是窮鬼。

「是啊～～妳能跟獨狼行動一次，不知要羨慕死多少女人了，拿著東西快走～～」

這倒是，別看孤煌少司粉絲多，獨狼因為身分神祕，也累積了不少粉絲。女人總有特殊的大俠情結。

我打包好東西，花娘再次躺回搖椅，半瞇美眸看我。

「丫頭，妳到底什麼來歷？能從攝政王府全身而退的人，巫月裡沒有幾個，到時可別怪花娘我出賣妳～～」

我輕笑一聲，俯看她：「妳確定妳能查到我的身分嗎？」

花娘看著我的目光疑惑起來。

我拿起包袱轉身而去，從她帳本下抽走兩張銀票：「三折。」

花娘瞪大了眼睛，拍響了桌子：「沒人敢打劫我花娘！」

我俯身伸手，食指抵在她殷紅的唇上，她美眸圓睜，我笑看她。

「噓，我就是第一個。要不要我說出妳去年許願想嫁給誰？」

花娘嫵媚的眼睛瞬間瞪得溜圓，我轉身而去，身後傳來花娘的輕嘆。

「看來，京都要熱鬧了。」

提著包袱出門，正看見獨狼孤傲地站在院子裡，雙手抱劍，仰望冷月，一身緊身黑衣，上好的材質還在月光中閃過一抹暗光。髮辮乾淨俐落綁成一束，如同狼在奔跑中揚起的狼尾。

「夜行衣的材質不能太好。」我走到他身邊。

他俯下臉看我，細長的眼睛如同暗夜中針尖的狼眸。

「絲綢過於光滑，容易反射月光和燈光。」

「哦！」他一下子瞪大眼睛，看看自己的夜行衣，擰起眉：「明白了。」

「以後不要再去攝政王府了。」

他眸中閃過一抹不甘，還是冷靜地點點頭，變得沉默。

我看到了他劍柄上狼的圖騰。

「你喜歡狼？很少有巫月子民用狼的圖騰，那是蒼霄國的守護神，你是蒼霄人？」
他拿起劍看了看：「狐狸太妖。」
「噗哧。」我笑了：「原來是因為孤煌少司他們。狐狸不妖，是人心妖。」
獨狼看向我，我轉而望著高空冷月。師傅就不妖，但是，是真心的騷啊！
「為什麼不買兵器？」他問。
「我住的地方不方便放兵器。不如這樣……」我轉回臉看他：「你幫我挑一把，放在你這裡，我有需要會來找你。」
他微微擰眉，細細長長的眸子藏不住他嫌麻煩的心思。看來他是一個討厭麻煩的人。
「怎麼？獨狼不方便和別人一起行動是嗎？那如果我說我想對付孤煌少司呢？」
他大吃一驚，直直盯視我：「妳有計劃？」
「但你不能再擅自行動！你若被抓了，我一人無法成事。」獨狼是絕對的好幫手，他一直隱於黑暗，這對我非常有利。
他點點頭，好強的信任感！他信任我，因為我能陪他從攝政王府裡全身而退。有些事，不用多說，只要用心去感受。
「怎麼聯繫你？」我問。畢竟大家都是見光死，我也不能貿然見他真容，他也不能看我的。聯繫有點困難。
他微微擰眉：「我想想，想好會把東西放在花娘這裡。」
「好。」

說罷，我們一起躍上屋簷，在月光下彼此頷首，分頭離開，不拖泥帶水，行動都是乾脆俐落！

回頭看時，獨狼已經躍入蒼月之中，長長的髮辮在刺目的月光中飛揚，轉眼間便消失不見，如狼一般迅捷神祕。

沒想到今晚出來會有這麼大的意外收穫。回想在攝政王府的一切，孤煌少司是那麼的無情。在人前的溫柔似水全是他的偽裝。

而他的弟弟孤煌泗海，可以感覺得到比他更加冷血。這個孤煌泗海之所以隱藏在暗處，真的只是因為受孤煌少司保護？有那麼單純嗎？

我沒有回皇宮，而是在京城繞了一圈，熟悉地形。到城東中心湖時，我落到橋洞下，城東的中心湖名為心玉湖，我的名字就是由此而來。心玉湖如同美人的美眸，在月下散發迷人的波光。

此時已是深夜，寂靜無人，橋洞下波光粼粼，牆面上映出我脫衣服的身影。由於剛剛一番運動，身上出汗了，渾身一片墨水漬……

把衣物整理好放入包袱，我挽起長髮走入冰涼的湖水中，渾身立時一緊。嘶！好冷。

清澈的水撫過手臂，抹下一片黑色的墨水，自己也覺得好笑，匆匆洗乾淨墨漬，寂靜的夜裡只有我撩撥湖水發出的輕輕水聲。

忽的，聽到上方傳來高手快速而過的腳步聲，立刻凝滯氣息。半夜三更這麼多高手，到底是好人還是敵人？

靜靜的湖水因為我不再動而平靜得如同一面鏡子。

「快！」上面的人飛快穿過橋面，但是我感覺到了，有人停了下來，就站在我的上方。他的氣息異常平穩，與之前的人完全不同，不僅氣息更難察覺，內力更加深厚。他察覺到我了！

我慢慢伸手一點點取出了包袱裡的玉狐面具，戴在了臉上。

平靜如鏡的湖面上立刻映出了一張玉面狐狸的臉，我靜靜待在水中，等待上方的人先動。

忽然，一雙腳赫然從橋洞上方垂落，在夜風中開始悠閒的輕擺。

「兄台好雅興，橋洞下的月色莫非更加迷人？」

輕悠閒淡的話語傳來之時，我心中一驚，竟然是他！

忽的，揚起一陣猛烈的夜風，平靜的水面立刻波動起來，層層漣漪之中，我看見了雪髮飛揚。

真的是他！

我抓起新買的夜行衣立時從水中躍起，轉身穿好之時，如同鬼魅般的雪髮飄揚，人風逼近，一張白色紅紋的狐狸面具已來到我的面前！

細細長長的狐狸眼深藏於面具之後，眼角用紅色的水粉暈染，簡單帶勾的線條描繪出了狐狸尖尖的鼻子，亦是簡單的紅色線條勾繪出狐狸的唇線，和面頰兩邊的花紋。尖尖的狐耳在面具之上，一根繫帶牢牢綁住面具，讓人難以看到面具後的半寸容顏。

整張面具就像一隻白狐在對我狡黠而笑。

「哼～～原來不是月色迷人，而是橋洞下藏了迷人景色。」

他在面具後含笑說著，雙手放入袖袍裡，一身的黑衣藍紋，短衣長褲，褲腿平直，直到腳踝，露出一雙黑色的布鞋，裡面是乾淨的白襪。

面具後深藏的目光順著我的身體往下，掃過我裸露在衣襬下的雙腿。因為急著上來，只穿了上衣，黑色的衣襬剛好遮到腿根，好在剛才游泳沒脫內衣。

「是妳嗎？救走獨狼的人。」他目光抬起，雪髮隨風掠過他的面具，帶出一抹精光。

我立刻腳尖輕點，急速後退，他馬上緊隨我而來，緊貼我身前和我一起飛起，雪髮在身後飛揚，如同白色妖狐的狐尾。

他伸手要來揭我面具，我伸手揮開，對戰一觸即發。一起落地後，我旋身抬腿朝他踢去，他輕拾我的腳踝，俯身靠近，面具如同羽毛般輕輕擦過我赤裸的腳背。

「好香啊……」雪髮滑落我的小腿，帶來絲絲輕癢，如同撩撥。

我全身一緊，立刻反身又是一腿，才讓他放開我的腳，我立刻踢起地上的包袱揹在身後，見他要追來，反手甩出新買的煙霧彈。

「轟！」一聲，他頓住了身形，雪髮在白色的煙霧中飛揚。他知道煙霧有毒，但我不怕毒。

我靜靜站在煙霧裡，對他揚唇一笑：「妖孽，哪個山洞的？」

「怎麼，姑娘，想收我？小心反被我吃了心。」他在煙霧中狡黠地說。雙手依然插入袖袍，如同一隻成了人形的妖狐！

我一笑，轉身離去。

孤煌泗海的功夫，在孤煌少司之上！

而且……

我真的感覺到他身上邪氣很重！

有人生來有靈氣，有人生來有邪氣，但是普通的凡人，二者都不會有。我要小心孤煌泗海，他絕不簡單。

師傅，我真的遇到對手了！

孤煌泗海這麼晚率領眾多高手離開攝政王府，究竟有何目的？我本想跟去，但顧忌到有孤煌泗海在，為了顧全大局，還是忍了下來，打道回宮。

若說孤煌泗海是為了搜查獨狼，但時間上無法吻合，現在才出動，獨狼早跑遠了。

孤煌少司家為什麼不擺狐仙呢？那樣師傅就會對他們有所了解，我也不用那麼吃力。不過男人確實很少會祭拜供奉狐仙。

帶著滿心的疑問回到寢殿屋內時，明顯感覺到帳子裡的瑾崋發出一絲緊張又放鬆的氣息，他果然沒睡。

把東西往書桌上一扔，換好睡袍，掀開帳子時，月光灑入華床，立刻照出了瑾崋緊張的臉。

「怎麼樣？」

月光透過我的身體，在雪白的床上投落長長的身影，瑾崋看著我一時出了神。

我對他招招手：「稍後再說，你先下來，幫我看看這房間有沒有密室。」

他微微一怔，提起累贅的睡袍下床，我們兩個開始貼著女皇房間的牆壁輕輕敲打。

皎潔的月光灑落在寢殿的地板上，如同為地板打上了一層新蠟，透著雪亮。我和他小心翼翼地輕扣牆壁，漸漸在衣櫃之前會合。

「咚咚……」聲音透著悠遠，就是這裡了。

我和他貼在牆壁上，四目相對，他微微側目，散亂的長髮絲絲縷縷落在臉頰邊。

「應該是這裡，可是入口在哪兒？」

我看看衣櫥，衣櫥十分巨大，且是沉香木所造，沉香木非常沉重，這樣的衣櫥一般人無法挪動！而且，衣櫥下更是精鐵的底座！所以挑傢俱時，只要搬一下木製的傢俱即可，越重材料越好。

「推推看。」

瑾崋點點頭。

我和瑾崋站到衣櫥的一邊，一起推衣櫥。絲薄的睡袍輕觸，手臂因為空間狹小而碰了一下，熱意從絲綢下傳遞到彼此的身上，下一秒他倉皇讓開，後背緊貼牆壁，胸膛起伏地看我。

我站在他身前，轉臉皺眉看他：「你這樣怎麼推？」

他低下臉，瀏海擋住他緊繃的俊顏。

「就當我是個男人好了。」看他那副樣子，像是怕碰了我，我會獸血沸騰把他吃了一樣。

「怎麼當男人……」他嘟囔著：「妳那麼香。」

我一怔，聞上自己的身體，難道不是玫瑰精油的香味？細細一聞，腦中登時轟鳴，從我身上透過肌膚正幽幽散發出來的香味，竟和騷狐狸身上的幽香相似！

騷狐狸……騷狐狸！

我一拳砸在衣櫃上，嚇得瑾崋更是全身一緊。

明白了，是師傅給我的仙氣，一定是我運功時散了出來，原來會這樣……

腦中瞬間閃過孤煌泗海嗅聞我腳背的畫面，臉頓時發熱。當時情況緊急，沒有在意，此番回想起來，卻讓人臉紅害臊！

「麻煩！這香味會讓別人認出來！」我擰眉：「算了，先別管這香味了，先把櫥子推開。」

「嗯。」他悶悶應了一聲，再次和我站在一起，身體依然盡量靠牆，不與我相觸。我也用肩膀頂上衣櫃，後背對著他，可是那稀薄的距離依然薰染了我背後的空氣，男人的體熱迅速使我們周遭的溫度上升。

我和他一起貼在衣櫥一邊開始推。

「用力！」

「嗯！」

可是，無論我們怎麼推，那衣櫥依然紋絲不動。

瑾崋放棄走開，盯著我說：「妳越來越香了。」

我尷尬地側開臉：「對不起，可能是香汗。」

「妳有香汗？」瑾崋有些吃驚。

我搖搖頭：「我也不太清楚，好像我運功了才會有。」

「妳不清楚自己的身體？」瑾崋越發奇怪地看我：「妳到底什麼來歷？」

他居然奇怪到懷疑我的來歷。我好笑地瞄他一眼。

「怎麼，難道你還覺得我不是人類嗎？」

他僵住了身體，咬了咬唇，側開臉。

「普通人應該無法自由出入攝政王府，妳是獨居山上的巫女，是誰傳授妳高深內功？」

我站在銀白月光中靜靜看著他，笑了。

「很好，你終於開始動腦子了。」

「妳說什麼？」瑾崋立刻殺氣四溢。

「這也說明你漸漸適應了。」

瑾崋一怔，靜默一會兒，望著櫥子深思：「可能有機關。」

我摸著下巴和他站在一起打量衣櫥。

「密室對我們來說很重要，我看也不一定有機關，如果推不開，那入口可能在……」

「櫥裡！」瑾崋看著我的眼神帶著一絲驚喜，沐浴在月光之中的雙眸格外閃亮。

我們立刻打開櫥子，衣櫥裡掛著我的裙衫，但空間很大，可以容納成年人。我走進去，瑾崋在外頭吶吶地說：「我、我還是不進去了。」

衣櫥空間狹小曖昧，他是不想與我共處。

「好。」我開始摸衣櫥內部，從左到右沒有，再從上到下，也沒有任何機關。我貼上衣櫥內板，輕輕敲打。

「叩叩。」傳出的聲音還是帶著空曠的感覺，一定有密道！那麼，應該是有機關了！

我退出衣櫥，開始摸衣櫥外部，從左到右，從花紋到把手，緩慢地仔細摸過。瑾崋一直安靜地站在一邊看我。

我摸到了衣櫥的腳，發現衣櫥的腳部有花紋，我摸了摸，竟然可以轉動！這個機關極為不明顯。

「瑾崋，拿蠟燭來。」

「好！」瑾崋匆匆拿來蠟燭點燃，蹲在我的身邊。

我仔細看了看，四邊腳上都有相應的一圈可以轉動的機關，機關上刻有不同的花紋。左前腳是日月星辰，左後腳是男女老幼，右前腳是山火水風的符號，右後腳是神鬼妖魔。

轉動一下，花紋會相應變化。

「這是什麼？」瑾崋不解地問。

「應該是密碼。」

「密碼？」瑾崋也伸手轉了轉：「如果是密碼，那一定是四個圖案，可是這裡有四隻腳，每隻腳有四個圖案，豈不是有十六個圖案？如果我們不知道組合，什麼時候才能破譯？」

「靠猜。」我托腮凝視那些圖案。

「猜？妳怎麼猜得到？」瑾崋端著蠟燭，一臉不信地看我。一滴蠟燭油，滴落在了地上，我隨手抹去。

「不要把蠟燭油滴在這裡，會讓別人起疑。」

瑾崋一愣，匆匆用手心托住蠟燭，滾燙的蠟燭油滑落他手心時，他擰眉抽氣：「嘶！」

「巫月國是女兒國，女人屬陰，所以，密碼可能是……月。」

我轉動日月星辰的圖案到月的位置。瑾崋認真注視我轉動的手。

「然後是女人，水和鬼。」

當我依次轉動完畢後，忽然聽到「喀！」一聲，衣櫥的底座裡傳來輕微的機關運作的聲音。瑾崋僵滯在一邊，我轉臉對他一笑，取走了他手中的燭火。
瑾崋還呆呆蹲在原處，夜半三更蹲在那裡，還披頭散髮一身白衣，恍然蹲坑之姿毀遍美男！
我起身再次進入衣櫥，將燭火照入內時，驚覺眼前出現了一條往下的台階！
「哈！」我開心地步入，點燃了石壁上的壁燈，通道立刻明亮起來。這條通道不深，一眼可看到下面有扇石門，且應該很久沒人來過，石壁上到處是蛛網，我走進時很多小蟲迅速爬開，讓人渾身一陣惡寒。
但通道無風，也不潮濕，下面應該是密室。
有人匆匆隨我進入，是瑾崋。我轉頭看他，他手裡抱著我買回來的東西，也是目露好奇。
我們一起向下，到石門口，見到石門上有鳳凰圖紋，旁邊有一個很明顯的機關拉桿，我拉了一下，石門打開，果然是一間乾淨寬敞的密室，密室的右邊還有石門，定是密道！
太棒了！有祕密基地了！
密室裡還算乾淨，還有一些簡單傢俱。
我匆匆把買來的東西放好，拿出替瑾崋買的夜行衣：「這是幫你買的。」
瑾崋見了，表情複雜起來。
「今天晚了，有空再來打掃。」說罷我提裙離開，瑾崋默默尾隨在後。
回來後再次封好門，我爬上柔軟的床，一股疲憊湧了上來。
瑾崋也從床的另一邊進入，帳子滑落遮住了皎潔的月光。床內一下子變得幽暗，只有靜靜的夜風壞壞地想掀開我們的紗帳。

我懶懶地趴在床的另一邊，和瑾崋離得遠遠的。

「妳去攝政王府……結果怎樣？」他打破了床內的安靜。

「沒什麼大收穫，不過也摸清了孤煌少司的攝政王府，府裡高手如雲，還遇上獨狼行刺，啊～～一個人做事，果然太累……」

我懶懶地一邊打著哈欠一邊說。這一個晚上，真夠折騰的。

「獨狼？讓我幫妳！」他跪坐在床上懇切地看我。

「怎麼？現在信任我了？」我笑著睨他一眼。

他眨眨眼，撇開臉。

「還沒有，只是我不能整天呆在床上什麼都不做！我是個男人！不是男寵……」

他說得咬牙切齒。

「連獨狼都刺殺孤煌少司，而我作為瑾家後人，卻在這裡，穿著這種、這種！」他異常難堪地看自己微微透明的睡袍：「這種淫蕩的衣服，我受不了！我寧可出去跟孤煌少司拚命！」

「若你真死了，那我豈不是白救了？」我拉起被子蓋在自己身上：「另外告訴你一件事，讓你好受點～～」

他看向我，我睏倦地閉上眼睛。

「獨狼刺殺失敗了，還是我救的……啊～～」哈欠連著一個又一個。

「什麼？妳救了獨狼？」瑾崋那語氣像是不相信我的功夫強到能夠救獨狼。

「啊～～」我翻身背對他：「累死我了，獨狼也有些後悔自己太衝動，小不忍則亂大謀，你爹娘沒教過你，若要笑到最後，忍也是一種本事嗎？你最近啊……就乖乖做你的男寵吧……啊～～」

身後不再有聲音，只有輕輕的長吁短嘆，隨後他也躺了下來，依舊離我遠遠的。這床大到可以睡四個人，從此他睡南頭，我睡北尾。

「對了，你有沒有見過孤煌泗海？」我問。

「沒有，從沒見過。」

果然沒人見過孤煌泗海。

「聽說孤煌泗海體質孱弱，常年臥病在床。」瑾崋對我補充。

我再次閉上眼睛。孤煌泗海，那個雪一樣的長髮男子，是一個更深的謎團……

「我見到了。」

「什麼？」瑾崋騰地一下子坐起：「他是不是真的很弱？」

「一點也不弱……」

「他是不是很醜，醜得不能見人？」

「應該不醜？」

「應該？妳沒看見孤煌泗海？」

「看見了……也沒看見……只看到身影、聽到聲音，沒見到長相，但是……他和傳聞中不太一樣……」

「怎麼個不一樣？」

「不一樣……就是……不一樣……」

我睏倦睡去，眼前是那飄飛的……如同狐尾的……雪髮……

❖ ❖ ❖

第二天，我換上了宮內的華服，桃香幫我換上的。我還特地聞了聞自己身上，果然沒有香味了。看來那香氣來自於師傅的仙氣，只要不運功就不會出現。這讓我放了心，平日不必再用別的香粉掩藏。

整理華床的雲兒在收拾乾淨後，對懷幽偷偷搖搖頭，懷幽則是點點頭。他們在看我有沒有跟瑾崋行房，這對孤煌少司很重要，以此判斷我到底是女人的色，還是女孩兒的色。

我從小在狐仙山長大，不食人間煙火，自然不懂人情世故，如果一下山就把男人吃了，這才真正有問題！

之後來了宮人替我量身，準備做大典的盛服。所有的事，包括即位大典的時間，孤煌少司自會安排，我只需在皇宮裡等待。

瑾崋還是顯得沒什麼精神，也常常發呆，他成了我的隨身跟寵，我牽著他東遊西逛，參觀皇宮。

巫月皇宮分東西南北四宮，北宮朝政，是前宮；南宮、東宮、西宮屬後宮範圍。

東宮主事，御書房、書樓、議事廳等等都在東宮。

南宮是女皇的寢宮以及丈夫們居住活動的地方。

西宮則是宮人們工作和就寢的地方。製衣坊、御膳房、刺繡宮、內務局、御藥房等等都在西宮。

西宮分兩殿，男宮人和女宮人分開居住。

懷幽在御花園內為我帶路，現在我最大的難題是沒有自己的耳目，每晚去攝政王府刺探很累，獲得的情報也很有限。

情報，是我目前面臨的最大困難。有了！可以找那個人，不過……要花錢。

「好無聊啊～～小花也不跟我說話。」我在花園裡拍打鮮花，嬌弱的花瓣被我拍落，在風中飄飛。瑾崋無神地站在一旁，形同木偶。他換了一身衣服，現在更像是活體娃娃。

懷幽恭敬地立於身側，微微一拜：「不如懷幽讓人來陪女皇陛下下棋？」

「下棋悶死了！」

「那唱戲可好？」

「不好聽。」

「看書如何？」

「還是很悶。原以為皇宮會很好玩，結果人看似很多，卻一個個悶得要死。」

「懷幽該死，沒能讓女皇陛下開心。」懷幽一本正經地說。

我看向始終低垂臉龐的懷幽，笑了笑。

「懷幽，你為什麼總是低著臉？地上有金子嗎？」

懷幽微微一怔，瑾崋木訥地朝我看來。

「懷幽是奴才，不可直視女皇陛下。」懷幽老實地說。

「沒關係，你抬起臉來，攝政王說你可以服侍我，我想好好看看。」

孤煌少司笑容依舊。

「心玉對懷幽還請溫柔些，莫玩壞了。若是玩壞，我找不出第二個這麼好用的奴才了。」

「嗯、嗯～知道、知道。」在我和孤煌少司談笑風生之際，懷幽在我的裙下瑟瑟發抖。

「還想繼續玩嗎？」孤煌少司問我，隨手折下一朵白色杜鵑放到我的面前，我笑著接過，孤煌少司順勢輕握我手。「下次由我來替妳折花。」

我再次收手好笑看他：「烏龍麵你真有趣，不過是指甲，斷了還能長。」

「心玉！」孤煌少司的面容忽然嚴肅起來：「妳是女皇陛下，是天命鳳體，應好好愛惜，為臣有責任守護妳的一切，即便是片小小指甲。」

「哼！」我執花輕捻在唇邊，落眸看向自己指甲，餘光之中瞄到孤煌少司胸前銀色的鍊子，鍊子內淡紫色的中衣在陽光中閃過一抹絲光。「你是說……你願意守護我的一切？」

「臣，願守護臣的女皇陛下。」他在我的面前緩緩下跪，單膝落地，衣袍撲簌墜地，覆在那一片殘花之上，墨髮滑落他狹長的眼角，如黑色的絲綢將他俊美的側臉微微遮蓋。

懷幽似乎有些吃驚，轉臉偷偷瞧孤煌少司。

此時此刻，兩個男人，跪在了我巫心玉的裙襬之下。

我俯身伸手執起孤煌少司滑落的長髮，他不動聲色，依然低垂臉龐單膝跪在我的面前，一手擱放屈起的膝蓋之上。我執起他絲滑的長髮順於他的耳後，他卻伸手輕柔地握住我的手，放於額頭。

「心玉，我孤煌少司是妳的人。」

我笑了，抬起另一隻手摸上他的頭：「乖～懷幽，拿花來。」

懷幽登時後背一僵，匆匆看孤煌少司。

孤煌少司微微側臉，目光落於滿地殘花，臉上也沒了笑意，握住我的手也開始放鬆。

懷幽見狀匆匆下拜：「女皇陛下，請插奴才吧！」

我心裡咯登一下，被這句話嚇得不清。這話怎麼聽起來有其他涵義！懷幽啊懷幽，你怎麼一緊張連話都無法好好講了。

我走到懷幽面前，懷幽緊貼地面，臉已經快要像鴕鳥一樣插入泥土裡。

「插攝政王不行嗎？」我借題發揮，將錯就錯，這話說起來有意思。

懷幽一時語塞，一旁孤煌少司已經悠然起身，優雅地整理衣衫，撣去黏在深紫色衣袍上的花瓣。他雖沒有看向懷幽，但若是識時務者，一瞧孤煌少司的表情，便能解讀其意：「不能讓巫心玉破壞我美男形象，不然我砍了你！」

懷幽愴惶不已地偷眼看了一會兒孤煌少司的雙腳，才說道：

「攝政王乃是巫月國的攝政王！奴才也相信攝政王願為女皇陛下做一切，逗女皇陛下開心。可是、可是攝政王若是插了滿頭花，被奴才們看見有失威嚴的！會被、會被……取笑，有失、有失穩妥……」

看著懷幽快要濕透的後背，我內心對他更是讚賞一分。

懷幽在我的注視下一動也不動，一陣風吹過，卻已經吹不起他額前的髮絲，因為那絲絲墨髮已被汗水牢牢黏在額頭之上。

今天夠了。

我扔了花轉過身：「無趣。」

身後傳來一聲輕輕的舒氣聲，是懷幽。

孤煌少司的唇角也微微揚起。是因為這個吧，孤煌少司？所以，你也欣賞懷幽，是嗎？真是一個稱心如意的好奴才。

日頭開始猛烈，身穿繁瑣厚重的衣服，我開始解開腰帶。為此，孤煌少司一怔。

我扯掉那又寬又緊的腰帶隨地一扔，懷幽見狀，立刻爬到了我身邊，匆匆撿起腰帶，高高舉在頭頂：「請女皇陛下自重！」

不過一會兒，他又再次恢復平日的鎮定。

「自重？自重什麼？」我開始脫重重的外衣：「我在山上習慣穿寬鬆衣服，這些衣服太重了，熱死我了。下次不要給我穿那麼重那麼厚的衣服！是想熱死我嗎？」

「奴才該死，未能讓女皇陛下衣著舒適。」

我脫下外衣又是隨地一扔，驚得懷幽再次匆匆撿起：「女皇陛下！」

「啊……」我舒展了一下筋骨：「這下舒服多了。」

這麼一來，身上僅著淡藍色的內裡裙衫。

「女皇陛下，請穿上外衣！」懷幽有點固執地跪行到我面前，高高托起衣物：「您這樣有失國體。」

我看他一眼，提裙跑了起來。

「心玉要去哪兒？」孤煌少司溫柔地問。

我回頭看他：「想知道？有本事追上我。我可記得那天下山，烏龍麵你走得好慢啊。」

孤煌少司在花間頷首一笑，竟也開始脫起外衣，嚇得懷幽又是一臉緊張：「攝政王！您……」

「心玉跑得快，不知我能不能追上。」他除去正裝，扔在懷幽手中，覆蓋在我的外衣之上，也是輕裝上陣，柔情似水地深情看我。「心玉，可要腳下留情。」

我一笑，轉身提裙，身後的他追了上來。

花瓣在我們的追逐中被風捲起，他從不追上來，只是緊跟著我，跑在我身後，保持不遠不近卻能讓他觸及的距離。

我跑過宮苑，跑上了觀星台，提氣躍上觀星台護牆，張開手臂感受最高處猛烈的風，風裡有初秋的味道。

運用自己三分功力時，還不足以發動師傅的仙氣，身上不會散發出那股特殊幽香。

孤煌少司躍了上來，落在我身邊，我放落手臂，遙看遠方：「果然沒有狐仙山的風舒服。」

他靜靜看我片刻，微微垂眸一笑：「是不是覺得悶了？」

「嗯。」我提裙坐下，雙腳掛在牆外搖擺：「我還以為皇宮有什麼好玩的，結果什麼都沒有，真沒趣，早知道不跟你下山了。還說許我三千美男，到現在也只有小花一個。」

我不滿地嘛嘴托腮。

他唇角微揚，俯看我片刻，提袍也坐在了我的身側，雙腿放落護牆，微貼我的裙衫，我們並肩坐在觀星台護牆上，如同兒時最要好玩伴。風過之時，帶來他身上絲絲縷縷的幽蘭之香。那香似是溶於他的髮絲，隨著髮絲飛揚，若有似無，迷醉撩人。

「心玉的即位大典定在下月十五，心玉即位後，可採選美少年入宮，心玉就不會悶了。」他隨手取出絲帕，輕輕拭上我的鬢角。「若是心玉想，我們也可以出宮，先搜尋一番如何？」

哼！正中我意！

我立刻笑看孤煌少司，現出激動之色。

「真的嗎？那真是太好了！啊～～京城哪裡可以看到美男子，想想就好興奮！」

我興奮地看向宮闈之外那整齊林立的樓閣，無邊無際的樓閣展現了我大巫月的繁盛！

「他們一定各有特色！我要把他們全拉進皇宮，日日伴我身邊，夜夜陪我入寢！」我豪氣沖天地朗聲說。

孤煌少司在我身邊悠然而笑，抬手放落在我的頭頂輕輕撫摸，也隨我看向宮牆外的巫月天下！

空氣之中，傳來另一個人的氣息，我回頭往下看去，他氣喘吁吁地站在高台下，拿著我的外衣和腰帶狐疑地左顧右盼，像是在找人。

他抹了抹汗，大口大口喘息，面帶急色，抱著我和孤煌少司兩人的外衣，像是找不到我們倆而乾著急。

我莞爾一笑。懷幽，我要定你了！

懷幽似是察覺到了什麼，後背漸漸僵硬起來，機械式地抬起頭，看到我在烈日下的笑臉時，他的秀目猛地瞪大，雙眸之中閃過一抹深深的不安，隨即匆匆低下了臉，全身縮緊，如同失散的幼雛般，惴惴不安。

懷幽的第六感，很敏銳！

✣ ✣ ✣

孤煌少司送我回寢殿後，懷幽又被叫走了。

我每天的時間被他們規律地安排著。什麼時候起床、什麼時候早膳、什麼時候放風、什麼時候就寢，像是有條不紊地讓我規律作息，但是誰都知道，這只是一個奢華的囚籠而已。

這一次，我沒睡，我讓瑾崋上床後，再次從後窗而出。瑾崋抑鬱地看我離去，星眸之中燃燒著想要出去作戰的熊熊慾望。他是男人，是將門之後，無法看著我跑來跑去，而他只能穿著輕薄睡袍躺在床上。

我知道他的心思，但他現在還沒準備好，況且他也不是孤煌少司的對手，跟蹤孤煌少司定會被發現。

我貼著屋簷遠遠跟隨孤煌少司和懷幽，收斂氣息避過來往宮人和侍衛。

他們並未走遠，而是進了一片假山石林，孤煌少司坐於假山上方涼亭之內，懷幽便跪在他的身邊。

涼亭之內早已備了果酒，孤煌少司執起玉杯，眸光忽然黯淡，臉上已無溫柔之色。

「心玉可曾與那瑾崋行房？」

果然，孤煌少司很在意這件事。因為每個女人的攻略方式都不同，他需要判斷我是哪一種。

「回稟攝政王，女皇陛下一夜深眠，未與瑾崋公子行房。」懷幽說話時，下巴低垂，不疾不徐，不觀孤煌少司神色。雖看上去鎮定自若，但能感覺到他時刻緊繃的神經。

孤煌少司唇角微微揚起，目露一分興味。

「果然還是個孩子。懷幽，她若是捉弄你，你便隨她捉弄，這皇宮沉悶，她只是貪玩罷了。」

孤煌少司的語氣中宛若帶著絲絲寵溺，無論如何也看不出他想置我於死地，反倒像是把我當親愛妹妹般好好寵愛。

「懷幽明白，懷幽會努力讓女皇陛下開心。」

「嗯。」孤煌少司點了點頭：「你也在宮裡覓一些聰明會玩的花樣少年，在其他公子入宮前，讓他們陪心玉玩耍。」

「是。」

哼！孤煌少司對我不錯耶，現在就幫我找美少年陪我玩了？嘿嘿，孤煌少司啊孤煌少司，你這麼寵我，真的好嗎？小心我爬到你頭上撒野哦！

「懷幽，你要好好了解心玉的喜好，好好服侍，讓她開心。你下去吧。」隨著話音落下，孤煌少司收起了笑意，閉上了眼睛，如同閉目養神。

懷幽輕輕起身，頷首輕輕離去：「懷幽告退。」

懷幽退出了涼亭，腳步輕捷地下了假山，看似不疾不徐，卻帶著一絲急切，宛如只想盡快逃離孤煌少司的範圍。

我本想追上懷幽，但還是決定再看一會兒，說不定會有驚喜。

孤煌少司還是靜靜獨坐在山頂涼亭之中，閉目養神，手執酒杯在鼻尖旋繞，如聞那醉人幽香。

纖柔的髮絲在時有時無的風中輕輕飄起，時不時掠過他微揚的玉潤唇角和執杯的纖長手指。

孤煌少司的手指如蔥一般白淨，如玉如碧，每每與他的手相觸時，能感覺到絲絲溫熱滲入人心，抹抹細滑讓人著迷，總想將他的手握在掌中，細細觸摸，卻又想被他的手深深包裹，流連於那其中的溫柔。

此時此刻，他在涼亭中怡然自得的神情，儼然與昨晚搧慕容襲靜巴掌的冷酷男子判若兩人。孤煌少司，深沉似海，難以捉摸。

忽的，我看到一個女婢匆匆跑上假山，在看到她的側臉時，我揚唇一笑。就知道真正的探子，不是懷幽，另有他人。

懷幽帶來六名女婢，分別是桃香、小雲、蘭琴、柔兒、碧詩和慧心，而現在匆匆跑來的，正是六人中的一人——小雲。

六人中，無人會武功，也說明孤煌少司對我的戒備未深。

小雲匆匆跪落孤煌少司面前：「王，女皇陛下已經安睡，瑾崋公子陪寢。」

孤煌少司不言，依然沉浸在酒香之中。

小雲面露一絲猶豫，垂臉再次開口：「王，恕奴婢斗膽，王對這位女皇太過容忍，今日女皇竟還想要戲弄王，要不要小雲稟告內侍官白大人，讓他派人來教女皇一些宮規？」

孤煌少司緩緩睜開眼睛，暗沉的雙眸之中卻滑過一抹柔情：「去給我折枝杜鵑來。」

「咦？」小雲一愣，看了看孤煌少司沉靜的臉，匆匆低頭：「是！」

小雲提裙又匆匆跑下假山，在花圃中折了一枝杜鵑再次匆匆跑上，恭敬地遞給孤煌少司。孤煌少司拾袍取過花枝，對著小雲招招手：「來。」

小雲受寵若驚地跪在了孤煌少司的袍下，孤煌少司手執花枝插入小雲的雲鬢，花枝過長，插入底，杜鵑也依然遠離雲鬢，看起來十分突兀。

孤煌少司看了看：「原來還能這樣插花。」

下一秒，他眸光一冷，我登時心涼了半截，後脊梁一陣惡寒，只見他忽然加重了力道，捏住花枝往下用力，立時，小雲痛苦地喊了起來：「啊——王饒命！饒命——」

小雲瞬間已是滿臉淚痕，臉色蒼白，一抹鮮紅的血從鬢角滑落，在她無血色的臉側留下一道駭人血跡！

她趴伏在地上，苦苦求饒：「王饒命——嗚——小雲多嘴，小雲知錯了——嗚——」

孤煌少司的唇角再次揚起一個淺淺的幅度，可這看似溫柔的淺笑卻像是月下閃爍森然寒光的彎刀。他再次捏住小雲頭上的花枝，抽離，花枝的末梢沾滿鮮紅的血，看得我心驚肉跳，好狠！

「看來頭上沒有窟窿，果然不好插花，難怪心玉覺得無趣。」他冷冷看著花枝末梢的血跡，隨即扔在小雲的面前。「滾！」

小雲匆匆撿起花枝：「謝王饒命……謝王饒命……謝王饒命！」

小雲已經汗流浹背，隨意地擦了擦鬢角的血跡，匆匆逃離。

孤煌少司再次執起玉杯，湊近鼻尖：「果然還是心玉手中的花兒香……」

瞬間一身雞皮疙瘩抖落全身。每每更加接近孤煌少司一點，他帶給我的不是驚喜，而是驚悚。孤煌兄弟，該不會是一對抖S的病嬌吧！

我渾身又是一陣惡寒，不想再看，迅速撤離。

從小雲這件事可以看出，孤煌少司不喜歡別人多嘴。前有罵我的慕容襲靜被掌摑，後有提議教我宮規的小雲被扎破頭皮，從目前看來，孤煌少司還是比較中意「向著我的人」。我要趁他放鬆戒備的這段時間，迅速找到我要的人。

懷幽的臥房不難找，因為他要常伴女皇左右，所以在女皇寢殿裡應該設有他休息的臥房。

沒過多久，我找到了他的房間，他正坐在臥榻上發呆，臥榻後是一張仙鶴翱翔雲天的屏風。昏暗的房內，他雙手交握在膝蓋上，雙目無神，一臉死灰，看來……他真的備受刺激。

我輕輕推窗躍入，躍上懷幽身後的臥榻，蹲在他的背後靜靜盯著他的後腦勺，就連呼吸聲也被我斂起，融入空氣中。沒有功夫的他，絲毫察覺不到我的進入和靠近。換作來的若是刺客，他此刻必死無疑！

「哎……」他長嘆一聲，像是一個八十老叟般嘆盡一生坎坷苦難、委屈和侮辱。聽在人心裡，也替他覺得心酸。

我微笑看著他伸手，帶著一絲疲憊似地緩緩除去了髮冠、髮簪，一頭墨髮瞬間如瀑布而下，散落在他的後背上，頓時一抹丹桂的清香飄來，他是用桂花精油洗髮嗎？

一些破碎的花枝和花瓣從墨髮中散落而下，稀稀落落掉在了他的腳邊，帶出幾分悲戚。他摸了摸臉，雙手托住臉深深呼吸，又是長吁短嘆。

他一個人在寢室時，總是這樣一語不發地嘆息嗎？

忽然覺得他好可憐。

我同情地望著他，一直盯著他的後頸。

倏地，他後背一緊，僵硬地緩緩轉過了身體，長髮微垂遮住他半邊容顏，隱約可見他驚懼的神情像是撞鬼了。

然後……

他……

看見了我……

「啊！」他驚得跌落臥榻，坐在地板上，臉色發青，髮絲落在了他紅唇之內。

我蹲在臥榻上笑看他：「喲！我們又見面了。」

「女、女……」他似乎察覺到什麼，慌忙捂住嘴，匆匆趴伏在我面前，降低了聲音：「女皇陛下。」

很好，他果然比瑾崋更隨機應變，恢復鎮定的速度更快，知道看見我不能驚呼，而刻意降低音量不讓旁人聽見。這要感謝孤煌少司對他三年來的培養和歷練。

「起來吧，我不興這套。」我盤腿坐在懷幽的床榻上，但是他依然不起，我笑看他。「對於一個不會功夫的人來說，你能察覺我在盯視你，看來你有天生的第六感。」

「奴、奴、奴才該死！」

「該死什麼？該死你監視我，該死你跟孤煌少司彙報嗎？」

懷幽登時驚然抬臉，滿頭亂髮貼服在已然汗濕的額頭上。我俯下身，向他靠近，他眼神慌亂地低下臉，雙手規矩地貼放在自己的膝蓋上，不敢注視我的臉。

「沒關係，我一點也不介意你跟孤煌少司彙報。」我對著他說，輕輕的語氣微微吹拂起他額邊的髮絲。他全身一緊，神情漸漸鎮定下來。看來他在揣測，此刻他的腦子裡一定混亂如麻。

我退回身，將雙腳垂落在臥榻邊，單手支頤。

「我問你，你可知道除你之外，孤煌少司還安排了誰在我身邊？」

他微微擰眉，搖搖頭。

「懷幽不知？」看他深思的神情，確實不知。孤煌少司只是用他，但並非信他。

「懷幽，你覺得你未來的命運會如何？」

懷幽貼放在膝蓋上的雙手微微擰起，表情變得凝重，紅唇張開，緩緩吐出了兩個字：「會死。」

「哦──？你真的很聰明，看來你很清楚啊。」

「懷幽今日與女皇陛下私會，懷幽必死，女皇陛下會殺懷幽滅口。」他認命地側落臉，臉上寫滿了放棄。

「看來你還不夠聰明。」我笑了。我站起身，淡藍裙襬落在他的身旁，我負手於身後，走過他的身側，衣裙滑過他衣衫。「殺你的，不是我，而是孤煌少司。」

他身體一怔，但很快放鬆下來，似是再次認命。

「是嗎？是因為懷幽沒有向攝政王彙報女皇陛下原來有此祕密嗎？」

「不，因為我是最後一任女皇。」我停在他的身邊：「當你服侍完最後一任女皇，等孤煌少司執政後，你覺得孤煌少司……會留你嗎？」

我側下臉看他，他墨髮輕動，身體再次陷入緊繃。

懷幽知道太多祕密，必除！

我在他身旁蹲下身，對著他披散的長髮輕語：「我死的那天，就是你陪葬的那刻。」

懷幽雙拳立刻擰緊，我感覺到了一絲不甘心。

「孤煌少司許你什麼我不管，如果你這裡……」我伸手穿過他絲絲長髮戳在了他的心口上，他微微一顫，胸膛不再起伏，似是屏住了呼吸，指尖下傳來了劇烈的心跳。「下了決心，我會告訴你我許你什麼，而且，一定不會讓你失望。」

他的長髮在我面前微微一顫，轉過臉看向我，我對他揚唇一笑。

「你放心，我不殺人，只殺妖孽，我這次下山，就為收妖而來。」

「不，不！」

懷幽忽然激動起來，大大地搖頭，我這句話居然讓他徹底失去了鎮定，他的雙瞳猛地收縮起來。

「沒人對付得了孤煌少司！沒有人可以！我服侍了三任女皇，她們沒有一個，沒有一個辦到！」

「因為她們沒有一個可以偷偷跟在孤煌少司身後，看他到底跟你說了什麼……」

我打斷了懷幽，沒有錯過他愣怔的表情。他忘記了驚慌，一臉呆滯。

「也沒有一個女皇這樣關注你，潛入你的房間，和你這樣對話，是不是？」我唇角揚起。

懷幽的身體像是城牆崩塌一般鬆垮下去，呆滯地看落地面。

「求求妳……求求妳放過我吧……我只是……一個想安安分分活著的……普通人……」

從他唇中溢出低啞帶哽的話語，我拍了拍他的肩膀。

「懷幽，人的命運是要靠自己改變的，你太順從你的命運了，所以即使最後的結局是死亡，你也依然接受。懷幽，你真的不想脫離這樣的命運，脫離孤煌少司，脫離這座皇宮？」

他因為我的這番話緩緩抬起頭，看向床榻後的屏風。我順著他的目光，看到了那些飛在雲天的仙鶴，原來他想要的是自由。

突然間，我感覺到了有人匆匆前來，我立刻從懷幽身邊閃開。懷幽驚疑地看我，目光一直追隨我的衣裙。我閃入屏風之後，對他指指門，俏皮地眨眨眼。

「有人來了，別怕，該怎麼說就怎麼說，和平時一樣。」

懷幽呆呆看我一會兒，恍然回神，匆匆從地上站起，從枕邊拿出一根髮帶將長髮繫好，就在這時，有人敲門了。

聽到那略帶急切的敲門聲，懷幽有點緊張地回望我，顯然他在擔心是不是孤煌少司。

我微笑看他，輕聲說：「放心，不是孤煌少司。」

他露出些微安心之色，才起身匆匆去開門，一邊走一邊整理衣冠：「來了。」

我躺入屏風之後，雙手交疊放在腦後，單腿翹起，悠然地閉上眼睛。不禁聯想孤煌泗海躲在屏風後，是否也是這樣？

「吱呀～」門開了，傳來懷幽的聲音：「蕭侍官？」

「懷幽，你沒事吧。」沒想到傳來了女人的關切聲。

嗯？是個女人！

我轉身透過屏風的縫隙看到一個女侍官進入了懷幽的房間。女侍官看上去二十出頭的樣子，非常年輕，生得沉魚落雁，閉月羞花，粉臉朱唇，嬌俏迷人。

隙之中。

我優哉游哉從屏風後走出，雙手背在身後壞笑看懷幽：「她喜歡你。」

「女……」他驚呼出口時立刻閉嘴，匆匆到我面前，又要下跪。我伸手扶住了他的手臂，他的身體一怔，呆呆地看我扶他的手。

「懷幽，我說過，我不興這套。」我溫柔地說，緩緩收回手臂，看見了地上的護身符，撿起放在懷幽的手心，發覺他的手分外冰涼，像是被嚇壞了。

他在害怕，害怕我誤會他與蕭侍官的關係，即便此時我不用他決定對誰忠誠，臣子在君王面前摟摟抱抱，耳鬢廝磨，也是大不敬。之前說了，大巫月皇宮不反對談戀愛，但是不能越禮，至少，在女皇面前。

我將護符放入他的手心：「這是一個女孩兒的心意，你在宮裡還有人關心你的安危，不覺得幸福嗎？不像我，只有一個人。」

懷幽怔怔地抬起臉看我，鬆散的髮絲滑落他秀美的臉頰，形成一個柔美的弧度，更加讓他雌雄莫辨。

我帶一絲羨慕地盯他片刻，收回手，那一刻，他的眼神微微閃爍了一下，垂下了臉。

「女皇陛下，您該回去了，稍後要叫起了……」

懷幽是在提醒我，馬上就是叫起的時間，我不能不在房裡，讓人起疑。而且孤煌少司動向不定，萬一他一個興起，下午又來找我玩呢？

我點頭看向屏風：「我的房裡為什麼沒有屏風？」

懷幽看了一眼答：「前任女皇最後總是精神恍惚，總覺屏風後有隻妖怪要吃她，所以撤了。」

「精神恍惚嗎……我知道了，給我放回去，我需要換衣服的地方，不然瑾崋又該高度緊張了。」

見我悠然一笑，懷幽再度微微一怔，匆匆低頭：「是……」

在懷幽低垂臉龐時，我腳尖輕點，躍離他的房間，落於遠處樹上，看到他恍然回神抬起臉龐，對著空空如也的房間又發了會兒呆，才緩緩坐落臥榻，拿起桌上的髮冠，看了看，轉身對著屏風上的畫，久久凝視。

懷幽想要自由，這一點，孤煌少司永遠無法給。懷幽是聰明人，我相信他會明白我的話，看到自己的結局，也會有自己的決定。

在宮婢叫起之後，她們為我們送入了水果茶點。

孤煌少司沒有出現，我正好躺在床上休息，瑾崋坐在床邊顯得格外焦躁，對他而言，現在是度日如年。

「妳剛才去哪兒了？」他的語氣像是在審問犯人，急切焦躁，充滿懷疑，讓人感覺是沒有安全感的小媳婦在審問自己的丈夫。

我側躺在大床上，一手執卷觀看：「瑾崋，你又急了。」

瑾崋霍然起身，快走幾步，伸長脖子咬唇看看殿外，確定四下無人便轉身朝我的床邊邁進一步，焦急地說：「我能不急嗎？妳下一步到底是什麼？我們什麼時候對付孤煌少司？」

「下一步……繼續收美男囉……」我「嘩啦」翻過一頁，手上捧的是宮規禮儀。

「妳！」瑾崋全身緊繃，緊身貼腰的衣衫讓他更像是我的侍衛：「巫心玉！妳到底在想什麼？」

他抓狂起來，直呼我名字。

「妳除了捉弄懷幽就是跟那個妖男孤煌少司追逐嬉鬧調、調……」

他咬緊貝齒，漲紅了臉，難以啟齒。

「調情～～」我懶懶地幫他說出。

「對！妳是不是真的看上那個妖男了！那我現在就殺了你！」

「瑾崋。」我打斷他，放落書卷，抬眸對上他要殺我的大不敬眼神：「晚上替我出去一趟。」

瑾崋一怔！

「不過，你要答應我不能去天牢看你的爹娘，不要亂我大計！」

瑾崋怔怔看我，我坐起身，對他勾勾手指：「過來。」

他真的呆呆地爬上床到我面前，我立時揚手打向他。他一驚，出於本能地快速閃開我的攻擊，我緊接著長腿迴旋，掃向他跪在床上的腿，他眼明手快地擋住，吃驚地問：「妳做什麼？」

「試試你的功夫！看看你能不能為我辦事。」我揚唇一笑。

他劍眉立收，銳光閃過他的星眸，居然對我湧現殺氣，狠狠瞪我一眼。

「那我就不客氣了！我可不會對妳手下留情！」

他霍然從軟軟的床上用膝蓋躍起，騰空就給我一腳，長長的髮辮在身後飛揚，深青色的衣襬也隨著長腿掃過而掀起，在光芒中宛如一隻烏鴉振翅朝我襲來！

這個瑾崋，真的對我手下不留情！

我側身躲過，再起身。為何選在這個大床上，一是地方夠大，二是床榻柔軟，更考驗一個人的功夫底子，而且需要的內力會是平日的兩三倍。

紗帳被我的勁風震落，我淡藍的衣裙和瑾崋深青的衣襬在白色紗帳中飛旋飛舞，起躍翻飛，落床無聲。

我雙腿攀上牢固的床柱，瑾崋長腿又再次襲來。瑾崋的腿功很好！我一飛離，他便緊隨我飛起，一手抓住了我的腳踝狠狠拽下。我單手撐上床，在他撲上來要用手襲擊我後背時，他像是察覺到有人進入而稍有停頓，我立刻乘機抬腿後捲，勾住他的脖子翻身，兩人一起捲飛起來。他「砰！」一聲落到床上，我單膝落到他的胸口壓住，一手扣住他的手壓在床上，一手已經點落他的眉間。若我手中有匕首，他此時已經躺屍。

瞬間，房內鴉雀無聲！

瑾崋瞪大眼睛看我，氣息已經紊亂，額頭冒出細汗，髮辮橫在雪白的床上，如同毛筆留下飛逸的一撇。

他全身繃緊依然努力保持冷靜。倏地，他緊張地目光掃過床邊，瞬間瞪大了眼睛，血色立時漲滿了俊臉，紅透脖頸！他星眸之中映入了另一個僵硬的人影。

我不疾不徐地收回手指，單膝依然壓在瑾崋胸口，轉臉對床邊僵直的人微微一笑。

「懷幽，你來得正好，身上有錢嗎？」

「咕咚。」懷幽明顯咽了口口水，呆滯地點點頭。

我拍拍手，從瑾崋身上起身，瑾崋立刻一個翻身起來，背對懷幽抱住了頭，咬唇恨恨斜睨我，宛若在恨我讓別人看見他這副狼狽樣，害他敗了名節！

他明明察覺到有人進來而停手，卻被我乘機「佔了他的便宜」！

我笑嘻嘻坐在瑾崋背後，靠上他起伏不已的後背，剎那間，他似是呼吸凝滯般後背再次僵直。

我早知道懷幽進來，有些事我想讓他看見，好讓他沒有顧慮，不再猶豫。

我笑著對懷幽伸出手：「錢。」

懷幽驚然回神，匆匆摸了摸身上，摸出了一包碎銀子，恭恭敬敬遞給我。

我探身去拿，掂了掂，皺眉道：「太少。懷幽，你去拿一百兩來，我會讓孤煌少司還你。」

懷幽一怔，微微抬臉疑惑看我一眼，眨眨眼低下臉。

「是。女皇陛下，稍後屏風會送來。」懷幽在提醒我過會兒有人來。

「知道了，你順便給我拿一尊狐仙像來。」

「拿？女皇陛下，狐仙像是我巫月守護之神，當請之。」

我笑了，我可從沒把騷狐狸當神來敬。

懷幽見我笑，匆匆低頭。

「懷幽放肆了，懷幽這就去請。」他說罷離去，去為我拿錢。

我轉身隨手去拍瑾崋肩膀，他卻甩手打開我的手，轉臉狠狠看我。

「別碰我！」他的眼神複雜而混亂，似乎他的心裡正在做什麼激烈的鬥爭，讓他背棄了原來的自己，讓他陷入掙扎。

我靜靜凝視他，他在我冷靜的注視中漸漸平靜下來，轉回臉：「對不起。」

我一愣，瑾崋居然跟我說對不起？

「哼。」我不由而笑。

「妳笑什麼？」他還是沒好氣，顯得很煩躁。

「不要嚇我！」他彆扭地、不舒服地說。

我轉回臉笑看他：「見到了？」

「那個花娘？」他煩躁地扯落面巾，竟是滿臉通紅：「下次不要再叫我去！那個女人太饑渴了！」

「噗！」我捂住嘴，細看他通紅便秘的臉：「怎麼？被摸了？」

「不要再說了！」他煩躁地撇開通紅的臉，一身黑色緊身夜行衣讓他顯得格外瀟灑。「我不想再想起。」

「那消息呢？」我垂眸坐於床邊，瑾崋的身體在我面前一緊，抬眸之時，他臉上的神情在昏暗的房內顯得格外凝重，雙拳也緊緊捏緊，全身像是一把準備出鞘的兵刃。

「是去抓捕焚凰！」他布滿殺氣道。

「焚凰？」

「不錯，焚凰！」瑾崋劍眉收緊：「妳在山上有所不知，焚凰是……」

「我知道。」

在我淡淡開口之時，他吃驚地看向我，星眸在夜中星光閃閃，這是一雙分外有神的眼睛。

「他們是巫月最後的希望……」我擰眉深嘆。

「不錯……」幽暗的房內也傳來瑾崋淡淡的聲音，他轉身坐在了我的身邊，低下臉。「我娘說他們是反叛組織，是烏合之眾，但我覺得他們才是最明白的人！只有他們還在跟孤煌少司對抗！」

「反叛組織？烏合之眾？」我笑看瑾崋，瑾崋側轉臉俯看我。

「焚凰不是反對孤煌少司那個妖男而建立的組織嗎？聽說焚凰裡的人各個高深莫測，武功高強！」

我看他一會兒，忍不住大笑起來。

「哈哈哈——哈哈哈——瑾崋啊瑾崋，那只是表象，焚凰其實是朝中忠臣建立起來的組織。」

「什麼？」這一次，輪到瑾崋吃驚了。「那！那他們為什麼不找我娘？」

「可能是因為你爹娘太過耿直的關係吧，焚凰在暗，為了巫月必須保持實力，需要能夠忍辱負重之人。你爹娘都太衝動了。」

「我爹娘……」

「欸？你又衝動了。」

我看向瑾崋，瑾崋鼓鼓臉，氣悶地低下頭。

「總有一天，我會學會城府的！」

我笑了，淡淡道：

「焚凰焚凰，焚燒鳳凰，好讓鳳凰浴火重生！巫月國是女人當政，所以，她們是為巫月重生而建立起來的組織。每個人見面時都戴著面具，不知對方底細，組織者之間也只是單線聯繫，這樣能對組織的重要成員起最大的保護作用，一旦被抓住，也只會供出一人。」

「原來是這樣！那朝堂上到底誰會是焚凰的成員？」

我搖了搖頭，深感頭痛。

「我也不知道……所以瑾崋，你看到的奸臣未必是奸臣，很有可能是潛伏在孤煌少司身邊伺機而動之人。瑾崋，如果我們能聯繫到焚凰，我們就有一支力量可以跟孤煌少司抗衡了！」

焚凰這個組織，深信狐仙大人沒有護佑自己的女皇，絕望之中的他們已經不再信鬼神，不再供奉狐仙，所以對焚凰的成員我一無所知。

「對了，說追捕焚凰，追到了嗎？」

「沒有。」瑾崋的語氣高興起來：「說是焚凰在人到時已經撤了！」

「好！」我高興起身：「我要找到焚凰，借助他們的力量！」

「妳？」瑾崋坐在床上懷疑看我，我轉臉俯看他，對他一笑。

「怎麼？不相信？我巫心玉想做的事，一定能做到！」

瑾崋在我灼灼的目光中怔住了，星眸閃爍，髮絲凍結在了臉邊。

「我乃天命之女，運氣，會在我們這邊的……」我揚臉看向緊閉的窗戶。

是吧，師傅。你把我送下山，一定不會讓我死在別的狐狸手上的……

⁂ ⁂ ⁂

之後幾日，格外平靜。

有如暴風雨前夕，風平浪靜，各方勢力歸於寧靜，按兵不動，耐心等待。

宮內、宮外，攝政王府內外，所有人都忙於我的即位大典，無暇顧及別的事情。

我晚上依然會去攝政王府串門子，倒是把攝政王府徹底摸透。但因為孤煌少司也忙於即位大典，所以獲得的情報很少。

而當孤煌少司在王府書房之時，便會看到那個執卷靠在他身旁的孤煌泗海，一襲白髮總是鋪蓋在孤煌少司深色的衣袍上，在暖暖燭光之中，如同依偎在一起的黑狐白狐。

師傅，你畫的畫，一定是錯的，如果他們本是禿毛的狐狸，這一頭雪髮從何而來？

雖然孤煌少司因為忙碌而少來後宮，但他真的命懷幽給我一批又一批美少年，陪我玩耍。這些美少年皆是宮內的侍者，年紀最小的，不過十三。

我好色之名越發遠播，還未即位，滿朝文武已知我荒唐貪色，並且紛紛將自家公子藏好，無論是忠臣、還是奸臣，因為她們心知肚明，我活不久，誰也不會把自家孩子送入宮中做一個將死女皇的男夫。

街頭巷尾，茶館青樓，都知道他們未來的女皇好色，名為巫心玉，色慾之心乃歷代之首。無論是罪犯還是宮內侍者，凡貌美者，均被其擄上鳳床，三千男寵輪流換。

「巫月仙山降淫……」瑾崋站在我身邊難以啟齒，此時我們和那些侍者玩捉迷藏，我和瑾崋閃入假山之內。

「我說不出口。」瑾崋漲紅了臉放棄，側臉看向一旁，渾身如同扎滿了刺一般難受。

我抬眸看他：「我讓你出去就是為了探聽三教九流的消息，以及百姓對我的看法。當初下山，我就為做好色女皇而來，我不介意他人如何說，你怎麼反而說不出口？」

「妳為什麼要做好色女皇？」他渾身不舒服地看我：「明明妳……！」

他張了張口，後面的話沒有說出口，不知道他想表達什麼？

我理所當然看他：「如果不好色，怎麼救你？如果不好色，我如何選人才入宮助我？」

「妳還要禍害別的男人？」瑾崋不可思議地瞪我：「妳害我一個還不夠嗎？」

他瞪著星眸，滿目的憋屈與憤懣。

他瞪我一會兒，揮舞手臂，變得有些激動。

「妳難道就不能正常任用賢才嗎？何必去毀他人名節！」

「怎麼正常？」我反問他：「如果走正常管道，那些人才怕是沒入宮就被孤煌少司除掉了！」

當我話音落下，瑾崋怔怔立在假山之間，幽幽的光束投落在他墨綠色的衣衫上，他默默地低下臉。我笑了。

「不如這樣，你有沒有看著不爽，但確實是一個人才的人介紹給我……哦，對了，還必須是個美男子，好讓我以好色之名帶進宮來，然後我幫你禍害他，讓你心裡暗爽一下？」

瑾崋的星眸立時閃爍了一下，瞳仁猛地撐大，一臉呆滯！

「還真有！」我驚呼，壞笑地用拳頭砸他胸口：「你這小子也挺壞啊。」

「不要碰我！」他又氣惱地把我的手拍開，側開臉：「雖然那個人看起來很欠揍！但我是不會禍害別人的！」

他氣呼呼轉身，一身絕不害人毀名節的凜然正氣。

「瑾崋，你剛才的詩還沒唸完呢。」我催促他，這段日子，我也讓他晚上外出，去茶樓酒館、三教九流之處探聽消息。真沒想到我色名遠播，坊間還為我作了首詩。

「妳煩死了！」

瑾崋煩躁地轉回身，嫌惡地看我，臉又開始漲紅，似乎接下來的話將挑戰他做人的底線。

「巫月仙山降淫凰，法場擄美笑荒唐，三千男寵不盡享，夜夜歡愛繞房樑！我的名節！」

瑾崋咬牙切齒地說完，一拳砸在我臉邊的假山石壁上，拳風掃過我的面頰，揚起一縷髮絲。

他恨恨地瞪視我，胸膛大幅度起伏著，近在咫尺的距離讓他激動的氣息噴吐在了我的面前。

「巫心玉！為什麼是我？為什麼是我？妳還不如讓我死在法場算了！現在妳讓我怎麼對得起瑾家列祖列宗！」他伸出手，像是要來揪我的衣領。

我瞇眼笑對他，平靜如水。

「如果你那天不在法場，我也不會來救你，我們也不會有此交集。」

他在淡淡的陽光中發了怔。

「你的性格這麼耿直，單純衝動，又沒有城府，我為什麼要用你？」

我誠然地看他，瑾崋疑心重，對他需要坦誠。

「當時也是情非得已，為救瑾大人，我必須找一個理由。這個理由不能正大光明，因為那樣反而會害了瑾大人一家，所以，我需要一個荒唐到孤煌少司不會起疑，甚至覺得順理成章的理由。瑾崋，你應該慶幸自己是個美男子，否則那天，我真的救不了你們了。」

我說完直視他顫動的星眸，他的手臂從我臉邊默默收回，在我面前緩緩低下了臉。

「這麼說，妳本來不想用我？」

「是。」我在他低落的聲音中點頭。

他的臉瞬間沉下，霍然轉身，長髮掃過我的面前，拋下他憤懣的話音：「我出去了！」

在他準備抬步時，他又立刻停下，側身站到我身邊，背對一側假山入口，低低沉語：
「我不喜歡懷幽，他是一株牆頭草！他終究會出賣妳！」
我頷首揚唇一笑：「日久見人心，牆頭草如果倒得好，也會左右局勢！」
瑾崋微微側目，疑惑地盯視我良久。
不久之後，傳來懷幽輕微的呼喚：「女皇陛下……女皇陛下……」
「懷幽，在這兒。」
懷幽聽見，匆匆提袍埋首擠入假山之間，到我面前，恭敬一禮。
「女皇陛下，孩子們已經分散，這片假山林範圍很大，孩子們沒那麼容易找來。」
我點點頭：「那小雲她們這些宮女呢？」
「全部候在假山外。」
很好，這就是我想要的。製造我在和大家玩耍的迷霧，才不會讓人掌握我下一步動向。孤煌少司的眼線，真是太多了。
我想了想，問道：「懷幽，皇宮哪裡可以聽八卦？」
「八卦？」懷幽微微抬臉，面露疑惑。
「就是搬弄是非，流言蜚語，嚼舌根。」我笑著解釋。
「哦～～」懷幽明瞭地點點頭：「女皇陛下這邊請。」
懷幽帶我在假山中悄悄繞行，懷幽知我心意，故而沒有讓任何人看見，他在這座皇宮整整住了三年，小心謹慎的他不會走錯半步路。

瑾崋跟在身側，盯視懷幽的目光中多了分疑惑，似乎也感覺到懷幽是帶我們避人耳目。

懷幽帶我穿廊過院，後宮寂寥，只有做事的宮人們，所以很好躲避。

女皇更替，後宮的丈夫們也會更替。巫月國沒有陪葬制度，所以前任女皇的丈夫們會被先送入冷宮暫住，然後等待新的命運——或是被新任女皇看中，或是被遣散出宮。

現在後宮如此安靜，前任女皇的後宮們應該已經被送到冷宮去了。

懷幽帶我一直往西，漸漸的，越發清冷起來，已經不用刻意閃避，因為完全無人。

眼前不遠處出現了一座分外冷清的宮殿，正有兩名男子在打掃，一個手執掃帚、一個手拿抹布在擦拭宮門。

我緩緩停下腳步，他們身穿素淨衣衫，長髮和這裡的男侍一樣只在尾端簡單束起，幾縷髮絲垂落臉邊，顯得有些落魄。但他們的服飾又與侍者不同，雖然素淨，但質料很好，在陽光中會折射出絲光。

「刷、刷！」那掃地的聲音讓我不禁想起自己在神廟的日子。

「女皇陛下，那就是冷宮了。」懷幽像是看出我的好奇，在旁輕輕作答。

那就是冷宮啊……

「等登基後，放他們走吧。」我淡淡說。

懷幽輕輕點頭，帶我和瑾崋從一旁繞過。

瑾崋的神情因為看到冷宮那些男子後，多了一絲落寞哀愁，似在為那些舊人哀嘆，也似在為自己的未來擔憂。

「我們怎麼可能見到，我們只是浣衣女，見不到女皇的。」

「見不見得到有什麼關係，反正早晚也是要換～～」

「噓！你們不要命了！」

「我聽我哥哥說，女皇很美。」男孩們也開始加入。

浣衣的小姑娘立刻圍到男孩們身邊。

「真的真的？怎麼個美法？」

「不知道，反正新女皇很漂亮，我哥哥前幾天陪她玩捉迷藏。」

「你哥哥～～沒上鳳床～～」大家壞笑起來。

「沒啊，我哥哥哪裡比得上瑾崋公子？」

「新女皇可真好色，把瑾崋公子從法場給搶了回來。」

「我覺得還要謝謝新女皇，瑾崋公子美貌排在京城前十，這樣的美男子死了多可惜～～」

我暗暗一笑，看下方牆邊站著的瑾崋和懷幽，果然瑾崋渾身不自在，劍眉緊蹙，時不時摸摸自己的手臂。

「啊～～我也好想讓女皇搶我，這樣……我就不用在這裡洗衣服了～～」一個漂亮的男孩突然娘娘腔地說著，還心疼地看著自己的雙手。「看，我的手都洗皺了～～」

「那也輪不到你，冷宮的公子們都比你好看，別說冷宮，懷幽大人也比你強一百倍……」

我再笑看下面的懷幽，懷幽的耳根子瞬間紅了起來，似是察覺到了什麼，後背一緊，轉身去摘桃了。瑾崋的目光牢牢盯視懷幽，深怕他逃離出賣似的。

「別說懷幽大人，還有內侍官白大人，就連阿寶都比你強！」

忽然，一個少年滿臉得意地跳上水池邊，衣袖和褲腿都高挽起來，手臂和小腿因為泡水太久而微微泛紅。他一手扠腰，一手大拇指指向自己。

「我寶爺說不準哪天就被女皇看上，管她換不換，先享受榮華富貴再說，哈哈哈——」

少年確實生得非常俏麗，十六、七歲上下，清秀的雙眉，大大的眼睛，明眉皓目，清爽可人。長髮全部梳在頭頂，用月牙色的頭巾包裹，像個鼓鼓的大包子。看起來很萌，是個討人愛的孩子。

少年因為還沒有完全長開，還帶著幾分稚嫩，身材也較纖細，微微有點胖的臉蛋帶著可愛的嬰兒肥，有些嘟嘟的紅唇嫣紅似血，一眼便知是一個美男胚子。

「咯咯咯……」大家笑開了花，忽然先前抱怨的男子從他身後抱住了他，摸著他平平的胸部。

「阿寶，本女皇餓了～～快來服侍本女皇～～」

「去去去！」阿寶一腳踹開：「離老子遠點！老子的身體是給女皇的！」

登時一片歡樂，與我身邊人所散發出來的時時緊繃的氣息有如天壤之別。不知懷幽是否會羨慕這些打鬧、無所顧忌的宮人們呢？

「大家別鬧了，女皇最終還是攝政王的。」

一個比較成熟的宮女這樣說，讓大家安靜了下來。

「不如我們猜猜……這任女皇的結局？」

「你們真是要死了！」那個成熟的宮女著了急。

「慧芝女皇是病死的……」大家開始放低了聲音。

「素貞女皇是意外……」

「雅仁女皇發了瘋……」

「而最後一任淑嫻女皇是吸了狐仙散，現在人在冷宮裡，不知是死是活呢……」

狐仙散……

我想起來了，就在去年，京都上流權貴之間忽然流行一種叫狐仙散的東西，這東西和毒品一樣，會讓人上癮！師傅也收到過有人許願兒子能戒掉狐仙散的願望。

但因為師傅沒見過狐仙散，所以不知道是什麼成分，不過，我猜和我們那裡古代出現的逍遙散，以及現代的搖頭丸這種會上癮的藥物差不多。

這種東西怎麼能流入皇宮，真是害人不淺！

「這群找死的丫頭！」身下傳來懷幽的輕聲低罵。

「你們猜這任女皇會怎樣？」宮人們繼續肆無忌憚地偷偷討論。

「我可聽說了，一旦新女皇那個，攝政王就真的稱王了。所以你們想勾引女皇，還不如去勾引攝政王。」

「那……我們這些男人不就沒有機會了？」

「說不定攝政王也喜歡男人呢？」

「哈哈哈哈……」又是哄笑一片。

「就像慕容大侍官～～阿寶～～你別勾引女皇了，還是去勾搭慕容大侍官吧，上次你不是撞在慕容大人身上了，慕容大人都沒怪你呢～～」

「欸～說不定正是慕容大侍官看上他了，才沒有責罰他呢～」

「你們別亂說了！我可不好那個。受不了、受不了。」阿寶抱緊身體一個戰慄：「我是女皇的，我才不要跟男人那個啥，聽說後面會很疼的！」

他匆匆捂住屁股，不經大腦的動作立時笑倒了一片眾人。

「哈哈哈——哈哈哈——」

這阿寶倒是個單純的孩子，是大家的開心果。

慕容大侍官，聽說慕容襲靜還有一個哥哥名為慕容燕，難道是他？沒想到宮內的大侍官居然是慕容家族的人！

慕容襲靜是近衛軍統領，慕容燕是大侍官，後宮最高等級的文武官全姓慕容，女皇真是逃不出去的籠中鳥，任人宰割。

「別吵了、別吵了，你們說女皇都把瑾崋公子搶來了，怎麼不吃啊～」

一個宮女扯起了池子裡雪白的床單，難道是我宮殿裡的？

「每次送來的床單都乾乾淨淨的，連個褶子都沒。」

我一皺眉，這群丫頭懂得可真多……瞟一眼下面，可不，兩個男人都尷尬地側轉身，看向別處。

「說不準是不會呢？咯咯咯咯～」

「是啊是啊，聽說新女皇是神廟裡下來的雲岫公主，雲岫公主的父親是以前女皇微服私訪時帶回來的普通百姓，所以雲岫公主在朝廷裡沒人。雲岫公主的父親也很早病逝，然後雲岫公主就被送上山做了巫女。」這些宮女們又開始扒我的家族史。

「你們知道得真多。」

「我娘以前也是宮裡的，所以知道。皇族做了巫女，就不能繼承皇位了。現在是沒了皇族，才讓雲岫公主下山。」

「難怪看見瑾崋公子那樣的美男子就流口水，原來是山裡來的啊～」

「可是……可是如果雲岫公主真的喜歡美男，那為什麼沒看上攝政王，而是瑾崋公子呢？」

那阿寶疑惑地開了口，沒想到他這句話讓所有人都安靜了下來，全都驚訝地疑惑看向他。

我不由再次看向阿寶，這小子雖然神經有點大條，但很有自己的想法。

「對呀！為什麼沒喜歡攝政王？明明攝政王才是全國第一的美男子。」

「是啊，好奇怪，為什麼？我也聽說新女皇從不跟攝政王單獨一起。」

「我聽說是瑾崋公子特別，新女皇更喜歡調教別人。」

「哦～原來好這口啊～～哈哈哈哈——阿寶～～你這身子骨可受不住～～」

那阿寶脖子一仰，躍入水池，踩在滿滿一池宮人的粗布麻衣上。

「那也比在這裡洗衣服好！哼！」

大家相視點頭，誰不知最低等的宮人做著最苦最累的活？還沒有錢。

對這種一直生活卑微的人而言，不管是在這裡做最卑微的宮人、還是在女皇身邊受虐，一樣都是受苦，為何不選擇後者？後者還可以錦衣玉食。

就像花娘說的，他們這類人才不管尊嚴和氣節，活著就好。

我躍下樟樹，懷幽對我遞上一顆已經剝好的水蜜桃，水蜜桃飽滿粉嫩，香氣襲人，惹人饞涎欲滴。

我沒有接，直接探頭一口咬住。懷幽身體微微一緊，瑾崋劍眉擰了擰，嫌惡地看我一眼撇開目光。香甜的水蜜桃汁順著懷幽白皙的手背緩緩滑落，懷幽不敢妄動，只是小心翼翼地拉下袖袍，避免水蜜桃汁染上衣袖。

他乖乖成為我水蜜桃的支架，我才不要滿手黏黏的水蜜桃汁。蜜桃汁液果然順著他微舉的手臂滑落，彙聚成一滴晶瑩水珠，滴落泥地，帶出一縷飄香。

「那阿寶是什麼來歷？」我邊吃邊問。好甜美的水蜜桃，爛在這裡太浪費了！因為宮裡的東西都是女皇的，一花一草，一樹一人，全屬於女皇，所以這些宮人不敢私自摘取這裡的水蜜桃。

瑾崋依然一動也不動，身體稍微放鬆，不疾不徐地說道：

「啟稟女皇，那孩子是去年秋天招收宮人時進來的，是普通人家的孩子，入宮是為奉養雙親，並無任何背景。」

「知道了。」我點點頭。

我啃光了整顆桃子，懷幽立刻取出絲巾為我擦拭。我接過擦了擦嘴，分外滿足。

「要叫那孩子來嗎？」懷幽在一旁問。我看他一眼，他依然保持謹守本分的模樣，但卻已猜到我心思。

「暫時不用，幫我留意。」

「是。」

「你怎麼能相信他！他是那妖男的人！」

忽然，瑾崋終於忍不住說出了他心中的話。殺氣瞬間爆發，震得身邊桃樹微顫，「啪！」熟透的桃子摔落地面，砸了個稀碎。

他瞪向懷幽，像是要隨時把他滅口，然後埋在這偏僻的桃林裡做花肥！

登時，一向鎮定的懷幽也對著瑾崋目露驚詫，他失常的原因應該不是因為瑾崋身上的殺氣，而是在驚訝瑾崋似是我的夥伴。

之前我與瑾崋之間一直保持主人和寵物的關係，即使上次我與瑾崋對戰，懷幽也只會當作是我在調教瑾崋，因為瑾崋是心不甘情不願地隨我入宮的，和我相處時的絕望無神大家也都看在眼裡，即使瑾崋要刺殺我，也是理所應當的事。

桃林倏然靜謐，莫名捲過一陣陰風，揚起瑾崋的衣袍和長髮，他雙拳收緊，星眸之中已閃過銳光。

懷幽驚詫地愣愣看著瑾崋，秀目顫動之時，他匆匆低下了臉。

「原來……原來女皇陛下是在救瑾崋公子一家！」

不愧是懷幽，已經理清一切。

「怎麼？想通了？」

懷幽抬手微微拭汗，輕輕點頭。

「懷幽明白了。之前懷幽一直以為女皇陛下帶著瑾崋公子只是為掩人耳目，卻未想到瑾崋公子已為女皇陛下所用！」

「果然還是要殺了你！」瑾崋揚起手掌，懷幽的神情僵了片刻，隨後放鬆下來，似是已經坦然接受接下去會發生的任何事。

我攔住了瑾崋的手，笑了起來：「瑾崋，你真是把懷幽逼苦了。」

瑾崋冷目看我：「我原以為妳比以前那些女皇腦子清楚些！但現在看來，妳也好不到哪兒去！居然會去相信懷幽！他是那妖男帶進宮的！他跟著那妖男整整三年了！」

「瑾崋公子，請慎言！」

懷幽突然不慍不火地打斷，視死如歸的他越發鎮定，更是揚起臉無畏地沉臉直視瑾崋。

「女皇陛下始終是女皇陛下！你可以懷疑懷幽、侮辱懷幽，但絕不能對女皇陛下不敬！」

瑾崋劍眉立時收緊：「死到臨頭還管那麼多！今天就埋了你，除了你這妖男的幫凶！」

瑾崋揮掌擊向懷幽，懷幽平靜閉目。

「啪！」千鈞一髮之際，我扣住了瑾崋的手腕，瑾崋掌風掃起懷幽垂在耳邊的官帽絲條。懷幽的神情依然平靜，薄唇微抿，在宮內三年，他早已做好隨時被人滅口的準備。

「你！」

「夠了！」我喝止瑾崋，瑾崋咬咬唇，憤憤甩開臉。懷幽緩緩睜開了眼睛，失神地目視前方。

「別碰我！」瑾崋低聲沉悶地甩開我的手，我大步到他面前，逼迫他與我對視，但是他的目光還是別開，不看我。

「懷幽只是謹慎處事，他生活在我與孤煌少司的罅隙之間，小心翼翼，他既不想做孤煌少司的人，也不想做我的人！」

瑾崋微微一怔，目光緩緩落在了我的臉上。

懷幽失神的目光因為我的話音愣愣收回，看向了我，我對他抱歉地點點頭，他看著我的臉陷入了呆滯。

我擰擰眉，異常認真地看向瑾崋。

「懷幽很聰明，他會自己周旋，裝看不見、聽不見，對孤煌少司彙報一些無關緊要的資訊，既不得罪他，也不得罪我。而現在，你真的是逼他做出決定了。你看，他被你嚇壞了。瑾崋，你既然跟了我，就要相信我，相信我做出的每一個決定，相信我選的每一個人！我知道你在生氣我小看你，一開始沒有選你，但是，既然選定你，我就相信你能助我！瑾崋，我們要對付的不僅僅是孤煌少司，還有他培植起來的龐大勢力，你明白嗎？」

我伸手緊緊握住了瑾崋的手臂，他的長髮在微風中揚了揚，慢慢垂下。

懷幽默默地低下臉，落落而語：「宮內大侍官慕容大人……」

瑾崋的目光隨著懷幽低落的話音轉到了懷幽身上，懷幽纖柔的身體在幽暗的桃林中帶出一分孤立無援的無助。

「內侍官白大人、外侍官蕭大人、近衛軍統領慕容大人，還有無數無數的宮人，已經……是攝政王的人，還有原本應該守護女皇的暗衛，也都是攝政王的人。前幾任女皇也有想除掉孤煌少司之人，可是最後……女皇陛下都被孤煌少司所迷……」

懷幽在我面前拾袍緩緩跪下。

「女皇陛下，並非懷幽遲遲不願做出決定，懷幽只是想保全自己……」

「我明白。」我轉身扶起了懷幽：「我明白……」

心中有些梗塞，自己又有什麼資格讓別人為自己出生入死？他們對我毫不了解，這是一場政治的博弈，輸了，就是死。

求生，只是人之本能。

我無法承諾自己會在這場政權的角逐中勝出，也無法承諾若是失敗會保他們性命。我有三條命，但他們沒有，我對他們，什麼都無法保證。

只靠一張嘴，如何讓人信？

只靠一雙手，如何讓人服？

只靠一個人，如何撐起這巫月江山？

深宮桃林之中，滿滿的桃香被一絲血腥之氣覆蓋，陰厲之風從四周而來，漸漸在懷幽和瑾崋毫無察覺之下圍繞在我們身周，陰雲遮日，只剩一片陰暗。

「咻——咻——」風聲像是它們對我的嘲笑，宛如在說：「妳贏不了……贏不了……」

「對不起，我……我這次衝動了。」忽地，瑾崋的話語打破了此刻的陰鬱，周圍的陰氣開始慢慢退散。

懷幽看向他，他還是顯得有些不自在，看我兩眼便低下臉，耳根泛紅。

「我、我果然還是太急了，不夠沉穩，只要看到孤煌少司的人，我……就會失控。」

我笑了，陰雲再次散開，陽光瞬間傾斜而下，穿透了桃林，將斑駁的光點灑滿地面，照得那些粉紅的桃兒越發嬌俏。

懷幽顯得有些意外，也目露尷尬：「瑾崋公子只是思念家人了。」

我暗暗讚嘆，懷幽果然善解人意。

瑾崋自從跟我後一直很不安，是因為他的家人尚未安全離開天牢。沒有救出他的家人，他對我始終無法完全信任。

我沒有那麼快救瑾家人，也是不想讓孤煌少司懷疑我當初救瑾崋的目的。我對瑾家表現得越不在乎，他們才越安全。

「沒關係，你只是缺乏經驗。」

我安慰地拍了拍他後背，這一次，他沒有對我吼：「別碰我！」只是深吸一口氣繼續別開臉。

我再看向懷幽：「懷幽，對不起，還是把你連累進來了。我也曾想過隨便找個緣由將你逐出皇宮，但你知道的實在太多，孤煌少司不會留你活口，你在宮外還不如在我身邊安全。」

孤煌少司不死，很多人都不會有永遠的安全。

懷幽在我說完後，綿長地吐出一口氣，緩緩抬起臉，看向我時，目光不再畏懼和不安，而是恢復他平日的鎮定。

「懷幽只想知道，女皇陛下不擔心懷幽出賣女皇陛下嗎？」

我微微一笑，昂首而立：「我巫心玉，疑人不用，用人不疑！」

一陣風從我們三人之間拂過，揚起了我臉邊的髮絲和輕薄的裙襬，伴隨的絲絲桃香一起飛揚……

懷幽和瑾崋的目光久久落在我的身上，隨後，他們紛紛拾袍要下跪，我伸手扶住他們的手臂。

「我們是夥伴，我更喜歡這樣。」

他們看著我發愣，我笑著抓起他們的手，兩人同時身體一緊，在他們的緊張中，我拿起他們顯得有些僵硬的手疊放在自己右手背上，左手緊緊壓在他們的手背上，給予他們相信我的力量！

我認真看他們微微透著一絲緊張和薄紅的臉，開口：「不要被孤煌少司所迷！」

他們登時回神，瑾崋第一個抽回手，鬱悶白我一眼：「巫心玉，我看是妳吧！」

「瑾崋公子！不可直呼女皇名諱！」懷幽立刻又板起臉警告，瑾崋再次星眸圓睜。

「瑾崋，是時候救你家人了。」我笑道。

瑾崋聞言立時目露欣喜，無暇瞪懷幽。

我對他和懷幽一笑：「不過還缺一人，人齊了才能救人。」

疑惑浮上他們二人的臉龐，瑾崋忍不住問：「還有誰？」

懷幽也困惑地看向我，目露不解：「女皇陛下還有可信之人？」

我微笑點頭：「此人獨來獨往，但只要是對付孤煌少司，他必會參加。」

「獨狼！」瑾崋驚呼起來。

登時，懷幽也目露驚訝：「獨、獨狼？」

我在懷幽和瑾崋吃驚的目光中看向高牆之上的天空。

「朝廷上下已經都是孤煌少司的人，他無需再與我爭奪什麼。四年以來，他也把每任女皇玩弄在股掌之間，他贏了那麼久，也覺得無趣了，我們要趁他尚未對我留心留意之時，能做多少是多少。待我聯絡獨狼，我們演場好戲給他看！」

瑾崋在我灼灼的目光中激動起來，雙拳擰緊，立時點頭：「好！」

在他這聲好中，懷幽的表情依然帶著一絲憂慮。孤煌少司的厲害，懷幽最為清楚，他經歷了三代女皇，親眼目睹孤煌少司如何漸漸俘虜了她們，所以說到不安，其實懷幽比瑾崋更不安，對我更加保守。

和瑾崋坐在荷花池邊洗腳，瑾崋在宮女的眼中依然呆呆的，心灰意冷，一臉死灰。

小雲她們前來時，我和瑾崋已經雙腳連帶著鞋一起在荷花池裡清洗了，池水除去了我們鞋底的泥垢，也消去了暑意。

「乖～～」我摸著瑾崋的頭，他皺眉別開腦袋，不讓我摸。我壞笑地拉拽他的髮辮，他身體緊繃，殺氣已經形成。

「女皇陛下……」小雲輕輕走上前：「攝政王來了，請瑾崋公子回房……」

我拉扯瑾崋的辮子，眼角餘光看到了孤煌少司的身影，冷冷道：

「小雲，我坐著，妳站著，妳是怎麼做宮女的？」

小雲身體一緊，立刻在我身邊下跪：「奴婢知錯了。」

我招過桃香她們：「把花花送回房間吧。」

「是！女皇陛下！」桃香和蘭琴開開心心地領著瑾崋走了，她們伺候瑾崋比伺候我還開心。

「哼！」瑾崋拂袖甩開桃香和蘭琴，故意迎向孤煌少司。我扭頭看他們，瑾崋走到孤煌少司身旁，一身的殺氣如同火焰般燃燒。

孤煌少司依然優雅閒定，淡笑垂眸，從容地從瑾崋身邊走過，朝我微笑走來。

小雲要起身，我立刻說道：「我准妳起了嗎？」

小雲只有繼續跪著。

瑾崋狠狠瞪視孤煌少司的背影，嚇壞了桃香和蘭琴，兩個丫頭用盡全力才把瑾崋拖走。

孤煌少司走到我身旁，看了一眼跪在我身邊的小雲，微微皺眉，竟也拾袍陪我坐在了荷花池邊。

「怎麼？小雲惹妳生氣了？」

「嗯！」我重重點頭：「烏龍麵，你不入宮，這些奴才都不怕我！」

我生氣地「告狀」，登時嚇得身邊的小雲瑟瑟發抖。

淡淡的微笑停留在孤煌少司微揚的唇角，溫柔如同春光的笑意下，已經湧現了一絲不悅，我繼續生氣地對孤煌少司訴苦。

「烏龍麵，為什麼她們都不怕我？我明明是女皇，之前慕容襲靜敢瞪我，現在這個小雲跟我說話居然都敢不跪！她站著，我坐著，到底誰是主子啊？太不像話了！」

我做了一件女人大多會做的事——翻舊帳，告小雲狀時，再次順便提到慕容襲靜，以突顯本人非常「記仇」，方便日後除掉小雲和慕容襲靜，以及孤煌少司安排在我身邊的人。

孤煌少司面色開始陰沉，目光穿過我看向小雲，薄唇開啟之時，只吐出一個字：「滾！」

小雲立刻跪行退後，膝蓋和地面發出了「砰砰」的碰撞聲，退到遠處起身時還像是因為嚇得腿軟而踉蹌了一下，扶著樹站起，愴惶而逃。

他們仗著孤煌少司這個靠山趾高氣揚沒有錯，因為他們知道孤煌少司未來必稱王！但是，他們沒想到現在我在孤煌少司心裡，才是更為重要的棋子。

孤煌少司看了看四處，目露一絲不悅：「懷幽呢？」

「去給我摘桃了。」
「摘桃？」
「嗯。懷幽說，冷宮西面有一處水蜜桃林，最近正好是成熟之際，蜜桃肥美，解暑止渴，但其實……」
我對孤煌少司招招手，他微微一笑，靠到我唇前，耳珠分外飽滿可人，誘人品嚐，我低聲耳語：
「我覺得是懷幽自己想吃，嘿嘿。」
「呵……」孤煌少司在我面前悠然一笑，但沒有退回，反而是順勢側躺下，躺落在我的雙腿之上，雙手枕於臉下，閉目微笑。
我看著他俊美的側臉，一直看著，這傢伙投懷送抱竟顯得那麼自然！
清澈的池水倒映出孤煌少司枕於我雙腿上的畫面，他深黑色金絲繡紋的華袍在風中微微輕揚，衣襬幾欲觸及水面，倒影中，他也雙眸微眯，目光落於水中，如果我沒猜錯，他應該也在看我的表情。
我彎下腰貼近他的側臉看，他唇角微揚完全閉上了眼睛，誘人靠近。
我拿起他一縷長髮，他並無不悅，我毫不猶豫地戳進他的鼻孔，他立時收眉，睜開眼睛時順手握住了我的手。
「心玉，調皮。」
「嘿嘿。」我收回手，壞笑看他，雙腳在池水中開始撲騰，水花立時濺起，孤煌少司即刻從我腿上離開。我壞壞地要推他身體，他穩穩坐住，抓住我不老實的雙手。
「心玉，別鬧。」

「天這麼熱，不如下去洗個澡啊。」我調皮地笑看他，睜大眼睛。

他眸光閃了閃，笑了，放開我的手端正坐直。

「好，妳若能推我下去，我便洗。」

「好！」我立刻站起來，開始推他，不料他內功深厚，坐得穩如泰山。

「嗯——」

我正推、反推，都推不倒。

我不開心地坐回，雙腳再次重重放入荷花池，「啪！」一聲濺起的水珠染濕了他的衣襬。

「不開心！烏龍麵不讓我推倒！」我雙手環胸，非常不爽。

「呵呵呵……我若是下去弄濕了全身，心玉可留我在寢殿更衣？」他唇角微揚，笑容中浮現一絲壞意。

我愣愣看他，眼神一直停留在他臉上。他笑了笑，俯身從水中拾起我的腳，微微皺眉。

「女孩兒哪有像妳這樣，連鞋子一起下水的？」

「因為這樣上岸的時候就不用再穿鞋啦。而且這樣洗鞋子很方便。」我天真無邪地笑著，雙腳在他手中轉動。

孤煌少司一愣，把我腳放在他的腿上開懷大笑起來。

「哈哈哈——心玉啊心玉，皇宮的鞋難道不夠妳穿？」

「哎呀！」我故作驚訝：「對啊，我習慣了。嘿嘿，以前在山上沒什麼鞋可換……」

正說著，我看到懷幽手托水蜜桃回來了，激動地指向懷幽。

「快看！好吃的桃子來了！」

孤煌少司也看向懷幽，懷幽見到我們立刻垂下臉，腳步微微加快，到我們身邊時便直接跪在了孤煌少司的身邊。

「攝政王，懷幽失職，未伴在女皇陛下身邊。」

孤煌少司格外寬容地點點頭。

「無礙，心玉說你去為她摘桃了，這皇宮果然沒人比懷幽還了解，居然有這樣大的水蜜桃，本王卻不知。」

懷幽匆匆放落果盤，輕輕拿起洗淨的桃，剝了皮，送到攝政王面前：「攝政王請用。」

孤煌少司寵溺地看我一眼再看懷幽：「還是先給心玉吧。」

我「口水直流」地看著桃子。

「是。」懷幽要起身送桃，孤煌少司輕拾袖袍取過懷幽手中的桃子。

「我來。」孤煌少司取走了水蜜桃，送到我的面前，寵溺看我。「心玉，我來餵妳，蜜桃多汁，汁液會髒了妳的衣衫。」

「好！好！」我開心地大口咬下，懷幽跪在一邊微微一怔，越發低垂下巴，不看我們。

我笑眼彎彎地看孤煌少司，孤煌少司一手執桃，一手取出絲帕細細擦去我嘴邊的汁液，我們相視而笑，他的眸中是無限溫柔與寵愛……

河風徐徐，荷香幽幽，還有那香甜桃香，和孤煌少司身上淡淡沉香，香氣氤氳，午後日光迷離，這個醉人的氛圍如同是有人精心布置，只為滲入女人心，讓她迷醉上癮，無法自拔……

所以……我該怎麼殺這個國民情人？

‡ ‡ ‡

是夜，我穿上夜行衣，準備出門時瑾崋攔在我的身前，目光銳利。

「小心孤煌少司的美男計！」

我一愣，手裡的玉狐面具還沒戴上。

「瑾崋，你怎麼突然來這麼一句？孤煌少司的美人計從他接我下山後就未停過。」

「什麼？」瑾崋微露一抹吃驚，驚嘆看我：「妳……到底是男是女？」

我更加一愣，看了看自己的身體：「我應該是女的……」

「什麼叫應該！」瑾崋受不了地說：「歷代女皇都逃不過孤煌少司的美男計！」

「孤煌少司那麼厲害，說不定男人也逃不過呢？」我抬臉反問，問得瑾崋瞪圓眼睛。

「男人只會中女人的美人計！」

我立時壞笑起來，笑得瑾崋莫名其妙，目露戒備！

「妳笑什麼？」瑾崋氣鬱看我。

我噗哧一笑：「孤煌少司是不屑對男人用美男計的，但是，那麼多男人效忠他，你覺得他真的只是用威逼利誘的方法？」

瑾崋在月光中怔立，紅唇微張，呆呆看我。星眸之中湧現萬千情緒，顯然他寧可死也不想承認孤煌少司擅於俘獲人心。

「他也會用這裡～～」我伸手戳著瑾崋胸膛，若非我跟孤煌少司立場不同，說不準我們會成為難得的知己好友。

瑾崋拍開我戳他胸膛的手，變得格外嚴肅。

「是懷幽要我轉告的。我聽他說了，下午孤煌少司餵妳吃桃，小心吃到他懷裡去！」

我再次愣了一下，因為那件事我並沒放在心上，沒想到懷幽那麼在意。現在瑾崋提及，我不禁覺得好笑。

「你不覺得孤煌少司是個好奴才嗎？」

當我說完，瑾崋在月光之中反而發愣，我笑著拍拍他的肩膀。

「小花，放心，我巫心玉不是那麼好誘惑的，我可是天天對著狐仙大人的俊美容顏啊！哈哈哈！你不知道那傢伙有多漂亮……」

「沒人的時候別叫我小花！」瑾崋憤憤地打斷我，不滿地轉身側對我：「像我鄰居家的狗一樣……我們也是好心提醒妳！」

瑾崋和懷幽解除芥蒂後，我怎麼感覺反而又多了一個監視我的眼線。他們像是時時監視我，謹防我被孤煌少司誘惑，害他們喪命。

「巫心玉！我們可是把命都交給妳了！請妳正經一點！」瑾崋狠狠說完，甩臉不再說話。

我在他背後一笑，戴上玉狐面具躍上窗框，雙手抓住窗框蹲於細細的橫木上，形同立於窗框的貓兒。我揚唇一笑。

「知道了，我會小心。」

後退飛起時，瑾崋轉過身在月光中仰臉朝我看來，有些不自在地伸出手，朝我揮了一下，白色身影在月光中染上了一層朦朧的月牙色光輝，泛著漆光的窗框宛如把瑾崋框成了一幅夢幻美麗的油畫。

他和懷幽把命交給了我，他們選擇相信我，但又同時憂慮我會不會被孤煌少司迷惑，男人的謹慎讓他們不敢全然相信我。若我不是女人，他們會不會更沒有顧慮一些？抑或我不是女皇？

比如我跟獨狼相遇，在那樣的境遇下，獨狼第一刻就信任了我，如果獨狼知道我的身分，可能也會跟瑾崋和懷幽一樣，對我的未來充滿了懷疑。

許久沒來花娘這裡，瑾崋來了一次也不想再來，花娘的風騷讓他受不了。

落於院中，大漢如同往常一樣，只是看我兩眼並未阻攔。

上前拍門，進入，小鬍子為我打開通往黑市的門，立刻聞到了煙草淡淡的氣味。寂靜的地下廣場傳來幽幽的搖椅擺動的「吱呀」聲音。

黑黑的夜市傳來這樣的聲音，有點懾人。

我走下樓梯，正看見花娘慵懶地躺在她的搖椅上，抽著花桿煙槍，閉眸搖擺，寬大的火紅衣袍鋪垂而下，如同一隻拖著尾翼的紅孔雀懶洋洋地躺在搖椅上。

「隨便看～～隨便選～～毒藥暗器應有盡有，任君選擇～～」懶洋洋的聲音響起。

我輕輕躍落她搖椅的扶手，身體輕盈如同月下黑狐，她的搖椅就此停住，繪有紅色眼影的雙眼慢慢睜開，眸光瞬間犀利。

「哪個不要命的敢踩我花娘的骨董椅！」她眸一撇，殺氣已然射來，在看到我臉上的玉狐面具時，驚然坐起：「是妳？」

「好久不見，美麗的花娘。」我蹲在她搖椅上再次慢慢搖。

花娘的紅唇在我的話音中張開，露出了甜美的笑容。她單手環在胸前，右手慵懶地舉著菸槍，豪邁的雙峰在她手臂微撐下立刻突顯於寬鬆的衣領內，雪白的雙乳爆出，讓人血脈賁張。

「小丫頭現在才來，獨狼可是把東西放在我這兒三天了。」她嫵媚地打量我一番：「還說跟獨狼沒關係？兩個人連定情信物都通上了？」

「我們真沒關係。」我笑咪咪看她，我可不想得罪花娘。

「誰信？」她白我一眼，懶洋洋起身，走到櫃檯打開抽屜，從裡面拿出一封書信，放於櫃檯。

我躍落搖椅來到櫃前，伸手想去拿，花娘卻突然把我的手按在了那封書信之上，隱約感覺到信封裡有一樣細細短短的硬物。

花娘朝我拋了個媚眼：「獨狼長什麼樣？」

她的眸光瞬間閃亮起來，充滿期待地看我，我對她抱歉一笑：「我真不知道，也不想知道。」

獨狼在暗，這點對我非常有利！

「什麼？你們真沒關係？」花娘瞪大了閃亮閃亮的大眼睛。

「真沒關係。」我笑咪咪地點頭。

「呿～～」花娘沒趣地放開我的手，白了我一眼。「獨狼從不相信別人，難得他信妳。男色在眼前，居然不下手，妳是吃素的嗎？」

「這個嘛……」我摸摸肚子：「身邊美男太多，吃得有點膩。」

「什麼？」花娘甩起菸槍跳起了腳：「哎喲喂啊，我的姑奶奶，妳該不是賣男娼的吧！妳可真是飽漢子不知餓漢子饑啊！居然說吃膩了！老娘天天守著夜市，見不得光亮，看不到美男，都快乾成烈女了！來來來，妳給花娘兩個，我花娘幫妳消受消受。」

「哈哈哈——花娘，我記著妳的好，有好的，定給妳留著。」我取走書信轉身離開。

「這件事可就這麼說定了～～」花娘大喊著，她可真是寂寞了。

夜晚的花街柳巷香氣四溢，隨便找了個房樑坐下，身下房內淨是男人女人的歡笑聲。

「大爺！來～～」

「好、好！看我抓住你這隻撩人的小壞貓！」

「……」

「夫人，您最近面色怎麼那麼差？來，讓小人為您黃瓜美容，放鬆放鬆。」

「乖～～還是你的手兒滑嫩，家裡的丫頭都比不上你。」

「謝夫人……」

我打開信封倒了倒，一根細細長長的管子掉落手心，一愣，居然是狗哨！

獨狼這是讓我用狗哨來召喚他嗎？

我愣愣看了許久，差點仰天噴笑。罷罷罷，他不介意，我就不介意了！

「呵。」這個獨狼，也沒那麼無趣嘛。

我在月光下細細端詳手中的狗哨，這支狗哨做得很精緻，外面包銀雕紋，當看清上面的花紋時，不禁要驚嘆雕工匠巧奪天工的技藝！

小小的狗哨上竟雕有七匹形態各異的狼！

有的臥於大漠，有的立於高石，有的對月長嚎，有的在樹邊嬉鬧，還有的在水邊飲水。神態各異，栩栩如生！

狗哨的末端還有一顆翠玉珠子連著一縷寶藍色的穗子，這支狗哨已經不僅僅是支狗哨，更是件裝飾品、工藝品，掛在腰間絕不會覺得突兀彆扭！

再看信紙，上面如同獨狼的性格，只有短短一句話：「吹響狗哨，清風塔頂見。」

清風塔，是京都最高的塔。

我放眼望去，很快看見了清風塔，它就像巴黎鐵塔一樣矗立在雲天之下，成為京都的地標，無論在何處，都可一眼看見。

倏地，面前的小樓傳來開窗的聲音。我往下看，正好看見一個濃妝豔抹的美豔男子打開窗，輕拾花瓣紛飛的袖袍將茶水倒出。他的動作很優雅，略帶一絲女氣，手腕輕轉，小拇指微翹，並不像他的妝容那般濃豔。他的雙目被濃濃眼線覆蓋，已經看不真切，但可以明顯感覺到他雙目之中的疲憊。

他倒去茶水，隨意抬臉，像是想安靜地獨自賞月，就在那一刻，他看見了我，瞬即呆立在窗前。

他的目光裡沒有害怕、沒有驚慌，也沒有驚訝，僅像是看見幻覺一般呆呆地看著我。

我靈機一動，對他一笑，收好信封和狗哨躍起，飄然落於他的面前，看看他身後空空蕩蕩的房間，笑問：「賣身？」

「不，賣藝。」他呆呆地看著我答，聲音也是訓練過後的細小音質，變得雌雄莫辨。目光在我玉狐面具上打量，如見舊物。

我拿出銀票：「想不想接個私活？」

他一愣，慌忙搖頭，目露恐慌：「我們不能接私活，被主事知道，會打我的。」

「這個私活很簡單，只是把你聽到的、看到的一切告訴我即可。」我笑了。

他更加呆滯地看我，我把銀票塞入他的胸口，拍了拍。

「收好，不要告訴任何人，和平常一樣生活，別給你家媽媽看到，不然會貪了這錢。也不要怕，這事不會有生命危險，和我說說話，還有錢掙，是不是很划算？」

他恍若作夢般愣愣看我：「為、為什麼找我？」

我對他一笑：「我找人重視眼緣，你合我眼緣。」

他愣了愣，依然盯著我的玉狐面具看。

我看看他，指向自己的面具：「怎麼，你認識這個？」

他雙眸微微一睜，低下臉匆匆搖頭。

我不由打量他一會兒，問：「你叫什麼？」

「公子琴。」

「公子琴，我記下了。下次見。」

我起身飛離，他呆立在窗前摸上胸口的銀票，然後狠狠地給了自己一巴掌：「啪！」

他呆滯片刻，立刻收好了錢！

三教九流之地，是收集情報最好的地方，剛才那人濃妝豔抹，渾身俗氣，可是偏偏他的舉止優雅，而且手指纖細柔嫩，似是受過很好的教育，應該生在大戶人家。

所以他是有意給自己畫濃妝、扮女氣，因為女人不會喜歡一個畫濃妝，脂粉味比妓女還重的男人。

巫月女人更喜歡自然的、天然的美男。

由此判斷，這男人並不願意陪女客。當我問他是否賣身時，他回答賣藝，則再次肯定了這點。他把自己的妝化濃，是對自己的一種保護。

而且這樣隨機選人，今後若是查起來，也很難查。

不過……似乎這次並不能說是隨機，很有可能是天意安排，因為感覺他一定與我這副玉狐面具有很深的淵源，是什麼原因讓他不敢承認？

孤煌少司執政之後，京都多了太多太多的祕密了。

當然，我相信這種地方也會有孤煌少司的人，不過以我對孤煌少司的了解，他選的人必會是這片地區的花魁！因為花魁才能陪達官貴族，才有利於他收集情報！

至於我，還不急。百川也能匯成大海，伶人之間瑣碎的消息，說不定比達官貴族口中獲得的情報更有用。

端坐於清風塔頂吹響狗哨，幾不可聞的聲音只有狗狗聽得見。看來獨狼養狗！

雪白的月光灑落在我大巫月京都之上，每一片瓦礫之上，俯視下去，格外皎潔的月光像是往整個京都下了一層銀霜。

片刻後，月光中出現了一抹黑影，我算了算時間，根據獨狼的速度，他家應該就在清風塔方圓五百米之內！

而清風塔是地標，所以清風塔在貴族區，這片區域住的全是朝廷大官和京都商人。獨狼果然是富二代，跟蝙蝠俠一樣！

三千兩銀票隨手可以拿出，又有蒼霄狼圖騰的劍。巫月不會製造那種劍，因為那是對巫月的守護神狐仙大人的不敬，所以必是從蒼霄買來。

既有錢又能去蒼霄，多半是商賈，商人時常需要出國買辦。獨狼的身分即將浮出水面。

「來了。」獨狼落在我的面前，依然乾脆俐落，說話不拖泥帶水，他向我扔了一把劍。「這給妳！」

我把劍接在手中，立時感覺到劍鞘格外清涼，在月光下細細一看，大吃一驚！劍鞘上鑲了一整塊長條形的碧玉，碧玉剔透得如同碧綠的水懸浮在劍鞘之上！碧玉上刻有鳳凰飛天的花紋，劍柄也是由一塊圓潤柱形碧玉做成，並雕刻成玉狐守護神柱之姿！

這劍……價值連城！

「這劍……你捨得？」我掂量著劍，壞笑看獨狼。

他面罩上的細眸冷光閃閃，並不在意。

「這是女人用的。」他只說了這句，顯然這劍雖貴，但在他眼中，似乎還不至於捨不得。加上又是女款，他也用不了。

「狼少果然闊綽，那我就笑納了。」我咧嘴而笑。跟著土豪果然好處多，雖說我是堂堂女皇陛下，現在卻要京都土豪養了。

「岑！」我抽出了劍，立時寒光劃過面前，留下一條月光般的殘影，撲面而來一陣寒氣，宛如此劍的清寒之氣薰染了周圍的空氣，心中更是激動莫名！

「好劍！」我忍不住揮舞起來，「嗖嗖」如風，劍刃劃破空氣，鋒利異常。

「岑！」利劍回鞘，我愛惜地撫摸：「可惜、可惜。」

「可惜什麼？」他冷冷問我。

「我不殺生。此劍殺人，必不留血！」

「不殺生更好。」獨狼凝視我手中的劍：「我也不想碧月開殺戒，染上殺氣！」

「碧月？此劍還有名字？看來定是出自大師之手！」當我說出這句話時，獨狼細長的眸中倏然劃過一絲明顯的懊悔。

他在後悔告訴我碧月的名字，名劍才會有名號，路人用的劍怎會有名字？若是名劍，只需稍稍追查就能找到鑄劍師，問到是誰買了去，也等同於暴露了獨狼的身分。

獨狼擰擰眉，側轉高挑的身形，立於塔頂，身姿如大漠蒼狼一般桀驁。

「有事找我，無事勿擾！」他冷冷拋出這句話。

「自然有事才找你。」我立刻說。

「什麼事？」意外的，他格外迅速地轉身，雙眸炯炯有神地看我。

「救瑾家。」我笑了。

「好！」他乾脆俐落地說完，就要飛走。我趕緊抓住他的腰帶，將已經離地的他拽回。

「妳幹什麼？」他回頭沉沉地問，雙眸之中還有一絲我阻礙了他的不悅。

「不是劫獄！」我鬱悶看他。

「那是什麼？」他變得有些煩躁了。看不出他看似冷酷，卻是個急性子。

「瑾家在天牢裡還有五口人，還有不到十歲的孩子，劫獄不是最好的方法！」

「那是什麼？」

我在玉狐面具下一笑，說道：

「明日未時，瑾家人會出京，我希望你能沿途保護，以防孤煌少司派人暗殺。」

「沿途保護？」獨狼第一次顯得語氣有些不乾脆，雙眉微蹙，像是有些為難。

「是不是做不到？如果不行，你有沒有合適的人選可以一路保護他們？」我擔心地問。

縷縷精明滑過他的雙眸，他似在飛速地算計，沒多久，他定下了心神，恢復冷然神情。

「沒問題。不過我的朋友不便露面，所以接洽之事由我來做，妳不能跟來。」

「可以！」我安心了。

獨狼看我一會兒，目露一絲疑惑：「妳確定明日未時瑾家人能出京？」

此番，輪到我充滿自信地說：「沒問題！我說能出，就能出。明天你讓你朋友準備接走瑾家人，並且要祕密護送他們到鹽城，從此隱姓埋名，不能暴露行蹤！」

獨狼雙眸裡的困惑更深，但是他沒有再說半個字，只是點點頭。

我拿出狗哨：「那明日我吹響狗哨時，我們城外西郊樹林見。」

「好！」他看看我手裡的劍說：「劍。」

我一把握緊，笑了。

「我找到可以藏劍的地方了，所以不勞你來回帶了。」

他透著寒光的眼睛掃了掃我，忽然問：「妳到底從哪裡來的？」
我瞇眼而笑：「那你先告訴我你是誰？」
「哼！」隨後他笑了一聲，對我頷首，我也回他一禮，我們再次各自飛離塔頂，乾脆俐落，不再看對方一眼！
跟獨狼合作，怎是一個爽字了得！
孤煌少司，明天讓我請你看好戲。
月夜之下，寢殿的上方卻坐著一位白衣少年，他揚起下巴，面對明月，黑髮在夜風中絲絲飛揚。
他有所察覺地轉過臉看向我的方向，我從黑夜中落下，單膝落地，在他星眸的盯視中，摘下了玉狐面具，瀏海不聽話地滑落，我對他揚唇一笑。
「人齊了。」
他的紅唇在月光下揚起，終於露出了自入宮以來，第一個笑容。
瑾崋，你跟了我，我必不會負你。
「接下去該怎麼做？」他著急地問。
「你出來很危險。」我察看周圍。
「我知道！但、但是我等不及了！」他情急地抓住了我的手臂，著急地問我：「快！快告訴我接下來的計畫！只要能救出我爹娘、姊姊和弟妹，我什麼都願意做！」
「什麼都願意做？」我壞笑起來。

「嗯！」他鄭重點頭，放開我的手臂低下了臉，皺緊了雙眉。

「我一定要救出爹娘，除掉禍國殃民的妖男！為那些犧牲的忠臣報仇！」

殺氣從他雪白的身影上竄起，單薄的睡衣襯出了他的俊雅，與此刻的殺氣格格不入，卻讓人莫名地疼惜。

「一哭二鬧三上吊會不會？」

「什麼？」瑾崋像是沒聽清似地抬起臉，一頭霧水。

「一哭、二鬧、三上吊。」

他星眸睜了睜，咬牙。

「沒問題！可、可不可以改成跳河？」他不自在地轉移目光，流露出一絲心虛。

我想了想：「嗯……也行，只要沒人知道你熟悉水性。」

「哎……」他嘆了一聲：「還是上吊吧。」

「那你自己可要把握好時機。」我好心提醒。

他一愣：「這個還講時機？若我吊早了呢？」

「呃……」我伸手拍了拍他肩膀：「那你只能自求多福了。」

他一臉呆滯，眨了眨眼睛，見我起身躍下，他緊跟上我。

「巫心玉！妳不能這樣！妳得給我個信號！我聽說吊死很難看的！喂！巫心玉！巫心玉！我們訂個信號吧……」

一直寧死不屈的瑾崋，卻在這三更半夜跟在我身後，喋喋不休，只為不想做難看的吊死鬼。

✣ ✣ ✣

第二天午膳，設酒。

懷幽跪坐在我身旁，手指白瓷酒壺。

「女皇陛下，這是剛剛釀好的荷花酒，甘甜清涼，請嚐嚐。」

懷幽為我倒上酒，清淡的酒香中飄出了淡淡的荷香。

「瑾崋公子請。」小雲為瑾崋倒上。

瑾崋滿臉的殺氣，拿起酒杯直接一口喝下，「啪！」一聲重重把酒杯放回桌面。

懷幽微微頷首：「瑾崋公子，請慎行。」

瑾崋憤懣地看懷幽：「請慎言！請慎行！請不要這個！請不要那個！懷幽！你只是個奴才！」

瑾崋憤然從小雲手中搶過酒壺，「咕咚咚」一口灌下。隨後，他像是發了酒瘋一樣，站起身，甩手扔了酒壺。

「啪！」一聲，白瓷的酒壺瞬間粉碎。

「女皇陛下小心！」懷幽立刻伸手護我。

「啊！」驚得小雲閃避到遠處，害怕地看懷幽。懷幽鎮定起身，沉著冷靜地發號施令。

「桃香、蘭琴，瑾崋公子醉了，帶他回寢殿休息。小心地上碎片，別傷了腳。」

「是。」桃香和蘭琴輕輕上前，要去扶瑾崋，瑾崋霍然大力揮開桃香和蘭琴。

「別碰我！妳們這些跟妖男狼狽為奸的奴婢！」

「啊！」

「啊！」兩個丫頭重重落地。

瑾崋甩手指向我：「巫心玉！妳答應過要放了我爹娘！妳到底什麼時候放？」

我著急起身：「快！快扶小花回去，他真的醉了！」

懷幽皺眉，匆匆暗示小雲她們，她們立刻從地上爬起來，去扶身體有些搖曳的瑾崋。

瑾崋繼續帶著醉態地朝我大吼：

「妳說！到底什麼時候？妳、妳不守承諾！妳說會讓我見我爹娘！會放了我全家的！」

「好好好，我馬上安排，馬上。」我立刻說，想起身哄他，卻被懷幽攔住。

「女皇陛下，地上全是陶瓷碎片，會扎到腳，請勿起身。」

我只好無奈坐下，擔心著急地看著我所寵愛的小花。

「小花，你冷靜一下，回去休息一下，我馬上就派人去找烏龍麵好不好？你不要生氣了好不好？我這就去找還不行嗎……」我委屈地快哭了。

「我瑾崋真是沒用啊——」

瑾崋仰天大號起來，痛苦地用力捶打自己的心口，發出重重的「砰！砰！」的聲音。

「不僅在這裡受辱，也無法保全家人的安危！我堂堂將帥之子，今日淪落成後宮玩物！我瑾崋已無顏面對列祖列宗，不如死了算了！」

「小花！不要打了！打在你身，痛在我心！不要打了！」

我著急地要起身阻止，又被懷幽攔住。懷幽立刻暗示小雲把瑾崋帶走。

「快帶瑾崋公子走，別讓他在這裡瘋言亂語，讓女皇陛下著急心憂。」

「是！」小雲立刻找來侍衛，把瑾崋架走，遠遠仍傳來瑾崋的怒號。

「巫心玉——妳不守信用——我要殺了妳——殺了妳——」

「慧心、柔兒，還不快來收拾！」懷幽再次沉著吩咐。

「是！」慧心和柔兒相視一眼，也是一陣唏噓，目露擔憂。她們匆匆取來小簸箕和掃帚，跪於地面開始清理陶瓷碎片。

我難過地坐回酒席，可憐巴巴地看懷幽。

「懷幽～怎麼辦～小花花討厭我，要殺我～你快去找烏龍麵～」

「是。」懷幽微微頷首，柔聲提醒：「地上還有碎片，請女皇陛下勿起身，待柔兒她們檢查後再行。」

說完，他起身先是抖了抖衣衫，見沒有碎片才快步離去。

我看著候在一旁打掃的柔兒，著急吩咐：「妳們快掃乾淨啊，我要去找我的花花。」

「是！」柔兒和慧心匆匆打掃。

不久之後，殿外傳來略帶急切的輕微腳步聲，隨即，聽到了孤煌少司不悅的話音。

「怎麼鬧那麼大？」不慍不火的聲音卻是不怒而威，令人膽寒。

「是懷幽失職，讓瑾崋公子喝多了。」

「不怪你，遲早要鬧的。」

說話間，殿門口已出現孤煌少司修挺的身影，今日的他，一身白色華袍，鵝黃的圍邊，金色繡紋突顯了他王者的貴氣。白衣上繡有淡淡金線繡製的流雲紋，不禁讓我想起孤煌泗海身上的青雲衣衫。

白玉寬腰帶，腰墜碧玉盤，同樣是金色的穗子，讓他如同男人國度裡的君王。墨髮半垂胸前，隨著他的步履輕輕震顫，異常輕盈。

「心玉妳沒事吧。」他匆匆單膝跪落我身邊時，胸前兩縷墨髮也微微揚起，飄來他身上幽幽的沉香。

我難過地抬起臉，當淚水從眼中滑落時，孤煌少司的目光再也無法從我臉上離開，一旁的懷幽怔住了，匆匆別開臉微微蹙眉。

「烏龍麵……小花花生氣了……」我淚眼汪汪地哭訴。

我低下臉，伸手輕輕揪住了他衣襟，眼淚滴落在面前的矮桌上。

「我忘記了……我真的不記得了……」

孤煌少司在我面前靜了一會兒，伸手輕輕插入我的秀髮間撫在我的耳側，溫熱的手帶來絲絲暖心的安慰。

「忘記了什麼？」溫柔到沙啞的聲音瞬間敲開你的心房，願意對他述說一切。

「我忘記要放他爹娘了……我玩得太開心，忘記了……」

「不怪妳不怪妳，是我公務繁忙，疏忽了。」孤煌少司輕輕帶我靠在他的胸膛上，輕撫我的長髮。「我的心玉只要開心玩耍，其他煩憂之事，我自會處理。」

「烏龍麵……小花花生氣了，我不開心。」

「我知道，我會讓他學乖的。」孤煌少司倏然語氣發沉，周圍的空氣也隨之降了溫。絲絲陰風之中，瀰漫著血腥的殺氣！

我在他胸口揚唇一笑，算算時辰，剛剛好。

寢殿的大門緊閉，門口立著發急的桃香、蘭琴和小雲，殿門內隱隱傳來瑾崋絕望的細碎話語：

「我沒用……我沒用……我真沒用……活著還有什麼意義……不如死了……不如死了……死了算了……」

孤煌少司大步邁到門口，懷幽緊跟在我們旁邊。

「怎麼回事？」孤煌少司厲聲問小雲她們三人，三個丫頭發現孤煌少司趕到，全都嚇得跪地。

「公、公子把我們趕在外面，鎖了門！」

孤煌少司的臉瞬間陰沉，連懷幽也低下頭擰緊雙眉，後背發緊。

只有我在孤煌少司殺氣四溢時上前拉住他的袖袍，可憐巴巴地看他。

孤煌少司雙眸一緊，薄唇一抿，伸手倏然攬住我的腰，只看我的眼睛，伸手推向一旁殿門時，登時氣勁炸開，推在那一排殿門上！

「啪！」一聲巨響，殿門被氣勁炸開，反彈的勁風揚起了跪在一邊所有人的長髮！

好強的內力！

「匡噹！」殿內忽然傳來什麼物體倒落的聲音，我和孤煌少司立刻看向殿內。

瑾崋……上吊了……

瑾崋正對殿門，兩隻眼睛死死瞪著孤煌少司，臉漲得通紅，全然一副吊死鬼怨氣四射的模樣。

我呆立在門口，是真的呆住了！

其實……我是為了逗他才那麼說的，這個死心眼居然真的上吊了！

瑾崋，我只是說說的！誰教你平時那麼古板不知趣！你還真給我一哭二鬧三上吊，太毀你美男形象了！再吊下去，舌頭要出來了！

孤煌少司擰擰眉，像是見怪不怪地揮手，立刻指風劃開瑾崋上吊的白綾，白綾倏然斷裂，瑾崋「撲通」一聲摔落在地上，咳嗽不已。

「咳咳咳咳！」

孤煌少司很淡定，看來這招以前有不少人玩過。

我立刻去扶瑾崋，倏然，手臂被孤煌少司用力扯住，竟是不讓我離開他的身邊。我著急回望，他卻是滿目冷視。

他第一次強行把我留在他的身邊，不容我反抗。第一次對我用命令的眼神，阻止我去扶瑾崋，第一次表現出他對我的——控制！

「護好心玉。」他只是淡淡對懷幽說了一聲，鬆開我的手臂獨自進入寢殿。

懷幽立刻上前攔在我的身前，表現出對孤煌少司的完全忠誠，是他最聽話的忠犬。
「孤、煌、少、司！」瑾崋咬牙切齒地喊出孤煌少司的名字，喉嚨因為上吊而變得沙啞。
孤煌少司冷然站在瑾崋身前，高高俯視，嘴角忽然揚起，帶出一抹讓人心驚膽戰的冷笑。
「哼！」
他緩緩蹲下身，白色袖袍垂落，伸手扣住了瑾崋的下巴。瑾崋想要掙扎，卻被他死死扣緊，宛如要捏碎他的下巴。
「唔！唔！」登時，瑾崋的氣息混亂顫抖起來，嘴角忽然溢出了鮮血，染上了孤煌少司扣住他下巴的白皙手指。
我心中暗暗一驚，在懷幽淡定從容的神態中擰緊雙眉。孤煌少司真狠！
「既然是隻寵物，就該好好聽話。」
不輕不重的語氣卻帶著不容忤逆的強勢，孤煌少司微抬下巴冷笑俯視瑾崋。
「你該記得心玉說過什麼，如果你死，她會讓你家人來跟你團聚。嘖嘖嘖，心玉對你那麼好，你怎麼就不知道感恩呢？還是……你不信她的話？」
孤煌少司微笑地取出帕巾擦去瑾崋嘴角的血。
「乖，你知道我沒有心玉那麼善良，我養的兩隻獒犬很久沒吃人肉了，最近跟你一樣也鬧得厲害，牠們可是最愛小孩哦~~」
「嗯！嗯！」瑾崋憤怒地掙扎，想要怒吼卻被孤煌少司緊緊扣住下巴而無法說話。
孤煌少司一邊為瑾崋擦去不斷溢出嘴角的血，一邊微笑。

「乖乖聽話，讓心玉開心，我才會開心。我已讓人把你家人接來，你們很快可以見面了，不要再鬧了。」

瑾崋不再掙扎，但依然瞪視孤煌少司。

孤煌少司看了看擦滿鮮血的絲巾，擰擰眉，隨手扔在了瑾崋的身上，這才放開瑾崋起身。

在瑾崋想要朝孤煌少司撲去前，我立刻奔向他：「小花花！」

孤煌少司轉身微笑看我，我直接越過他撲在瑾崋面前，孤煌少司的衣襬因為微微掀起，帶出一絲寒氣。

我捧住瑾崋的臉，緊張看他。

「小花，你怎麼那麼傻？是我不好，是我忘記了，對不起對不起，你原諒我好不好？好不好？」

「心玉。」孤煌少司淡淡的呼喚傳來。

我繼續看瑾崋，阻止他失控襲擊孤煌少司，壞了大局。

「心玉！」孤煌少司忽然加重了語氣。

瑾崋滿目殺氣地瞪著孤煌少司，氣息發沉。

我愣愣看向孤煌少司：「烏龍麵，你怎麼還沒走？」

孤煌少司眉角抖了抖，俊美無瑕的臉徹底綳緊。

「心玉，妳始終是個女皇，不要為一隻寵物失態！起來！」

他威嚴的面容「嚇」到了我，我乖乖起身。

「哦。」但我依然目光不離瑾崋。

「看著我！」孤煌少司這次更是厲聲命令，嚇得我看向烏龍麵，目露難過。

「烏龍麵你凶我……」

見到我受驚生氣的面容，孤煌少司微微一怔。

「烏龍麵你怎麼可以凶我！我最喜歡你了，你怎麼可以凶我！」我難過委屈地擠出眼淚。

孤煌少司渾身的寒氣驟然消失，黑澈澈的眸中閃過一抹喜色，隨即笑容揚起，在午後的陽光中格外暖人。

「心玉妳……」

「你到底還記不記得我下山的時候你答應我的事！」我生氣打斷他的話。

他因為我的話而微愣，柔聲反問：「許妳……美男三千？」

「不、是！」我大聲說，生氣看他：「是讓你每天進宮見我，讓我每天可以看見你！可是，你自己說說，你有多少天沒入宮讓我看看了？」

「我……」孤煌少司向我靠近一步，面露一絲情急。

我憤然轉身。

「你出去！我現在不想看見你！你出去！出去出去！」我生氣地跺腳，發大小姐脾氣。

「好好好，我這就出去。」孤煌少司難得語氣出現一絲求饒。我偷偷一笑，還坐在一旁地上的瑾崋已經看得徹底呆滯。

「心玉，我……」

「出去！」

「好。」孤煌少司不疾不徐走向門外，白色華服擦過我的裙襬。立時，已有人搬來座椅放在殿門外，小雲也端來清水。

我轉身扶瑾崋，瑾崋呆呆看我，我對他眨眨眼。他隨我扶他回床，身上染血的帕巾掉落地面。

在外面的人服侍孤煌少司洗手時，懷幽對我點點頭，不動聲色地站到孤煌少司身邊，為我暫時擋住孤煌少司的視線。我立刻打開瑾崋的嘴察看，果然是牙床出血，被捏得發腫！

「沒事吧。」我不出聲地輕問。

瑾崋搖搖頭。

「你們退下吧。」門口傳來懷幽的話音。這是信號，提醒我們孤煌少司洗完手了，會再次關注房內動靜。

我立刻放開嗓門說：「小花你沒事吧？」

我抬起瑾崋下巴，看他脖子上微微發紫的紅痕。

「別碰我！」瑾崋依然語氣惡劣，側開臉，長髮甩過我的面前，緩緩落下。

「咳！」門口傳來孤煌少司低沉的咳嗽聲，瑾崋咬牙擰拳，不再說話。

寢殿終於變得安靜，桃香為我們送來茶點，孤煌少司端坐在門邊，微微頷首，安靜微笑。即使他只是坐在殿外，但對眾人的威懾依然不減。

片刻後，有人匆匆前來，是一個面生的侍衛，應該是外宮的。侍衛對孤煌少司匆匆耳語後，又匆匆離開。

孤煌少司微笑看入殿內，溫柔的目光看我時充滿了柔情蜜意。

「心玉，瑾家人來了。」

「不許跟我說話！」我繼續生氣，坐到書桌後，單手支頤不看他。

「好……」他的語氣裡已是滿滿的笑意和寵溺，一如從前。

但是，瑾崋的氣息因為過於激動而無法掩藏。此時此刻他激動是正常的，所以無需掩飾。

隨著他氣息激動起伏，我聽到了「丁零鋃鐺」的鐐銬聲，我望出窗外，只見侍衛帶著瑾家人緩緩而來，他們的手上腳上還戴著鐐銬，連孩子也是。

瑾大人瑾毓和她的丈夫康華正把兩個孩子護在懷裡慢慢前行，瑾崋的姊姊也是目露不安地跟隨在後。

片刻後，他們已被人帶到寢殿門外，驚詫地看著端坐一旁，鎮定自若的孤煌少司。

「女皇陛下要見你們，你們應該知道什麼該說、什麼不該說。」孤煌少司陰冷的目光讓躲在瑾毓和康華懷中的兩個孩子瑟瑟發抖。

瑾崋的父親康華昂首挺胸，無畏地看向孤煌少司：「我們說了有用嗎？」

「不錯！這任女皇又能活多久？」瑾毓也毫不畏懼地冷笑。

我撫額，這耿直的一家人吶！

瑾崋見我撫額，突然起身，「撲通」跪下，在孤煌少司殺氣生起之時，大喊：

「爹！娘！孩兒不孝！給瑾家丟臉了！」

心中一動，瑾崋學聰明了，知道不該讓他父母再說下去，橫生枝節。

瑾崋的父親立刻大步入內，鐐銬「叮噹」直響，他大步來到瑾崋面前之時，突然直接揚手就搧了瑾崋一巴掌。

「啪！」力道之大，響徹寢殿。瑾崋一邊的臉瞬間紅腫。

我心裡一陣愧疚，今天把瑾崋害得不輕。

「你這個畜生！別叫我爹！你再也不是我們瑾家的子孫！」

「爹！」瑾崋的姊姊瑾芸立刻跑入，外面兩個孩子一下子哭了起來，登時亂成一片。

孤煌少司擰擰眉，起身，剎那間，帶瑾家人而來的侍衛紛紛亮劍，嚇得孩子不敢再哭出聲。瑾芸也分外緊張地看著殿外。

瑾毓依然不懼地對孤煌少司發話：「攝政王是想殺我們嗎？」

孤煌少司冷冷掃視所有瑾家人。

「真是放肆！見到女皇陛下也不下跪，在這裡哭哭啼啼、鬧鬧哄哄，成何體統！」

「哈哈哈——哈哈哈——我們瑾家人已經不再認巫月女皇！」

「來人！」

就在孤煌少司冷冷下令之時，我立刻起身，大喊：「煩死啦——」

立刻，全場鴉雀無聲……

總算消停了。

瑾毓、康華、瑾芸，還有孤煌少司都朝我看來。

懷幽匆匆下跪，門口的小丫頭們也紛紛跪下。全體噤聲。

這也是我不想讓瑾崋和他家人見面的原因，瑾家人生性耿直，易與孤煌少司起衝突，惹來殺身之禍！

我看看瑾崋，瑾崋立刻低下臉，咬牙苦求。

「求、求妳放我爹娘出城，卸甲歸田……」瑾崋說得分外哽咽，忍辱負重，委曲求全。「求妳了……放了我爹娘、我姊姊和我弟妹……求妳了……求妳了……」

瑾崋頹喪地埋下臉，長髮散落，淚水染濕地面。

「畜、畜生啊……喀……」康華在瑾崋苦求我時，啞聲哭泣，眼淚染濕華髮，讓瑾崋的姊姊瑾芸也悲慟不已，抱住自己的爹爹嚎啕大哭。

「爹……爹……求你了……就當為弟弟妹妹考慮吧……求您了……」

瑾芸跪落康華身邊，轉身再「咚咚」跪行到瑾毓面前，淚流滿面。

「娘……求您了……芸兒不怕死，可是弟弟妹妹才九歲啊……求您了……求您了……」

瑾毓的眼淚倏然落下，無力跪落，緊緊抱住兩個九歲的孩子，也是淚流不止……

空氣中飄散著瑾家人哀傷痛苦的氣氛，染滿了陰寒之氣，讓人心傷。

我在心臟的揪痛中揚起了笑，看向殿外面色少許緩和的孤煌少司。

「烏龍麵，你說了算。」

「女皇陛下！」瑾崋發急地哽啞呼喚我，他在害怕孤煌少司下殺令。

孤煌少司卻只是溫柔地微笑看我。

「心玉，妳又笑了，隨妳開心吧。」

「好啊。」我清冷地說：「嗯……我還是第一次下旨呢，隨便吧，你就隨便賞他們黃金萬兩，把他們逐出皇都種田去！」

「心玉，黃金萬兩他們是揹不動的。」孤煌少司頷首一笑。

「是嗎？」我故作驚訝：「我只是覺得黃金萬兩說起來很拉風，也顯得我很大方，那烏龍麵你看著辦吧，別讓外面的人說我小氣！」

孤煌少司再次抬眸，對我點點頭，紅唇開啟，笑意融融：「好。」

「呼……」瑾崋偷偷呼出了口長氣，緩緩趴伏在地上，哽啞而語：「謝女皇陛下……」

我不看瑾崋，依然笑對孤煌少司：「烏龍麵，以後別忘了天天入宮。」

孤煌少司頷首一笑，對我優雅一禮：「少司領命。」

我伸了個懶腰：「好了好了，都散了吧散了吧，我累了，要和小花花睡覺了，全都撤了吧，在我這裡哭哭啼啼吵死了。」

孤煌少司給侍衛們一個眼色，侍衛們進入，帶走了瑾家人。瑾毓和康華悲傷無奈地看了趴在地上的瑾崋一眼，痛心離開。

孤煌少司微笑看我：「少司先走了，瑾家之事還需辦些手續。心玉好好休息。」

「嗯嗯！」我笑咪咪看著他離開。

懷幽站在門口看我一眼，關上了殿門。我立刻看向瑾崋：「瑾崋，快！」

瑾崋匆匆起身。

我隨手關窗戶，孤煌少司在不遠處回頭看我一眼，我開心地對他揮手，他微微一笑，繼續前行，步伐不疾不徐，一派輕盈。

從他的步伐來看，他現在心情不錯。
接下去，就是搶時間了！

✣ ✣ ✣

有懷幽看門，我和瑾崋迅速到密室換上早就準備好的夜行衣和宮人衣服，拿起裝備，打開了通往宮內各處的密道口。

最近我和瑾崋只摸清兩條路線，一條正好通往偏僻的西宮。時間緊迫，還是走我們熟悉的路，其他密道日後再慢慢探索。

這條密道的出口在西宮的一口枯井裡，離開枯井就可以直接離開皇宮。

出了皇宮後，我們脫掉宮人的衣服藏起，我吹響狗哨，迅速出城，趕往西郊。

白天行動非常不方便，因為人多。好在現在是午休時間，人少了一些，出城也還算順利。然後和瑾崋蹲守在樹上，遙望城門。

巫月有東西南北四個城門，東門是皇族和官員的直通門，南門是京都貴族商人進出之門。西門在我原來的世界裡是西天的意思，但在巫月神話裡，北邊才是冥界，所以北門是奔喪之用，西門則是平民出入之門。

孤煌少司不會派人在巫月皇都附近暗殺瑾崋一家，但必會派人尾隨在後，伺機而動。剛才瑾大人一家已經惹惱孤煌少司，他們對孤煌少司又有威脅，孤煌少司絕不會放過他們！

說不準孤煌少司也希望我早早放了瑾家人，好讓他在神不知鬼不覺的狀態下，除掉心患。

「怎麼還沒出來？」瑾崋越是焦急，越容易走漏氣息：「難道出事了？」

「瑾崋，稍安勿躁。大白天的，你家又在東區，孤煌少司不好下手。這裡也還是城門口，他們不會動你家人的。」

瑾崋因為我的話而心安一些，轉而又著急地左顧右盼：「妳不是說獨狼會來？他人呢？」

確實這一次，獨狼慢了些。不過，我想他應該被其他事給耽誤了，畢竟是白天。但我相信他一定會到！說不定他早就在瑾家等待瑾家人回家。

「看！出來了！」我指向城門，果然瑾家人在侍衛的押送下，被推出了城門。

曾經的一品大將，朝廷右相，現在卻只是一身素衣，踉蹌步行，何其淒涼。

瑾大人連代步的牛車也沒有，長路漫漫，兩個孩子怎麼受得了！

「爹！娘！」瑾崋已經難耐心中的激動和哀傷，緊擰雙拳。

瑾大人身上應該還有傷，走路有點踉蹌，瑾崋的父親康大人正攙扶著瑾大人，瑾崋的弟弟妹妹由瑾崋的姊姊護著。他們一家人走得很慢，可是，當他們走出城門時，瑾大人還是回頭深深凝視那扇皇都城門，淚水從她眼眶流下。

她的心裡還愛著巫月。

「娘……」瑾崋略帶哽咽地低下臉：「孩兒不孝……」

空氣中傳來他的絲絲哀嘆。

「走，我還有事交代你爹娘，沒工夫哀傷了。」我拍拍瑾崋的肩膀，他打起精神疑惑看我。

「我爹娘都出城了，還能做什麼？」

我在玉狐的面具下揚唇一笑：「出城好辦事～」

瑾崋認真看我一眼，陷入深思。

我和瑾崋一路跟隨瑾大人身後，在樹上穿行。

他們越行越遠，漸入西郊樹林，前無歸者，後無來人。周圍瞬間靜謐下來，隱含絲絲詭異。

「怎麼沒人了？」瑾崋也察覺出異樣。

我微微擰眉，立刻回頭看，一抹黑影正迅速而來：「來了！」

「誰？」

「獨狼！」

瑾崋立刻隨我往後看，幾乎在他轉頭之間，獨狼已經來到我面前。

不同於瑾崋的驚詫，獨狼僅淡淡看他一眼，對我說：「妳的人走漏氣息了，瑾大人已經察覺。」

瑾崋微微一怔，我們看向樹下不遠處的瑾大人，雖然他們一直保持前行，腳步卻漸漸放慢，此刻，已經完全停下了。

瑾大人和康大人倏然回頭，銳利的視線刺穿空氣，如同一把利劍朝瑾崋看來。

「既然想殺我們，還不動手？」

瑾崋微微低頭，我拍了拍他，對他一笑：「去吧。」

瑾崋一愣，看向我和獨狼：「你們不去？」

獨狼冷冷瞟他一眼，帶著一抹嫌棄：「只有你被發現，我們為什麼要下去？」

瑾崋一擰眉，側開臉，帶著寒氣直接躍落。

獨狼，又是一個不好惹的角色。從他對待瑾崋的態度來看，顯然他覺得瑾崋有點礙事和多餘。

「為什麼帶個外行？」果然，獨狼對我帶上瑾崋很不滿。

「為什麼前後無人？」我不答反問。

「城門設卡，不准出。」

我恍然大悟，孤煌少司要動手了，所以封了城門不讓百姓出城。那麼前面也該有人早早過去封道，只等瑾大人一家落網。

瑾崋躍落樹梢，瑾大人果然沒有再看我這個方向，顯然只察覺到瑾崋一個人。瑾大人和康大人立刻擺開招式要迎戰瑾崋，瑾芸趕緊把兩個孩子拉到一邊，護在身後，也是一身戒備，隨時備戰。

瑾崋難以解釋，所以雙方乾站著。

就在這時，忽然傳來大型犬恐怖的粗吼聲：「吼！吼！」緊接著，就看見兩條巨大的黑影以奇快的速度在林中穿梭，隨即而來的，正是黑衣刺客！

殺手共有六人，其中一人白衣格外顯眼，我頓時心懸了起來，沒想到會是他親自出馬！

「不好！」

「怎麼？」

「孤煌泗海來了！」

「什麼？」獨狼發出驚嘆，我立刻躍落高樹，獨狼緊跟在我的身後。

就在那一刻，瑾家人大驚不已，驚呼出口：「還有殺手！」

我來不及跟瑾大人解釋，拉住瑾崋。

「黑衣殺手五人，獒犬兩隻，聽著，你和獨狼對付黑衣殺手，獒犬和白衣的交給我！獨狼！」

「嗯！」獨狼看我一眼，沒有異議地點頭。

在瑾崋也點頭時，瑾大人一家已經目露驚訝，對我們卸去了防備，反而有些激動地看獨狼。他們知道大俠獨狼的名號，可能以為是獨狼安排我們來營救他們。

我們三人迅速圍在瑾家一家周圍，瑾大人、康大人和瑾芸又將孩子護在三人之內。

「吼！吼！」突然兩條巨大的黑影從林中竄出，凶惡的獒犬張牙舞爪，目露血腥的紅光！

我直接抽劍迎上，在牠們拖著口水飛撲而來之時，我旋身飛出，穿梭在兩條獒犬之間，同時利劍如同飛輪直接劃過兩邊獒犬的脖子，與牠們巨大的身體擦身而過，我穩穩站於地面，身後傳來重重的重物墜落聲：「砰！砰！」

白色人影停落在我面前，雪髮在陰冷的風中飛揚，白色短袍露出他綁緊的腿帶和一雙乾淨不染半點塵埃的黑色布鞋。宛如他從不用腳走路，而是飄飛而來！

終於來了！孤煌泗海！

繪有紅色眼影的妖冶白狐面具，依然對著我詭異笑著。孤煌泗海不疾不徐地揚起手，他身後的黑衣殺手立刻停下。

整個樹林瞬間靜得只傳來風吹樹葉的「沙沙」聲，宛如凶惡怨厲的鬼魂在周圍嘶喊著：「殺——殺——」

「今天果然有意外收穫。」

他白色妖冶的狐狸面具下，傳出狡黠的笑語，聲音依然好聽醉人。

「那日一別，妳的餘香始終停留在我的指尖。」

酥麻的話從他口中溢出，他伸出抓過我腳踝的手，緩緩撫過面具的鼻尖，深深嗅聞。

「哼！是嘛，彼此彼此，那日一別，我對你也始終念念不忘！」

我冷冷一笑，利劍甩過他的面前，立刻血珠離劍，甩在他一身白衣之上，也染上了他垂在胸前的長長白髮。他竟然不躲。

「啊！不好意思，灑了你一身狗血，弄髒了你的白衣。」

「沒關係，白衣太素，我很喜歡染上血漬，尤其是……」灼灼的陰邪目光從他面具下射出，立時讓人不寒而慄。「美人的血！」

說時遲那時快，他幾乎像鬼魅一般飄到我的面前，與此同時，黑衣殺手也從他身後一湧而上，飛躍過我的身旁直奔我的身後，混戰立即展開！

「叮叮噹噹！」身後是刀劍碰撞的聲音，瑾崋已從一名黑衣殺手手中奪走了劍，和獨狼一起苦戰。

我一時也無法從孤煌泗海這裡脫身，幫助他們。

孤煌泗海的身形十分詭異，既不像輕功，也不像簡單地只是速度快，而是如同鬼魅一般忽隱忽現，飄忽不定。他的身體如同靈狐一樣靈活輕盈，躍過你的身前時，雪髮飛揚，猶如白色狐尾囂張地飛揚在你的面前，還留下一抹特殊的豔香。

真想一把揪住他的尾巴，狠狠摔在地上！讓他動彈不得！

「妳是狐狸，我也是狐狸～」他白色妖冶的狐狸在我周圍忽閃，輕柔的話語也飄蕩在我耳邊：「為何不能相親相愛？」

利劍劃過他的殘影，左掌推出，碰觸到了他空空的衣襬，他在空中翻身旋轉，我伸手抓去，一把雪髮抓在手中，又從指尖溜走，這隻狐狸太快了！

我收劍護在身前，緊緊盯視他飄忽的身影冷笑。

「可惜，你是狐妖，我是狐仙，仙妖殊途，不如你讓我收了，做我跟寵，我留你一命！」

「哈哈哈哈——」他倏然出現在我面前，妖冶詭異的面具透出強烈殺氣。「我吃人心的！妳養得起嗎？」

說罷，他一掌朝我劈來，我想也沒想直接迎掌而上，立時，感覺到異常陰邪的內力沖入我的血脈，我立刻運起周天，用自己內力與他強大的內勁對抗！

好邪的內力！好強的內功！

自下山以來，我從未遇到如此強勁的敵手。他的內力甚至異常寒冷，沖入我血脈時，明顯感覺到一股寒流要封凍我的奇經八脈！

立刻，小腹內力旋轉，一股格外溫厚卻又輕盈似無的全新力量開始推進我的內力，我清楚感覺到那不是我的內力，這股奇異的力量，一定是師傅的！

忽然間，熟悉的幽香從身上散發，這次連我自己也清楚聞到，那熟悉的香味讓我一時失神，溫熱的力量緩緩逼退了孤煌泗海的陰邪之力，進入我的血脈，環繞我的手臂，宛若師傅就在我的身邊，從我身後將我溫柔環抱，溫熱的手撫上我的手臂，對我說著：「我的玉玉，別怕，有我在。」然後把其他男人的手從我的身上緩緩推走！

我不能使出全力，我必須有所保留。

立刻，我收住部分力量，用自己十分之力朝孤煌泗海推去，巨大的力量相撞在一起，把我們二人一起震開，在我身體震飛之時，我直接揮劍劈向了孤煌泗海的面具！

「啪！」一聲細微的輕響，那妖冶的狐狸面具出現了一條細細的裂縫。孤煌泗海抬手扶住自己的面具和我一起飄然落地，雪髮緩緩飄落之時，整個世界也陷入安靜。

孤煌泗海就那樣手扶面具靜靜站在我三步之外，雪白的髮絲在滿是血腥的空氣中飛揚，平直的白袖滑落他的右臂，露出他白皙到幾近蒼白的手臂。

隨即，一道血絲從那面具下流出，化作一條紅色的細流，流入他纖長蒼白的脖子，染上他頸邊的雪髮。

我胸口內力亂竄，跟孤煌泗海那一拚，讓我也內傷不淺。哼！不過，那死狐狸也好不到哪兒去！只會比我更慘！

「啊！」靜謐之中，傳來一個人短促的呼聲，隨即，一切再次歸於安靜，再無聲響。

我甩了甩手中的利劍，血絲化作血珠灑落地面，雪亮的劍身上映出身後已經躺屍一片。獨狼和瑾崋躍落我的身邊，站在我的兩側。

「還想繼續嗎？」我強忍胸口的躁血，揚唇而笑。

孤煌泗海手扶面具，染上血絲的雪髮在風中揚了揚，溢出笑語。

「我要定妳了，狐仙，等我來挖妳的心！哈哈哈——哈哈哈——」

他驟然轉身，白衣掠過空氣之時，他已飛身而起。獨狼和瑾崋要追，我立刻攔住。

「你們不是他對手，前面還有伏擊！要留存實力！」

說話間，面前驟然起霧，薄薄的霧隱藏了孤煌泗海的身影，當陰風吹散薄霧之時，孤煌泗海已經消失得無影無蹤。

孤煌泗海絕對有問題！他一定不是常人！他的內力如此陰邪詭異，又能掀起薄霧，說不定，他還會邪術！

若非師傅的仙氣撐著，我絕非他的對手！

我狠狠盯視孤煌泗海消失的方向，我和他的糾纏，還只是開始！

胸口的躁血往下壓了壓，我轉身看向瑾大人一家，瑾大人和康大人手中的兵刃也滿是鮮血，兩個孩子躲在瑾芸的懷中，瑾芸不讓他們去看周圍的屍體。

瑾大人和康大人卻始終看著瑾崋，眸中充滿深深的迷惑，看來他們可能從瑾崋的招式中，認出了瑾崋，畢竟是自己的孩子啊！

「獨狼，能不能讓我們單獨談一會兒。」我看向獨狼。他點點頭，毫不多言地直接飛身離開。

我和瑾崋走上前，看向瑾芸。

「瑾芸，麻煩妳先帶孩子離開這裡。」我看向滿地的屍體，血腥味瀰漫在空氣之中。

「好，多謝兩位俠士相救，弟弟妹妹，我們走。」

瑾芸把兩個孩子帶離。兩個孩子此刻變得出奇的安靜和成熟，他們在經歷這一切之後，注定他們已經不再與同齡人一樣，無憂無慮，純真無邪。

瑾崋的弟弟康炎跟著瑾芸走了片刻，停下腳步，回頭看向瑾崋。

「哥哥，你會跟我們一起走嗎？」

登時，瑾芸吃驚地瞪大了眼睛，瑾崋也在我身邊怔立。

瑾崋顫顫地抬手，緩緩拉下了黑色面罩，左邊臉還因為被康華掌摑而紅腫，淚水濕潤了瑾崋的眼睛，臉上卻揚起微笑。

「小炎放心，等哥哥辦完事，會來跟你團聚。」

康炎面無表情地看了看瑾崋，點點頭，低下頭拉著瑾芸的手。瑾芸驚喜地雙眸含淚，和瑾崋對視片刻，帶弟弟妹妹們走遠。

瑾大人和康大人也顫顫地朝瑾崋伸出手，紛紛摸上他紅腫的臉和脖子上的紅痕，立刻老淚縱橫，一把抱住了瑾崋，無聲哭泣。

這一次團聚，才是真正的團聚吶……

心頭梗塞，劫後餘生的重逢讓人眼含熱淚。

「走！崋兒。既然你出宮了，就不要再回那個巫心玉身邊，跟我們一起走！」康大人緊緊拉住瑾崋的手。

「對！女俠！我瑾毓從不求人，這一次，求您救人救到底！」瑾大人懇求地看向我。

「爹、娘！其實……」瑾崋面露著急，直接轉臉看向我。

我平靜了一下氣息，抱歉地看瑾大人、康大人。

「對不起，瑾大人、康大人。」我收起劍平靜地看兩位老人家：「瑾崋我還不能放他走，因為我還有很多更重要的事情，要他完成。」

我在兩位大人詫異和困惑的目光中，抬手取下了面具。

當我從臉上緩緩揭下玉狐面具時，兩位大人的瞳孔也隨之慢慢瞪大。

我徹底取下了玉狐面具，看瑾崋一眼，他便回到我的身邊，修挺地站在了我的身側。

「爹、娘，孩兒不孝，不能離開京都，孩兒要留在皇宮！」

瑾大人和康大人徹底呆滯，似乎完全料想不到救他們的俠女，會是那個好色的巫心玉！

「瑾大人、康大人，讓你們受苦了。」我抱歉地看向他們。

「巫心玉！」他們倏然回神驚呼。隨即，他們急忙收住口，匆匆下跪：「臣，拜見女皇陛下！」

「快快起來！」我立刻上前攙扶，瑾大人和康大人還是不可置信地看著我，雙眸之中卻又充滿了無比的激動。

「您？您？您真的是巫心玉？那個，從狐仙山下來的雲岫公主？」瑾大人幾乎顫抖地說。

我點點頭：「不錯，對不起，為了救你們全家，才用了那下下策。孤煌少司的勢力已經根深柢固，要連根拔除，需要從長計議，所以我……」

「太好了！太好了！巫月終於迎來了明君！狐仙大人顯靈啊——」瑾大人忽然再次跪倒在地，激動地拜伏起來。

康大人也激動地深呼吸，輕輕感嘆：「巫月有望，巫月有望了！」

「娘！您快起來！巫心玉還有事交代。」瑾崋趕緊扶起瑾大人，康大人立時有些生氣。

「崋兒！放肆！怎可叫女皇陛下名諱？」

「無礙，我已經習慣了，正事要緊。」我淡淡說。瑾崋微露尷尬，開了開口，像是很難把女皇陛下叫出口。他不習慣叫我女皇陛下，我也不習慣被他叫做女皇陛下。

看他那副彆扭的樣子，我皺眉道：「別勉強了，叫不出口就別叫，叫習慣了反而讓孤煌少司起疑。」

瑾崋登時鬆了口氣，如獲大赦般，神情輕鬆起來，嘴角揚起，這是我第一次看見他的笑容。一直以來，他的心裡充滿了憤怒、不安、擔憂、焦急等等太多負面的情緒，讓他始終無法開懷。

此刻，他是真的，全部放下了。

瑾大人和康大人看著我們，激動帶笑的面容中，也浮現了一絲喜悅和羞澀。

等等、等等，他們該不會真的誤會我和瑾崋了吧？

「二位大人請放心，瑾崋是清白的。」我立刻說。

登時，瑾崋的笑容僵硬起來，臉騰地紅起，鬱悶地看向我。

「巫心玉，我是男人，不要整天把我的清白放在嘴上，我不是那種小姑娘！」

「我是怕兩位大人誤會。」我也很無辜。

「妳解釋了，我就清白了嗎？那可是妳的後宮！」瑾崋立時恢復了原狀，又大聲起來。

「崋兒！放肆！」康大人突然一聲厲喝，瑾崋收住了口，氣悶地別開了臉。

瑾大人感激地朝我一拜。

「感謝女皇陛下一直照顧崋兒，崋兒不通世故，年輕氣盛，有勇無謀，讓女皇陛下困擾了。」

「娘，我！」瑾崋急了，瑾大人把他說得一無是處。

「住嘴！」康大人越發嚴厲，虎視自己孩子。「為了巫月復興，清白算什麼？孤煌少司這個妖男生性多疑，狡猾奸詐，為了巫月大業，即使女皇陛下讓你侍寢你也要做好！不能讓妖男起疑！」

「咳咳咳……」

康大人這句大義凜然的話差點讓我內傷加重，看著瑾崋瞪視我的眼睛和通紅的臉，我立刻說：「二位大人，正事要緊，我有事相託。」

二位大人立刻朝我深深一拜。

「請女皇陛下吩咐，只要是為了匡扶巫月，剷除妖男，我們瑾家在所不辭！」

我鬆了口氣，看向他們：「孤煌少司給了你們多少錢？」

康大人和瑾大人看了看彼此，隨後轉向我：「白銀五千兩。」

「這麼少。」我擰擰眉：「我還以為最起碼黃金千兩，他既準備要殺你們，錢財也會拿回。」

瑾大人從懷中摸出銀票：「女皇陛下，銀票在此。」

「好，我要你們帶著這筆錢去鹽城！」當我話音落下，瑾大人和康大人目露疑惑。

「妳讓我爹娘去鹽城做什麼？」瑾崋不解地問。

「崋兒！不許對女皇陛下這麼說話！」瑾大人和康大人怒視瑾崋。

瑾崋再次一陣鬱悶。

我看向瑾毓大人和康華大人：「二位大人，我要你們去鹽城溝子寨種田。」

「種田？」瑾大人和康大人越發迷惑地看向彼此。

我笑道：「溝子寨地勢奇特，在深山之內，易守難攻，是修生養息最好之處。裡面的百姓又與外界少有來往，所以民風淳樸。而溝子寨土地肥沃，山清水秀，四季如春，所以，我要你們幫我屯糧。」

「屯糧！」瑾大人驚呼出口，驚喜地說：「女皇陛下您是要？」

我抿唇而笑：「不錯！時機一到，我會派人取糧，攻回京都！到時，還請二老出山，再次領兵，誅殺妖男，奪回我巫月江山！」

瑾大人和康大人聽罷，立刻激動不已，「撲通」一聲再次下跪，朗聲而言：「臣，領命！」

三軍未動，糧草先行。

大巫月的主要糧倉之城皆掌握在孤煌少司手中，若要打仗，反會讓孤煌少司得了先機。所以，我們必須要有自己的糧倉，然後將一座一座城池奪回！

溝子寨如同世外桃源，如我世界中的巴蜀之地，鞭長莫及，孤煌少司的眼線也不會如此密集。他已掌握巫月江山，又怎在意那深山小寨？

再次戴上玉狐面具，和戴好面罩的瑾崋一起送別瑾大人一家。獨狼居然牽來馬車，讓孩子先上車。

獨狼絕非孤身一人。或許他是獨狼時是單人作業，但他真實的身分或許對我更有用處！

「瑾大人，這是獨狼，後面的行程，他會安排，你們可以信任他！」

我向瑾大人正式介紹獨狼。瑾大人和康大人還是相當激動。

「好，好！早聞獨狼大名，今日得見，幸會幸會！沒想到女……」瑾大人踩了康大人一腳，康大人頓了頓，再次說道：「女俠與獨狼也相識！」

獨狼也顯得有些激動，可想而知，獨狼也很敬重瑾大人一家。

「獨狼也一直敬仰瑾大人和康大人，之後的事請二位放心，獨狼已安排妥當。」獨狼第一次說那麼多話。

瑾芸站在一邊面露欽慕地遙看獨狼，讓我意外的是瑾崋看獨狼的目光也格外熱忱，像是少年看著自己的偶像。

「你不會也崇拜獨狼吧？」我奇怪地看他。

獨狼朝瑾崋看去，瑾崋一怔，居然還有點不好意思地轉開臉。倒是康炎跑到獨狼面前，拉獨狼的衣襬，直接說：「我要簽名。」

此番舉動，反倒是獨狼不好意思了。

「哈哈哈——哈哈哈哈——」康華大人大笑起來，我也大笑不已。

獨狼皺眉看我一眼，拉了拉衣領對康炎點了點頭。

肅殺蕭索的樹林終於染上了一分歡樂氣息。

待所有人上馬車後，獨狼看向瑾崋。

「玉狐，妳這個助手不錯，沒有壞事。」他總算是接受瑾崋了。

「多謝！」瑾崋有些激動地抱拳，看來他確實有點崇拜獨狼。

我認真看獨狼：「刺殺失敗，對方以為我會同行，應該已經暫時取消暗殺行動，不過我擔心前面設卡，你無法通行。」

「我已派人清理。」獨狼短短一句話，打消了我的顧慮，他深深凝視我：「妳不跟我一起？」

「嗯，我還要去盯著孤煌少司。」我擰緊眉。

獨狼聽罷點點頭，也目露一絲凝重。

「好！我的人之後會接應瑾大人去鹽城。我會先回京，快則五日，慢則十日。」

他對我有所交代，這段日子他會暫時不在，狗哨無法傳喚他。

「好，孤煌少司給瑾大人的銀票記得幫我換掉。」

「知道了。」他應了一聲，躍上馬車，乾脆俐落的身影快如閃電，瀟灑如風。在他揚鞭之時，馬車在馬兒一聲嘶鳴後飛馳而去。

康炎從馬車的窗戶裡探出頭來，朝瑾崋揮舞手臂：「大俠哥哥再見——」

瑾崋的氣息再次微微不穩，我握住他的肩膀說：

「如果你弟弟滿十八歲，我會用他，不會用你。」

見瑾崋後背一僵，我笑了，拍了拍他僵硬的後背。

「你先回宮療傷，我要去孤煌少司家。」胸口一陣悶熱，我微微蹙眉捂住胸口。

瑾崋忽地抓住我的手臂，急切地看我。

「不要勉強了！」

我深吸一口氣，搖搖頭。

「孤煌泗海刺殺失敗，他必有安排，時機不可錯過！」

「妳說什麼？孤煌泗海？那個、那個白毛是孤煌泗海？」瑾崋驚詫之聲在幽靜的樹林中迴響：

「孤煌泗海那麼神祕，原來他的功夫如此厲害！」

「回宮讓懷幽準備好沐浴，我要回來療傷。」

我要走時，瑾崋再次拉住我，星眸之中滿是糾結，他擰了擰劍眉。

「如果勉強，立刻回來！」

我點點頭，飛身而去！

大白天到孤煌少司家，確實冒險，好在他們家樹也高大。再次落在老地方，遠遠望入那間神祕幽靜的房間，正好看見孤煌少司盤腿而坐，背對窗戶，似是在為誰療傷。

他身前的人被孤煌少司的身影擋住，只看見放落一邊的，帶有血絲的白衣和放在白衣上的妖冶面具，面具後方已是血汙一片，看來孤煌泗海吐血吐得很厲害！

我在大樹上盤腿坐下，也開始療傷，遠遠觀看。

世界變得安靜，屋內，孤煌少司為孤煌泗海療傷；屋外，我靜靜療傷，慢慢調息。周身香氣不知不覺開始散發，察覺時，正聽到孤煌泗海一聲吐血的聲音。

「噗！」

我立刻睜開眼睛，收斂氣息。

「泗海！」孤煌少司急急探身向前，白髮灑落在他肩膀上，熟悉的翠玉玉簪映入眼簾，孤煌少司轉過臉，側臉上寫滿憂急之色：「不要分心！你傷得很重。」

「沒關係，哥哥。」靜謐的小屋之中，傳出孤煌泗海依然醉人的嗓音，雪白身影從孤煌少司身前緩緩站起，上身赤裸，雪髮飄落，遮蓋了他的全身。

「泗海！你要去哪兒？你還要繼續療傷！」孤煌少司急忙站起。

「休息一會兒。」孤煌泗海略帶吃力地說了聲，踉蹌地轉過了身，細白的身軀在陽光照射中，竟反射出一種白玉般的暖光，這通透的肌膚只有狐族才有！

窗戶的上框依然遮擋了我的視線，遮住了孤煌泗海脖子以上的容顏。他白皙的脖子上，蜿蜒著鮮紅的血跡。

「真是胡鬧！」孤煌少司有些生氣地說，匆匆撿起地上帶血的白衣，披在了孤煌泗海略顯單薄的身上。「這次任務你不該去。」

「不，幸好我去了，才能再遇見她。」清靈的聲音因為內傷而氣息有些短促。

「她會不會是焚凰的人？」

「未必。我也想知道……她到底是誰……」

孤煌泗海一步一步，踉蹌地朝窗口走來，不知為何，我的呼吸隨著他靠近而開始紊亂。

明明我們離得那麼遠，他的腳步卻宛若就在我的身前，正在向我接近。我的第六感告訴我，他發現我了！

白皙通透的手臂撐上窗櫺，雪髮也隨之灑落胸前，化作兩縷細長的白絲，微微遮蓋了他赤裸的上身和那胸口格外豔麗、透著珠光的茱萸，如同世界上最美麗的粉色珍珠，鑲嵌在他的胸膛上。

緩緩地，他低落身體，尖尖的下頜開始進入我的視野，不厚不薄的粉唇，那特殊的橘色唇色恰到好處地與他的白融為一體，唇角帶著血漬，雙唇不知是因為被鮮血染濕，還是原本的珠光而顯得格外光潤。

線條柔美的鼻尖，如同飽滿的水滴般不顯突兀，漸漸地，我看到一雙如同師傅一般迷人的，勾魂攝魄的狐狸眼！

師傅！

那一瞬間，我宛若看到了師傅，心跳不由得重重撞擊了一下，宛若師傅就在我的面前，用他充滿狡黠的眼睛看著我。

為什麼？

為什麼他會有一雙和師傅一樣的眼睛？

雖然狐族的眼睛大同小異，細細長長，眼角帶勾，宛若對你一直風騷地媚笑，卻又讓你無法抵擋他的魅力。

可是……可是孤煌泗海的眼睛，跟師傅太像了……

除了孤煌泗海的雙瞳是人形，黑眸；師傅是針瞳，金瞳。

師傅……

我垂下臉，師傅，你真的留了個妖孽給我。僅這雙眼睛，也知道孤煌泗海是狐仙投胎。他的髮色、他的眼睛、他的容貌、他的皮膚，還有他那陰邪的功力，都不可能是人類所有。

可是，為什麼和他一起投胎轉世的孤煌少司會更接近於人類？

「喂，從沒有人能重傷我孤煌泗海，妳是第一個。」醉啞諧趣的話音從那小小的視窗而來，他銳利灼熱的目光已經直接朝我的方向投來。

他發現我了。

「她來了？」孤煌少司立時目露戒備地來到窗口，揚手像是要下命令時，孤煌泗海握住了孤煌少司的手，嫵媚笑看孤煌少司。

「哥，她是我的。」揚起的唇角，帶了幾分調皮。

孤煌少司愣了愣，溫柔而笑。

「真拿你沒辦法，她把你傷成這樣，你還護她。」溫柔的話語，寵溺的語氣，足以讓人酥掉一身骨頭。

孤煌少司伸手插入孤煌泗海的雪髮，與他額頭相抵：「不要玩過頭。」

「知道，哥哥。」孤煌泗海轉臉再次看向我，微微一擰眉，扶住胸口，身體微微前傾，一口血從雙唇之中吐出：「噗！」

鮮紅的血噴濺在窗下星星點點細小的百花上，將它們瞬間染上了豔麗的紅色。風過之時，花枝搖擺，宛若小花在渴望這位傾城的美男子，希望能再多多滋潤它們。

「泗海！還是去療傷吧。」孤煌少司的神情倏然認真，順著孤煌泗海的方向朝我看來。「我弟弟少有對手，就讓妳活著陪他玩玩。哼！」

孤煌少司毫不在意的語氣像是只為他神祕的小弟找一個打發時間的玩伴。

孤煌泗海順了順氣息，緩緩抬起臉，紅唇勾起之時，深深的視線毫不遮掩裡面燃燒的熱意，筆直盯在我的臉上，更像是鎖定了我的唇。

他伸出了粉紅舌頭，一點一點舔去唇角的血，我的唇莫名地麻熱起來，宛若他正一點一點舔過我的雙唇。

胸口一陣躁血湧起，之前被壓下的血，還是吐了出來。

「噗！」鮮血噴在了樹幹上，緩緩滑落。

我大口大口呼吸，徹底暴露了氣息，反正被他發現了，也無需隱藏。腦中思緒一陣凌亂，頭腦發熱渾沌。狐族血統單一，大多有血緣關係，師傅是不是刻意少說了什麼？我轉身匆匆離去。現在師傅在天上，能找誰問去？師兄流芳的年歲在狐族是後輩，未必會知道陳穀子爛芝麻的事。

神祕的孤煌泗海，前生必是一隻白狐。不知是何原因，讓他投胎之時，留存了一絲一縷狐族的力量，即使只有一丁點，也足夠他稱霸人界。

現在，我終於知道自己是在跟怎樣的對手較量了！

師傅，是不是因為你一早就知道，所以才給了我那縷仙氣，好讓我與孤煌泗海抗衡？

在回到寢殿時，我是真的站不住了。原本有內傷，又硬撐到孤煌少司家，躍落寢殿地面時，我雙腿一軟，單膝落地！

「巫心玉！」瑾崋匆匆而來，已經換回宮內的華服。

他扶住我，我捂住胸口說：「你不能關心我！讓懷幽來，帶我去浴殿！」

瑾崋扶住我的手臂緊了緊，抽身離開。

我深吸一口氣起身，到屏風後換上女皇的華服，換衣之時也覺得胸口如同翻江倒海般痛苦。

若不是有師傅的仙氣撐著，我可能早趴下了。

把黑衣捲了捲，和面具武器一起直接扔進密室入口，關好櫥門時，懷幽已經入內。

「女皇陛下，浴殿已經準備妥當。」懷幽面如常色，不疾不徐地說。

瑾崋憂急地看我一眼，低下臉。懷幽察覺，視線投向瑾崋，眸光閃爍，微露疑惑。

「嗯，好，走。」沒辦法說更多的話，帶著笑大步向前。

「我跟妳去。」在經過瑾崋時，他低著頭小聲說：「妳需要有人替妳療傷。」

我頓了頓腳步，壞笑起來，直接拉起瑾崋的手：「我要跟小花花一起洗～」

我拉著瑾崋火熱汗濕的手，一甩一甩走出門。瑾崋在為我擔心，在為我緊張。

因為我要跟瑾崋一起沐浴，懷幽便遣退了浴殿裡所有人，只剩他留在浴殿之內，聽候吩咐。

他還不疾不徐地頷首一禮：「女皇陛下還有何吩……」

在他話還沒說完時，我已經開始迅速脫衣服了。瑾崋也是飛快地扯掉腰帶，脫掉繁重的外衣，看得懷幽大驚失色，臉色通紅，匆匆轉身。

「噗！」厚重的外衣落地，我立刻盤腿坐下。

「我要開始了。」瑾崋也隨即坐下，在我身後認真提醒。

「嗯。」我深吸一口氣，緩緩吐出，雙手歸元，開始運功。

緊接著，一雙火熱的手推上我的後背，立時，火熱的氣流進入我的身體，和我的功力一起緩緩流轉體內的奇經八脈！

懷幽偷偷看我們一眼，微微一愣後，神情放鬆，他還真以為我和瑾崋要洗鴛鴦浴。

他轉身看向外側，時而張望，時而回頭看我們，目光中也充滿憂心和緊張。他在擔心有外人闖入，比如孤煌少司，孤煌少司來沒人敢阻攔。

但是，孤煌少司來不了。因為，他的弟弟孤煌泗海傷得比我還重！

出。

我坐在水池邊，渾身的熱力開始散發，胸口的躁血在瑾崋的助力中開始推進，到了喉嚨，終於吐

「噗！」一口熱血噴在了清澈的浴池中，如同朱紅的顏料緩緩下沉，化作跳舞的紅色精靈，漸漸消失在水池之中。

「女皇陛下！」懷幽驚呼一聲，到我身邊，匆匆拿出絲帕，雙手輕顫地為我擦去嘴角的鮮血。

我長舒一口氣，瑾崋的雙手也離開了我的後背。

「懷幽，不要慌張，這是淤血。」我對懷幽微微一笑。

懷幽的臉色變得格外蒼白，像是還沒見過這陣仗，驚恐之餘，他匆匆跪下。

「懷幽該死，懷幽不知女皇陛下重傷。」

「沒事……瑾崋，守好門，我還需要再調理一下。」我再次閉上眼睛調息。

「好。」身後傳來瑾崋輕輕離開的聲音。

懷幽一直跪在我的面前，即使我閉著眼睛，也能感覺到他的那分緊張和擔憂。

師傅的仙氣在我的體內徐徐流轉，迅速修復著我受損的經脈，讓我復原的能力快於常人。這樣的傷，換作別人可能需要半月餘才能養好，而我，只需一兩個時辰。

「懷幽，開窗通風。」

我嗅到了滿浴殿都是我的幽香。

「是……」

我吐出一口氣息後，緩緩睜開雙眼，正看見懷幽拉動浴殿邊的長繩，打開了一扇又一扇天窗。金

色的暮光瞬間一束又一束地灑落清澈的池水，照出一片朦朧的金色。

我坐在池邊轉身，想要脫去鞋襪，懷幽匆匆到我面前跪落：「讓奴才來。」

他輕輕捧起我的腳，小心翼翼地脫下了我的鞋子，用最溫柔的動作除去了我的白襪，他的每一個動作讓我感覺自己的雙腳宛若是這世上最珍貴易碎的寶物。

懷幽輕輕挽起我的褲腿，露出我潔白無瑕的小腿後，他退到一邊，疊好襪子，與鞋子整齊地放在一起。

我雙腳放入溫熱的池水中，感覺通體舒暢，一層波光從我腿邊蕩漾開來，池面金光閃爍不已，波光粼粼地映在了周圍牆壁上。

「快入秋了。」我看著上方漸漸偏紅的暮光，空氣中已經帶有一絲初秋的涼。「好快啊……」

「是……女皇陛下也將正式即位。」懷幽平實的語氣中，略微出現一絲激動。「瑾大人……他們家怎麼樣了？」

「救成了。」我淡淡答。

「太好了……」輕悠的聲音隱含喜悅之情，他連喜悅也是那麼的小心。

「這還只是開始啊……」我仰面躺下，輕輕感嘆。

「開始……」懷幽的面容又浮現深深的凝重。

上方出現了瑾崋的臉，他微露生氣：「妳內傷還沒好，不要躺在浴池地面上，會受涼！」

「你也會關心我？」我壞笑看他。

瑾崋星眸一睜：「我們全家人的命，還有懷幽的命都賭在妳身上了！請妳好好對待妳的身體！」

他氣呼呼蹲到我身邊，狠狠瞪我。

「我已經沒事了。」我笑了。

「什麼？」瑾崋不信：「不可能！妳這傷起碼要養半個月！」

瑾崋說著就直接抓起我的手，把上我的脈。

我笑嘻嘻地欣賞他臉上的變化，他從不信到迷惑，從迷惑到大驚，雙眸圓睜驚呼起來。

「怎麼可能？」

他握著我的手，呆了呆，不可思議地打量我。

我笑了笑，坐起身，猛地一拉，瑾崋「啊」一聲直接摔落浴池。

「啪！」一聲，池水濺在了我和懷幽的身上。

懷幽皺眉，看著自己一身濕衣。

「嘩啦！」瑾崋從水中冒起，絲薄的內衣瞬間因為濕透而徹底透明，服貼在他那意外還挺有型的身體上。濕濕的黑髮散落，披散在濕透的身子上。

「巫心玉妳幹嘛！」他對我怒目而視。

「你跟我一起來沐浴，不濕身怎麼行？我再找個人陪你。」我站在水邊壞笑。

「妳別下來！」瑾崋立刻滿面通紅指著我說。

他那副神情好像我是世上最可怕的色狼。

我哈哈一笑，看向了緩緩起身的懷幽。懷幽的第六感又發作，他立刻頓住，僵硬地抬起臉看我，指向自己：「我、我？」

我笑著點點頭：「懷幽～～一起去和小花花戲個水怎麼樣？」

「不，不不不不。」他連連後退。

「你就下來吧！」沒想到瑾崋伸手直接抓住了懷幽的腳踝，下一刻，懷幽「啊」一聲，也掉入水池之中。

懷幽從水中「嘩啦」而起，憤懣不已。

「瑾崋！你不要拖我下水！」

「你已經下水啦，乾脆一起洗個澡吧。」瑾崋壞壞地要去拉扯懷幽的衣服，驚得懷幽連連擺手。

「不不不，不不不。」

沒想到鬧起來的瑾崋原來也像個正常的大男孩。

「你害羞什麼，又不是女人。對了，巫心玉！」瑾崋沒好氣地對我說：「不要偷看。」

「哈哈哈——哈哈哈——」我在水池畔扠腰大笑：「喂，那水裡有我吐過的血，你們確定真的想洗嗎？」

霎時，只看見瑾崋和懷幽的臉色一點一點發青。

「啊——」瑾崋一下子從水裡施輕功竄起，跳到我的身邊，濺了我一身水，噁心地看我。「妳不早說！」

他鬱悶地直接套上衣服，大步走人。

他這一身濕淋淋地出去，又要讓我的風流荒淫事蹟多添一筆了。

夜，靜得只有蟲鳴。

「啾啾，啾啾。」

此時瑾崋已在床上沉沉睡去，今天他也格外辛苦。我還是第一次見他睡得這麼安穩，即使我蹲在他的面前，他也沒有醒來。

若是以前，他早就跳起來，戒備地瞪視我，大聲喊：「別碰我！」

我蹲在他的上方，一直盯著他，久久不轉移目光，他也沒醒。我笑了，我終於獲得了他完全的信任。

同住一個屋簷下，被人當色狼一樣提防，我也覺得怪怪的。

我輕輕下床，從密室中取出小小的狐仙像，手托狐仙像，獨自離開房間。一襲白裙，長髮披散在白衣之上。

出門時，懷幽匆匆上前：「女皇陛下啊，有何吩咐？」

他還是這般恪盡職守。

「今晚你值夜？」我看懷幽。他已經換掉濕衣，重新換了一套乾淨的衣服。

「是。」他靜靜答，看我一眼，匆匆取來披衣，輕輕披在了我的肩膀上。

我手拖狐仙像靜靜走在灑滿月光的荷塘邊，懷幽始終靜靜跟在我的身旁。

我步入荷花亭，坐下，放下狐仙像，笑看懷幽：「去取一盤棋來。」

「是。」懷幽退出涼亭，深色身影很快沒入月色之中。

我撫上狐仙像：「師兄，我知道你悶了，放心，女皇繼位大典會回神廟祈福，我會來看你。」

狐仙像在月光之中蒙上一層淡淡的銀光，如同師兄那銀色的長髮。不由得，我想起了孤煌泗海那一頭雪髮，他跟師傅必有淵源，否則師傅不會把他們兄弟倆畫成了禿毛的狐狸。

至於是什麼淵源，在投胎轉世後也不再重要，我只需知道，要除掉他們，不容易。

「女皇陛下，棋來了。」懷幽輕輕放落棋盤與棋子，黑色在對面，白色在我手邊。他再次老老實實、規規矩矩站在我的身邊，靜得宛若空氣，融於月色之中。

荷塘在月光下波光粼粼，在懷幽的身上閃爍，讓他更添了一分靜，彷彿懷幽只是站在我身邊的一個石雕而已。

我執起白子，眼前恍若出現了師傅，他那通透如玉的手指夾起黑子在棋盤落下。我在月光下開始與他對弈。

他風騷嫵媚地看我：「是不是為師最美？」

我好笑看他：「少來，那兩隻狐狸已經投胎了，沒投胎前說不定比你更美。你說，是不是因為這點，你把人家畫成禿毛？」

師傅金色的針瞳收縮了一下，單手支頤：「玉玉這樣真不可愛～～」

我不由一笑，棋盤上只有我的白子，沒有黑子，但是棋局已在我的腦中。

我朝懷幽看了看，他依然靜靜站在一旁，不過目光是落在我的棋盤上，充滿疑惑。

我笑了笑，輕輕吟唱起來：

「天晴月明正好時，九重難隔相思情。

君於雲端落星子，我坐閒庭執白棋。」

我閉上眼睛輕聲哼唱，帶著一絲秋意的夜風吹拂在我的臉上，讓我感覺到了在狐仙山那無比逍遙自在的快樂日子……

而接下去，只怕會越來越困難重重，讓人無法喘息。

我緩緩掀開眼簾，看到懷幽在月光下靜靜盯視著我，紅唇飽滿，月光越發染白了他的肌膚，讓紅唇更加嬌豔似血。

他見我睜眼，匆匆低下臉，目光有那麼一刻與我相觸，慌張地說：「懷幽該死。」

「該死什麼？只因看我？」我笑看他，他的臉開始發紅起來，變得侷促不安，似是想解釋，又不知從何開始。

「懷幽，我們是朋友。」我靜靜地說。

懷幽登時愣怔，呆立在我身旁。

「沒人的時候，你不必叫我女皇陛下，可以像瑾崋那樣直呼我的名諱，沒有關係。」

「懷、懷，懷幽不敢！」他越發愴惶起來。

「哈哈哈，看把你急的，隨你吧。」我不由大笑。

聽我這麼說，懷幽才鬆了口氣。懷幽真是太老實了。

「懷幽，你信這世上有狐仙大人嗎？」我單手支頤，墨髮滑過肘邊。

「懷幽不信。」懷幽微微擰眉，語氣有一絲恨意。

「不信？是因為狐仙大人沒有讓你有情人終成眷屬？」

懷幽一怔，吃驚看我。

我笑了，懷幽看著我的笑容微微失神，我轉臉撫上狐仙像。

「這個世界是有狐仙大人的，只是有些事情，狐仙大人也無法做到。」

師傅能做什麼、不能做什麼，不是由師傅說了算。

師傅是仙，他的上面還有神，一個人的命運由老天決定，師傅也只是為老天打工的公務員而已。

「懷幽，你與你的青梅竹馬沒有結果，是因為你們有緣無分吶……」我感嘆地看著懷幽，他的神情中也流露一抹落寞之情，兩縷長髮在夜風中輕揚，勾勒出他秀美的臉龐。

「是有緣無分，懷幽也已認命。」他垂下臉，落落寡歡，又顯疲憊老態。

「別這樣。」我打了他胸口一拳，他一怔，摸上胸口匆匆低下臉。我打趣道：「說不定有更好的女孩兒在等你？欸～～那個侍官大人不錯哦～～」

「女皇陛下不要誤會！懷幽與她毫無瓜葛！」懷幽有些著急地解釋。

他越急，我越覺得好玩，用手戳他身體。

「別不好意思嘛！雖然她是孤煌少司的人，但你可以用你的愛去感化她啊！讓她做我的人～～」

「女皇陛下，您該就寢了！」懷幽的臉色瞬即暗沉，語氣忽然嚴厲起來。

「喲呵！命令起我來了？」我站起身，懷幽立刻後背發緊。雖然他比我高，但是他低頭哈腰。

我雙手背在身後朝他邁進，他身體緊繃一步步後退，我上前一步，他便侷促地後退一步，宛若我在調戲他。

我站定在他身前，他轉開臉，耳根在月光中清晰地泛紅。

我往左看，他轉向右，我往右看，他又轉向左。

「怎麼現在不敢看我了？」

他忽然對我大大一拜。

「奴才也是擔心女皇陛下的身體，請女皇陛下就寢！」他急切的語氣隱含滿滿的真情。

「好吧，我聽你話，睡覺去。」我點點頭。

「呼——」懷幽長舒了一口氣。

「但你要跟我一起。」我立刻壞壞說道。

「咳咳咳咳……」登時，懷幽在夜風中猛烈咳嗽起來，咳得滿臉通紅。

「哈哈哈……」我笑著拍他後背：「懷幽，你在想什麼壞事情？我是讓你也去安歇，不必值夜。」

「咳咳咳……」懷幽繼續咳嗽著。

這一晚，我得到了自下山以來最安穩的一覺。

✤ ✤ ✤

第二天，感覺腿上重重的，想抬腿卻抬不起，後背也熱熱的。我慢慢醒來，看見了微微透明的雪白紗帳，和一條橫在我肩膀上的手臂。

我登時一驚，往下摸了摸，果然某個人的大腿正橫在我身上。

「瑾崋！」我厲聲一喝，微微一動，頓時全身僵硬，因為後腰碰到了不該碰到的東西了！

「嗯……」身後傳來初醒的呢喃，緊接著，就聽見某人的大喊：「啊——啊——」

他驚跳起來，連連後退，我坐起身瞪他時，他正好一腳踩空摔下了床。

「撲通！」

「啊！」連同紗帳一起捲落，捲了他一身。

我站起來，高高站在床上俯看他，他滿臉通紅不敢直視我：「對、對不起。」

殿門一扇扇打開，懷幽帶著小雲她們匆匆入內。

「女皇陛下，出什麼事了？」懷幽急忙進來，走過滿面通紅摔落在床下的瑾崋，他雪白的睡袍因為摔落時動作凌亂而散開，露出了緊致雪白的大腿。

桃香她們想看又不敢看地偷瞄瑾崋，臉紅竊笑。

懷幽微微皺眉，疑惑地走到我身前：「女皇陛下沒事吧？」

我正想說話，瑾崋忽然在床邊跳起，紅著臉甩手指控訴我：「巫心玉！妳不要碰我！」

我霎時一口氣堵在胸口，想吐又吐不出，想咽又咽不下！我巫心玉第一次被惡人先告狀！還得配合他演戲，對他一臉笑咪咪。

「摸摸又怎麼了？你可是我的男人！」

瑾崋星眸水靈靈顫動，臉已經紅到脖頸，繼續指著我說：「再碰我殺了妳！」

「瑾崋公子！」懷幽忽然威嚴耳語，頷首朝向瑾崋：「請慎言。」

瑾崋甩開臉，臉紅得可以掐出血來。年輕的男人血氣方剛，早上舉旗也是常有之事，但能不能離我遠點！不知道他自己察覺了沒有？

「桃香、小雲，妳們帶瑾崋公子先去更衣。」懷幽不疾不徐地命令。

我現在好想狠狠踹瑾崋幾腳，偏偏我還要揹下這下流的名聲，繼續壞壞地笑看桃香和小雲將瑾崋帶入屏風後。

屏風後頭人影晃動，桃香和小雲一下子被瑾崋推出：「我會自己穿！不用妳們！」

床邊只剩下我和懷幽時，我鬱悶地沉下臉，懷幽看著我的面色微露深思，但只是垂下臉，沒有說任何話。

早上的事也是提醒我，瑾崋真的對我不設防了，這是好事。但壞事是他的睡相有夠差，睡著睡著就滾過來和我一起睡了。

有的人就喜歡睡一起，明明睡著了，也會摸往有人的地方去。

我鬱悶地走在荷花已經凋零的荷花池邊，深深凝望池水，清澈的池水中，可見蓮蓬一株株在水中搖曳。

「女皇陛下，是不是瑾崋公子睡相不好，驚擾了女皇陛下？」懷幽靜靜地問。

我心中微微一動，細看懷幽，他依然頷首在旁，鎮定如常。他垂落在臉邊的兩縷長髮和絲條一起隨風輕揚。

「你看出來了？」我不禁有些佩服懷幽，他是如何知道的？

身邊只有懷幽，其餘奴才遠遠跟隨。

「女皇陛下是不會主動去摸瑾崋公子的。」他幽幽地答，俊秀的臉因他的縝密心思而多了一分特殊的魅力。

我揚唇而笑，壞壞看懷幽：「懷幽，是不是因為這點，所以那個外侍官才傾心於你？」

懷幽因為我的話而面色微變，竟流露出一分煩躁來。

「女皇陛下不要再開懷幽玩笑了。」他忽然變得正經嚴肅，我立刻捏他臉。

「懷幽真好玩。」

「女皇陛下，莫要消遣懷幽。」他被我逗得著急起來，想阻止我又不敢。懷幽被宮規束縛太久，恪守本分，不像瑾崋那樣會反抗我。

所以，懷幽絕對好欺負。

一邊戲弄懷幽一邊向前，已經來到昨晚的涼亭，卻看見孤煌少司不知何時坐於亭中，正手執黑子微笑下棋。

孤煌少司倒是聽話，真的來報到了。

我放過懷幽入亭，倒是懷幽有些緊張，看了亭中棋盤一眼便目露自責之意，他在怪自己沒有收走棋盤。

我笑著跑進涼亭，坐在孤煌少司對面，雙手支頤：「烏龍麵也愛下棋？」

孤煌少司並未看我，而是手執黑子依舊微笑地看落棋盤：「心玉下了一手好棋。」

我掃了一眼棋盤，昨晚應該落黑子的地方已經被孤煌少司慢慢補齊。

「烏龍麵也不差，能補上。」我笑了。

「啪！」他放落黑子，搖了搖頭：「果然還是輸了。」

「那再來一盤？」我開始洗棋盤：「昨晚我一個人下棋，悶死了。」

「且慢。」孤煌少司輕叩我的手腕：「如此好棋，洗了可惜。」

「所以那就再下一盤啊。」我笑得陽光燦爛，天真無邪。

他看了看我，柔情似水的眸中露出絲絲寵溺。他輕笑一聲，搖了搖頭。

「真是拿妳沒辦法。」說罷，他放開了我的手腕，我們一起揀出黑白棋。

我與孤煌少司在亭中繼續下棋。我時而托腮，時而得意，時而哭喪，時而耍賴。懷幽始終靜靜站在一旁，只有荷風微微揚起他的衣襬和髮絲。

「不可以放在這兒！」我再次耍賴，孤煌少司無奈地笑了笑，放在別處。

「這還差不多。」我嘻嘻笑著，純真無賴。

孤煌少司看了看天色。

「時候不早，我該處理公務了。」見他起身要走，我立刻趴在棋盤上撒嬌：「不嘛不嘛～～再來一盤～～」

孤煌少司面露為難：「心玉，我已經陪妳多下幾盤了。」

「最後一盤，我保證。」我豎起食指。

「好吧，最後一盤。」孤煌少司無奈地嘆了口氣。

「嘿嘿，烏龍麵對我最好了。」

孤煌少司，你就乖乖在這裡陪我下棋，家裡那隻孤煌泗海晚一點療傷死不了的！

孤煌泗海的傷對孤煌少司的影響也很巨大，連女皇繼位大典也全權交給了左相梁秋瑛。

自從入宮以來，孤煌少司從未安排我與朝中三品以上官員，甚至是宮內各局司長、侍官、大侍官正式見面。

按照常規，他們應該在第一時刻來見我，否則就是欺君之罪，可誅九族。

但是，現在宮中的主人不是我。孤煌少司或許連讓我會面各侍官、司局的想法也從未有過。

夜晚，浴殿戲水。

宮女們很歡樂，我放了一顆球在水中。

「來來來，我們一起打球。」

「是～～女皇陛下～～」

我貪玩在宮中也已是出了名。因為我整天和美少年們一起玩，所以現在宮女們也會有意無意地往我身邊靠近，因為我會帶著她們一起玩。

曼妙的少女們紛紛下水，環肥燕瘦、層巒疊嶂，肚兜明豔，各色深淺。

清澈的池水因為女孩們的加入而被攪得波瀾不定，春光無限。

今晚隨我來浴殿的是桃香和蘭琴，我讓她們也脫衣下來，她們可愛的小臉蛋兒立刻洋溢快樂的笑容。

「哈哈哈哈——」

「啊～～」

「不要～～」

「咯咯咯咯～～」

整個浴殿迴盪著少女嬌滴滴的笑聲，足以讓浴殿外的那些正常男侍們慾血沸騰！今晚不知何處又要春心蕩漾了。

「女皇陛下！小心接球！」

侍女們已經和我玩在了一塊兒，在這裡，我們都只是青春少女。

「妳們可要小心囉～～」我拿起球，對著對面的女孩們，她們立刻逃開。

「啊～～又是女皇陛下發球了，快跑啊～～」

「女皇陛下饒命～～不要打我了～～」

「女皇陛下您最好了～～」

小ㄚ頭們一個個開始拍馬屁的拍馬屁，求饒的求饒。

我壞壞一笑：「來囉！」球立刻從手中扔出，登時一群宮女像小白鵝似地驚得四處飛起，雪白的衣袖飄飄，胸前玉兔亂跳。

「啊～～」

「哈哈哈，哈哈哈，瞧她們嚇的。女皇陛下真厲害，每次都能打中好幾個。」蘭琴崇拜地看我。

「就是啊，女皇陛下平時總是被懷主子看得牢牢的，我們都無法靠近呢！」桃香噘起小嘴，表現出濃濃的「醋意」。

「我真的每天只跟妳們的懷主子在一起嗎？」我笑了。

「是懷主子緊跟著女皇陛下您！」桃香不開心地扠腰：「只要懷主子跟著您，我們就沒辦法靠近您，跟您玩了。女皇陛下，不如您放懷主子幾天假吧，我們一定把您照顧得好好的，好不好嘛～～」

小丫頭們圍了上來，真的壯大膽子來搖晃我手臂跟我撒嬌。

我被一群小丫頭圍在中間，看著她們渴求的目光，心裡也是一陣暗笑。她們哪知懷幽緊跟著我，可是孤煌少司的命令。這倒是把孤煌少司的人給區分出來了。這些小宮女都是些可愛膩人的丫頭。

「妳們幾個成何體統！」忽然間，嚴肅的厲喝從浴池上方傳來，我心中一愣，是老古板的懷幽。

登時，小宮女們立刻都規規矩矩低下頭站在水中，不敢吭聲。

忽然平靜下來的水面上，倒映出懷幽一襲絳紫色的侍官官服。他目不斜視，也不俯視，似是刻意迴避池中春光，目視前方，面色發沉。

「妳們這群丫頭好大的膽子！是不是太久沒人受罰，已經不知宮中規矩，忘了『放肆』二字怎麼寫？」

小宮女們一聽，緊張地越發低下臉：「懷侍官大人，奴婢知錯了……」

「還不上來！」

「是……」

小宮女們一個個不捨地爬上了浴池，我笑著咬唇睨著懷幽。這懷幽，明明正經如同君子，在我沐浴之時從不敢闖入，今天倒是有膽子進來了。看來小宮女們太過吵鬧，讓他也忍無可忍。

懷幽雖然直視前方，但他第六感一直很好，似是感覺到我在看他，脖子僵硬了一下，臉也慢慢紅了起來。

隨後，他僵著脖子轉身，側身立在浴池邊，向前微微一禮。

「女皇陛下，您該就寢了。」與訓斥桃香她們的聲音完全不同，柔聲細語，溫潤如玉。主僕的身分，讓我與他總是有一段我並不想要的距離。

說罷，他直接提袍離開，桃香她們狠狠瞪了他背影一眼，匆匆服侍我更衣。

回去的路上，我一直盯著緊隨在鳳駕邊的懷幽，他也感覺到了，所以走路的姿勢一直很僵硬，偶爾會突然寒毛直豎。他在害怕，怕我又會對他做什麼，讓他為難，讓他無能為力。

我在想，如果懷幽知道我要讓他做什麼，估計他現在就嚇得跑遠了。

回到寢殿後，瑾崋已經乖乖在床上裝睡了。懷幽幫我鋪好床，看了瑾崋背影一眼，不動聲色地放落紗帳，然後對我恭敬一禮。

「女皇陛下，請安歇。」

這是他每一天的流程。

接下來，他會轉身離開，為我吹熄燭火，關好殿門，安排人值夜，聽候我使喚。

就在他轉身邁步的那一刻，我笑道：「懷幽，今晚留下吧。」

霎時，懷幽整個人僵硬了，一動也不動，連腳尖都沒落地。

「咳！」床上傳來某人不太和諧的聲音，有點像驚訝又有點像幸災樂禍。

殿外的小宮女們立刻偷偷躲在門邊，忍著笑偷偷觀瞧。

一陣秋風吹入，帶來一縷桂花的幽香，不知是宮內的桂花開了，還是懷幽那秀髮的香味。

懷幽腳尖緩緩落地，也鎮定自若地轉過身來，對我再次一禮。

「女皇陛下，瑾崋公子已在床上，懷幽留下不妥……」

不愧是懷幽，很快便恢復鎮定。到底是服侍過三任女皇的內侍官——懷幽大人！

「而且，這樣也影響女皇陛下的清……」

「不要找理由了，我說要你留下，你就得留下。」

我笑著直接抓起他的手臂，懷幽整個人像觸電般瞬間方寸大亂，慌張地看向我。

「不不不不，不妥不妥，女皇陛下請三思！」

「三什麼思？」

我用力拉過他的身體，文質彬彬的他一下子被我拽到面前，髮絲亂顫，腳步凌亂。我順手捏住他的耳朵。

「烏龍麵說了，這裡三千美男都是我的，我想讓誰留下就讓誰留下。」

懷幽的秀目驚得圓睜，顫動不已，整張臉迅速漲紅，下一秒又迅速變成蒼白如紙，他匆匆低頭。

「讓懷幽去關殿門。」

「好啊。」我笑了，兩手一放。

我怎麼不知道懷幽是想跑。哼，他怎麼跑得出我巫心玉的五指山！

果然，我才一放手，懷幽轉身就大步流星走了。

懷幽知道我不會真的讓他侍寢，他也知道即使他跑了，我也不會怪罪於他。他已經了解我的心性，在他心裡，我還算是一位明君，不會因為他違抗我的命令而降罪於他，否則，瑾崋早已被我砍了無數次。

他吃定了這一點，所以，逃了。

可是，就在他到殿門時，「刷」一下，桃香那群壞丫頭齊齊站了出來，在殿門前成了一堵牆。

她們嬌笑地看懷幽，對懷幽齊齊行禮，清泠的聲音立時響起：

「恭喜懷主子，賀喜懷主子，請女皇陛下和懷主子就寢～～」

說完，桃香和蘭琴她們壞壞一笑，一起把門給關了。

「吱嘎——砰。」

我坐在床沿笑得肚子痛，但依然強忍住笑聲。

床榻微沉，瑾崋鑽了出來，一手拿著黃瓜，一手撐在床沿，探出身看懷幽。

懷幽僵直地站在殿門前，沒有半絲聲息。

「好像死了。」瑾崋說。

「你哪來的黃瓜？」我看看他手裡的黃瓜。

這傢伙剛才該不會在床上吃黃瓜，發現我們回來了，便揣在懷裡吧？

在這裡，黃瓜和番茄也算是水果，所以常常看見有人一邊啃黃瓜一邊走路。秋天的時候，餐桌上還會有一道菊花拌黃瓜的涼拌菜，我每次都很猶豫到底是吃還是不吃呢？

瑾崋看看手裡的黃瓜，隨手指向桌子：「今晚的水果。」

我看向桌子，果然是！

我高興得蹦下床，抓了一根啃了起來，立刻滿口鮮甜的味道，讓人欲罷不能。天然的食物就是美味。

我一邊吃一邊走到懷幽身後，用黃瓜敲了敲他後背，他瞬間脖子一僵。

我踮起腳尖到他耳後低語：「看來你的人品……不怎樣啊……」

懷幽耳邊細柔的髮絲被我的話語輕輕吹開，他的身體越發繃緊。不會武功的人很難隱藏氣息，他平日平穩的氣息徹底被我打亂，匆匆撇開臉，呼吸紊亂起來，似是帶著一絲不安，深入淺出，氣息虛浮不定。

我退回身體，雙手背到身後，緩步繞到懷幽身前與殿門之間狹小的空間內，懷幽慌張地匆匆退後一步，他慌亂而起伏不定的胸膛就在我的眼前。紅透的脖子、緊咬的紅唇，還有深鎖的眉頭和緊閉的雙眼。

忽地，他咬了咬牙關，朝我看來，灼灼目光中竟流露出一絲豁出去的勇氣。

「女皇陛下！請您不要再消遣我了！」

小兔子被逼急了。

我笑了，可是，當懷幽看到我臉上的笑容時，顫顫的秀目中卻立刻浮現出死灰之色。懷幽果然已經深知我的脾性。

我伸出手，緩緩執起他腰帶上垂下的絲條，今天，他用的是絲條綁腰，懷幽的身體也在我緩慢的動作中越繃越緊，甚至緊張地微微有些輕顫起來。

我拉起了懷幽的絲條，在我一點一點拉緊時，他腰間漂亮的結也被我一點一點扯開，他登時連連後退。

「女、女、女、女皇陛下！您要做什麼？」

他這次是真的慌張起來，真的以為我要做什麼。

我但笑不語，當結打開，絲絛也被拉緊，我開始拽著往前走去，懷幽被我拽得一個踉蹌，腳步凌亂地跟在我的身後。

「女皇陛下！女皇陛下！」他著急地在我身後喊。

瑾崋坐在床沿上滿臉幸災樂禍地笑，一腳踩在床沿，一腳放落地面，一手拿黃瓜啃，一手撐在身邊，他心事已了，徹底作壁上觀。

我把懷幽拽到床邊，懷幽對著我滿臉慌張，蒼白地連連搖頭：「不、不、不不不不，求……」

我立刻食指點上他輕顫的雙唇：「永遠不要求別人，因為，你是一個有尊嚴的人！」

懷幽略帶褐色的雙瞳怔怔看我。

我放開他腰帶，雙手在他胸膛上一推，他便跌坐在瑾崋腳前。

「恭喜你，懷美人。」瑾崋啃著黃瓜取笑他。

原本全身輕顫的懷幽，反而被瑾崋這句調笑治好了。懷幽極為不解地看向瑾崋，似是在說你們到底在玩什麼把戲？

我笑著雙手環胸，隨口道：「我需要有個人睡在我和瑾崋之間。」

「噗！」瑾崋一口黃瓜全數噴出，瞬間臉紅，心虛地起身：「我擦一下床。」

懷幽眨了眨眼，似是恍然，反而不再慌張，緩緩轉回臉朝我看來。

「瑾崋公子果然還是驚擾了女皇陛下嗎？」

「我沒有！」瑾崋立刻跳回，身上絲薄的睡袍輕輕飄揚，露出他肌理分明的胸口，和從未上過戰場的白嫩雪肌。

懷幽反而恢復鎮定，慢慢站了起來，微微整理一下衣衫，平靜地看向瑾崋。

「若是沒有，你臉紅什麼？是不是你對女皇陛下有非分之想，覬覦女皇陛下的鳳體？」懷幽越說越嚴厲，目光也越發銳利，冷厲起來。

瑾崋在懷幽分外犀利的目光中憤怒起來，猛地一把揪起懷幽的衣領。

「你算什麼東西！居然敢審問我瑾崋？不要以為你有巫心玉的寵幸，就可以在她面前對我耀武揚威！」

「我是在守護我的女皇陛下！」懷幽以低沉的嗓音，不疾不徐說出，分外鏗鏘有力，大義凜然，正氣到瑾崋也為之一怔。

我心中一動，心底因為懷幽的忠誠而觸動。

懷幽是我在瑾崋之後收的，當時他對我充滿了顧慮和擔憂，躊躇不定，猶豫不決，卻未想到，他一旦決定效忠於我，便會如此堅決！

懷幽冷眼看瑾崋。

「既然我選擇忠於巫心玉！我就會全心全意去守護她！我知道我沒有你那麼有本事，能飛簷走壁、舞刀弄槍，但在宮內，只要有我懷幽在，孤煌少司絕不會知道一丁點女皇陛下的私事！」

我胸口漸漸被溫暖填滿，我終於得到了懷幽滿滿的忠心。

「你年輕氣盛，女皇陛下的鳳顏白璧無瑕，巫月無雙，你夜夜與女皇陛下同床共枕，若非有無恥之事，女皇陛下今夜怎會召我懷幽侍寢，睡在你與她之間！」

「住口！」瑾崋大喝一聲，又羞又氣，冤屈得像是快要咬碎一口玉齒。他一手緊緊抓住懷幽的衣領，一手緊擰成拳頭，咬了咬牙，突然甩臉朝我看來，狠狠瞪我半刻，似乎鼓足全部勇氣，他那張俊挺的臉都漲紅了。

「我睡地上，妳滿意了吧！」

「呿。」我轉開臉：「有人做錯了，還死不認錯。」

「對不起！」瑾崋突然朝我幾乎像是大吼一樣說：「對不起早上過界了，以後我會小心！」

我轉回臉，他氣呼呼地一把推開懷幽，甩開臉，長髮揚起，如同黑扇在燭光下打開，流光劃過，徹底遮住了染上紅霞的臉蛋。

「我睡著了，我怎麼知道……」低低的嘟囔顯得無限委屈。

懷幽面色微沉，似是想說什麼，但卻先看我一眼，見我沒有生氣，他不再說話，而是在一旁頷首。

我笑了，看看側著臉的瑾崋，再看看忽然不發一語的懷幽，懷幽果然是聰明人，知道點到為止。他心裡清楚，現在他和瑾崋在我心裡是並重的，我不會偏袒任何一方。伴君如伴虎的道理，他懂，他一直在孤煌少司和歷代女皇之間游刃有餘，他更懂得說話的分寸。

瑾崋和懷幽完全不同。早上的事，估計我不提，瑾崋早就忘記，並非刻意忘記，而是瑾崋並不是很在意那件事。在他心裡，我一直屬於「男人」，所以，他會在我回來時泰然自若地啃他的黃瓜。

但懷幽一直記著，細心的他甚至還發現了一些或許連我也沒有留意到的細節和蛛絲馬跡。

「瑾崋，早上的事我沒怪你。」我淡淡說道。

「那妳怎麼……」瑾崋終於轉回臉看我，嫌棄地指著懷幽：「讓這東西進來數落我？」

懷幽抿唇低臉，依然一語不發，安靜而立。

「因為我介意。」我說。

瑾崋一愣，臉再次紅了起來，略帶尷尬地再次轉開臉握拳：「咳，我會注意。」

「雖然我介意，但我很高興，你終於對我放下戒心了。」我微笑看他。

瑾崋身體微微一怔。懷幽神色微動，眨眨眼微微看向我們，似在揣測早上那件事到底是怎樣的「程度」。

「雖然，我沒有這東西那麼忠於妳……」瑾崋慢慢低下臉，依舊指著懷幽：「但是，妳救了我和我全家，這份恩情，我瑾崋會一直記著，所以，我瑾崋願為妳赴湯蹈火，這條命永遠屬於妳巫心玉。」

瑾崋這番話雖然沒有懷幽那麼鏗鏘有力，而且是低著臉說的，但我還是很高興。

我點點頭，聳聳肩：「那你還等什麼？換衣服的換衣服，脫衣服的脫衣服，今晚我們出去。」

「太好了！」瑾崋激動抬頭看我，立馬脫了睡袍，直接扔給了懷幽。「這衣服給你了！」

說完，他光著身子歡樂地跑向密室。

絲薄睡衣翩翩落下，蓋在了懷幽的官帽上，也遮住了他深思的容顏。

我看著瑾崋光溜溜的後背，搖搖頭，伸手揭去了扔在懷幽頭上的絲薄睡袍。

見他微微回神，我微笑道：「今晚就辛苦你了。」

懷幽接過瑾崋的睡袍，臉上竟是露出一絲安心的微笑。

「沒想到瑾崋公子願為女皇陛下捨命，現在，懷幽徹底放心了。」

「怎麼，原來你對我的魅力還心存懷疑，覺得我鎮不住瑾崋？」我不由雙手環胸。

懷幽身體微微一怔，依然低著臉：「懷幽說錯話了。」

「哈哈哈，早點睡吧。」我拍了拍懷幽的肩膀：「不要緊張，我們會很快回來的，瑾崋睡相不好，他可能會踹到你。」

「女皇陛下就相信懷幽睡相好嗎？」懷幽神色中隱含一分擔憂。

我退後一步，單手支頤看他。

「你做事嚴謹克己，甚至過於律己，以你的性格，即使睡著也應該不會亂動，估計睡下去姿勢怎樣，第二天醒來還是怎樣，除非……我猜錯了。難道……我猜錯了？」我笑看懷幽，反問他。

懷幽的神情在燭光中逐漸放鬆，變得柔和。

他微微一笑，低低一禮：「女皇陛下沒有猜錯。」

「果然。」我欣賞地看他：「懷幽，如果在我問你和蕭大人的關係時，你不是推得那麼乾淨，我今晚是不會留你的。你也知道入此寢殿後，你的清白已毀，我無法再還你。」

「只要能除掉妖男，為死去的忠臣們報仇雪恨，懷幽這小小的清白，不算什麼！」

懷幽的語氣也沉重起來，沒想到他也有此愛國情懷。

「而且……懷幽服侍過三任女皇，清白……也早已說不清了。」他略帶嘆息的語氣透露出他長年的無奈、委屈與不甘。

懷幽是內侍官，負責服侍女皇，內侍官若是男子，清白又有誰能證明？男妃有時往往更羨慕或是怨恨做內侍官的男人，因為他們才是時時刻刻與女皇不離不分的男人。這是歷代女皇和內侍官男人們之間不能說的小祕密。

熄燈之後，懷幽獨自躺在大床的中央，身體筆直，雙手整齊疊放在身上，睡相異常規矩，與他做人一樣，一絲不苟，規規矩矩。

紗帳在夜風中飄搖，微微露出那一動也不動的身形。被影交疊，如同有三人睡在床上。

「沒想到懷幽會那麼忠心，屬狗的？」瑾崋現在越來越放得開了，居然還調侃起懷幽來。

我和他一起站在宮牆上，遙看那扇打開的窗：「今晚你去花娘那兒。」

「不去！」瑾崋答得乾脆。

「不去你就別回來了。」

「……」瑾崋氣息沉了沉：「那妳去哪兒？」

「去會另外一個男人。」

「行啊妳，巫心玉，妖男喜歡用女人，妳就用男人？」瑾崋斜睨我。

他的語氣變得有些陰陽怪氣，瞟我的眼裡帶著冷笑。

「至少男人會更恨他。」我也斜睨他。

「那男人是誰？」瑾崋忽然煩躁追問。

「回來告訴你。」說罷，我看他一眼，便飛身離去。瑾崋伸出手，卻沒有抓住我。

以瑾崋的性格，現在知道了，只怕又要義憤填膺，壞我的事。

嘈雜的歌聲中，真的飄來絲絲縷縷的丹桂香，沒想到下山以來，已是快入秋了。

「王大爺送我的玉蘭酒呢？聽說那可是貢酒！怎麼不見了！」身下房屋的主人，正忙著找她的玉蘭酒。曾經的貢酒卻被這些達官貴人用來討好花姐姑娘，真想砍了他的頭！

手中的酒瓶也格外精緻，白瓷光滑無瑕，在月光中還微微泛青，瓶底印有御造的字樣，這可是我的東西，現在我倒是排在別人之後享用了。

孤煌少司的人可真是不把皇族放在眼裡啊！

我依然坐在那座花樓對面的樓上，遠遠看著那扇打開的窗，窗內的美豔男子正在接客，他彈了一手好琴，琴聲悠揚，只可惜有聲無心，他已經成了一具只會彈琴的行屍走肉。

濃濃的脂粉讓他看起來豔俗無比，眉眼間時時的緊張和小心，察覺得到他對客人帶有戒備。他的對面坐著兩位女性官員，她們和大多附庸風雅的人一樣，只是在聽，並沒有賞。兩個臨近中年的女人時而耳語，時而嬌笑，水潤的目光卻在彈琴的他身上掃來掃去。

「公子琴，你這樣能撐到什麼時候？」我笑了笑，搖搖頭，喝一口玉蘭花酒，閉目欣賞他的琴聲。美哉美哉，若是用心去彈，必會將人帶入只有音樂的妙境。

我當初怎就沒想到這公子琴的身分。

取下玉狐面具，細細摸了摸內側，在面頰角落處，刻有一個小小的「椒」字。

曾有皇家宮廷御造椒氏一族，歷代服侍巫月皇族，他們的手藝天下無雙，獨一無二，是我大巫月最珍貴的寶藏。若用我的世界說法，是國家級無形文化遺產，換言之，椒家人是國寶。

他們刻鳳像鳳，雕龍像龍。大巫月皇宮、皇族的房屋、女皇的玉璽，宮內所有大小花瓶擺設，無不出自椒氏家族之手，他們的榮譽一直與我大巫月同在。

「哎……」我嘆息了一聲，重新戴回面具，在那青樓看似歡愉的曲調中對月飲酒。

就在那一年，孤煌少司命椒氏為他製作一樣東西，我不知那到底是何物，但是椒氏當時的族長，也就是椒御造不願意，結果椒氏一族一百多口人全部入獄，直到那東西由椒氏中一員做成，才被釋放。

然而，椒氏一族從此或為奴為婢，或被賣入青樓，沒有人再知道他們的下落。

椒氏長子名為椒萸，字子琴，若是沒有那件意外，他會成為新的宮廷御造，而現在……我看向房中那名身穿豔俗華服的美豔男子，他卻在花樓為女人彈琴賣藝。若是我，也不會再承認自己曾是宮廷第一御造椒氏。

他苟延殘喘於世，應是還有家人需要他養活，難道是椒御造夫妻？

像椒氏一族為皇族盡心盡力、鞠躬盡瘁的忠臣太多、太多了，可是到最後，都落到這般田地。是他們曾經愛著的國家、敬重的女皇，背叛了他們，是我大巫月……拋棄了他們……

心頭梗塞難言，愧疚讓我心酸不已。

「公子琴的琴聲真是好聽極了。」

其中一名中年婦人站起來，目含春情地坐在了公子琴的身邊，琴聲就此出了岔，但那兩個女人並不在意，另一個也起身走到公子琴的身邊，公子琴已經微微陷入緊張。

他停下了琴，要起身時，被後來的女人順勢按回。

「公子琴，你手指纖纖，真是一雙天生的彈琴好手。」

女人抓起了公子琴的手，我坐在對面靜靜觀察。平心而論，我認為男人生來便沒節操二字，在我眼中，男人守身如玉、滿嘴貞操清白是一件很奇怪的事。

我的世界重男輕女五千年，男人們會很樂意被女人主動投懷送抱、摸上摸下，蒼霄那些男人們的國度亦是如此。

「公子琴，別彈琴了，不如陪我們說說話吧。」

另一個中年婦女愛憐地摸上了公子琴的後背。

「看你，都沒好好吃飯，這麼瘦……」

女人和男人是不同的，因為女人有母愛的天性。我覺得這兩個婦人對公子琴不錯。

雖然，此刻她們是在對公子琴動手動腳，可是她們的目光裡更多的卻是憐惜和心疼。她們紛紛拿出了銀票，塞入公子琴的衣領中，順勢右手滑入，嚇得公子琴驟然起身。

就在兩個女人錯愕之時，意外地，一隊黑衣人走了進來。

「出去！」黑衣人發了聲，全是男人。他們身披很眼熟的斗篷，如同一個個死神瞬間站滿了公子琴的花樓。

「放肆！你們知道我們是誰嗎？」兩名女官也威嚴起來。

驀然，黑衣人散開，一襲精緻的紫色短絨披風映入我的眼簾，同一時間，兩位女官驚得面色蒼白，匆匆下跪。

「見、見過攝政王！」

我心中暗暗吃驚，穩了穩氣息。孤煌少司怎麼來了？

黑衣人搬來椅子，孤煌少司緩緩坐下，俊美的面容上掛著淡淡的微笑。

「打擾兩位大人了。」平和溫暖的聲音，讓每個女人的心為之震顫。

「不、不不不，我們這就走！」兩位女官低頭哈腰匆匆離去，而公子琴已經僵立多時，他的身體卻不停地顫抖。忽然，他身體一軟，跌落在古琴之後，趴伏在地上繼續顫抖不已。

是什麼讓公子琴對攝政王如此懼怕？

是當年的那件事嗎？

「好久不見，椒萸。」孤煌少司面帶春風般的微笑，暖人心田。

「見見見見……」椒萸久久沒有說出下面的話，極大的恐懼讓他無法正常言語，顫抖的聲音微帶一絲哭音，整個人也抖得越來越厲害。

孤煌少司依然微笑俯看他：「莫怕，今夜來，是讓你做樣東西。」

「是是是是……」椒萸依然不敢抬頭，全身止不住地顫抖。

孤煌少司揮了揮手，一個黑衣人呈上一個黑色托盤，托盤上蒙著黑色的綢布。黑衣人將托盤放到椒萸面前，椒萸惶恐地抬起臉，只見黑衣人揭開了黑布，立時，孤煌泗海那妖冶的面具現出。

面具已經裂成兩半，如同狐妖那妖冶詭笑的臉被人用劍狠狠劈開，但是那被劈開的臉依然詭異地笑著，讓人毛骨悚然！

沒想到這個笑得詭異的面具，竟出自椒莢之手！

孤煌少司溫和淡笑坐於房間中央，目光淡淡掃過那破碎的面具。

「面具破了，你再做一個，本王把你的工具箱也帶來了，裡面會有你需要的材料。」

另一個黑衣人立刻拿上了一個大大的工具箱，放在椒莢的身邊。

椒莢緩緩轉臉看向那個表面刻有精緻花紋的工具箱，原本驚慌恐懼的眼神在看到那工具箱後變得柔和，湧出絲絲懷念，淚水溢出了那畫著豔俗眼影的眼角。

「這些天你不用接客了，做好這面具。」

孤煌少司淡然說完，輕輕起身，薄唇依然帶著如同聖人的微笑。他緩緩走到椒莢面前，伸出白皙的右手，輕抬椒莢的下巴，憐惜似地細細觀瞧椒莢的面容。

「嘖嘖嘖，你過得太辛苦了。說你是我的人，那些女人自然不敢再騷擾你。」

椒莢的淚水從面頰滑落，化開了臉上濃濃的粉妝，留下一道難看的蒼白「疤痕」。他在孤煌少司溫柔的目光中，分外苦楚地一拜。

「謝……」一個字卻吐得艱難、苦澀，終於哽咽地吐出口：「攝政王……」

孤煌少司點點頭，起身，微笑俯看。

「你琴彈得不錯，新女皇在宮中寂寞無聊，或許哪日讓你入宮為她獻藝。」

「是……」椒莢始終趴在地上，輕輕的話音如同嗚咽，宛如萬千苦楚與痛恨只能壓在心底最深之處，那份恨、那份尊嚴，已經被人踐踏得無法再次抬頭。

我始終靜靜坐於屋外，靜觀這一切。我能做什麼？我又能為他和椒家做什麼？這是巫月的錯，是我們皇族的錯！我應該為他平反，因為這是巫月、是我們皇族欠他的。

「啊——」椒萸在一聲痛苦的大喊後，趴在地上嚎啕不止。他趴在地上用拳頭狠狠砸著地板，發出「砰！砰！砰！」的巨響。

每一拳都像是紮紮實實砸在我的心上，砸在我們巫月女皇的臉上，他在控訴，控訴為什麼巫月背叛了他的家族？控訴女皇為何背棄了他們……

「啊……咳咳……」他擰緊雙拳趴在地上，整個身軀在那個被放落地面的面具前蜷縮起來，嚎啕漸漸轉為嗚咽，卻讓人更加揪心。

我的心也隨他的哭聲而越來越痛。像這樣被孤煌少司陷害的家族，不知還有多少？

像他這樣被迫流落花街的忠臣子女，也不知還有多少？

他們在這裡水深火熱地多生活一天，我身上背負的痛，也更多一分……

我輕輕躍入，轉身悄悄帶上了窗，在他無聲的痛哭中緩緩走到那個面具前，坐下，放落酒壺，拿起兩半破碎的面具。

「對不起，是我把這面具弄破了……」

椒萸蜷縮的身體緊了緊，嗚咽登時停止，他從蜷縮的狀態下僵硬地抬起臉，滿臉哭花的濃妝讓他更像鬼！

「啊！」他驚嚇地跌坐在地，瞪大眼影花掉的熊貓大眼，驚詫地看我。

我隨手把面具丟入托盤中，心懷深深的愧疚。

「是巫月皇族背叛了你們家族，是女皇背叛了你，君背叛了臣，你恨得沒錯。」

他失措了片刻，定了定心神，看向那托盤裡的面具。

「妳殺了他沒？」他忽然問出了這句話。

「是因為這個面具嗎？當年椒家的事？」我反問。

失落和絕望浮上他的臉龐，他的雙目已經徹底無神。

「果然沒有人殺得死他。」

「會有機會的。」我伸手按住他的肩膀，他現在只關心那個人死了沒。

他抬眸朝我看來，滿眼的困惑、不解，他不停地端詳我，像是想看出我到底是誰，但是他只看到他自己做的那個玉狐面具。

椒家落難後，家僕四散逃離，椒家很多工藝品被人盜出，流入黑市，我想這個玉狐面具便是其中之一。

「跟我說說當年的事。」我收回了手，溫和沉靜地注視著他斑駁的臉，被淚水沖刷得亂七八糟的濃妝，一如他混亂的人生。

他低下了頭，看見我帶來的酒，一把拿起，「咕咚咕咚」喝了個精光，再重重放落。

「孤煌少司該死！他弟弟更該死！為什麼老天爺還不收拾他們？為什麼？」

他朝我近乎嘶啞地大喊，全身憤恨地顫抖起來，紅腫的眼睛再次溢滿含恨的淚水。他痛苦地閉眸搖了搖頭，渾身散發無限絕望與悲傷。

「我真想死了……」

「那為什麼不死？」我知道這問得很不妥，但是我能感受到他的氣節，他和瑾崋一樣，擁有寧死不屈的骨氣。而他卻還是那麼努力地苦忍，苟延殘喘。

他顫顫地舉起了自己的雙手，燈光透過那雙手，把每一根手指都鍍上了一層金線，讓那雙手顯得越發精緻纖巧。

「那年，孤煌泗海要我爹替他做面具……」

果然一切起因是那個面具。我擰眉看向妖冶的面具，我恍然明白，那雙眼下的紅痕，是椒萸家族的血淚！

「我爹不願意……他、他……」

椒萸的話音顫抖哽咽起來，宛如異常恐怖的景象再次出現在他的面前，讓他泣不成聲。

「他砍了我爹的雙手……」

椒萸痛苦地慟哭起來。

「是我沒用！我沒用啊……如果我們不替他做面具，他會每一個時辰砍掉我們族人的一雙手，他根本不是人，是惡魔！是惡魔——啊——」

椒萸無淚的乾嚎撕裂了空氣也撕裂了我的心，對於椒家人來說，他們的手是他們最珍貴之物。

我心痛地抱住了他，他緊緊環住我的雙腿，在我的腿上哭了很久……很久……

曾經細心呵護的雙手，過去可能還用金盆清洗，貢油潤澤，夏日遮蔭，冬日防燥，小心守護的雙手，卻被活生生的砍斷，血流成河，十指躺在血泊之中，再也無法造出巧奪天工的藝術品，也無法建築巫月名勝……

他問得對，孤煌兄弟為何還沒死？

我輕撫椒萸的後背，他平靜下來，慢慢撐起了身體，無力而認命地拿起那個面具，無神地碎碎細語。

「這個面具破了，補起來也會有裂痕，需要重做……」

他像是已經沒有靈魂的軀殼般打開身邊那精緻的工具箱，果然裡面有一個做面具的模子。

「模子也在……做起來會很快的……」

我實在忍不住地抓住他的手腕，輕聲說：「別做了……」

「不行的……不行的……他知道我們族人在哪裡……他會砍他們的手……會砍他們手的……」

「我要你別做了！」我憤然奪下他手裡的面具扔在了一旁。

他立時瞪大了驚恐的雙瞳，匆匆爬到面具邊撿起，護在懷裡。

「會被砍手的，會被砍手的，會被砍手的……」

見他雙目漸漸濕潤，我側開臉，深吸一口氣，淚水滑落玉狐面具。

「椒萸，把你族人的名單給我一份……」

他呆滯地看向我，我擦去了玉狐面具上的淚水，恢復平靜地說：

「好好為我做事，來年我為椒家翻案，用孤煌兄弟的頭，還你們的手！」

他驚詫地瞪大雙眼，緊緊抓著手裡的面具，久久不放。

我淡淡掃一眼那面具：「既然我能劃破他的臉，他的命遲早是我的！我會為你報仇！但是，我需要你的配合，你可願意？」

他怔了怔，眼神晃了晃，搖搖頭無神地看向一旁。

「不，他是惡魔，沒有人能殺他！」

「是嗎？那你做好面具，我會讓他很快再來找你重做，這樣的證明，你覺得如何？」

我這番話讓他再次驚訝看向我。

「我讓你做的事，你可做了？」我邊說邊緩緩起身。

他一愣，神情有些侷促不安，心情尚未平復的他，陷入了一時的慌亂。

「京中哪家公子經商？有沒有近日離開京都的？」我想了想，問道。

他一怔，眨眨眼，終於緩緩平復下來，低臉想了想。

「左相梁大人的三公子梁子律經商，剛剛離開京城。」

我不由得大吃一驚，梁秋瑛的兒子居然經商！

我點點頭：「你父親在哪兒？我想去看看。」

他目露驚訝，起身說：「請讓我先換一下衣服。」

他匆匆到屏風後。我看著他的工具箱，裡面的機關分外精巧，暗格層出不窮，層層疊疊，出人意料。看似不大，卻內藏乾坤。

「皇宮的密室是不是你們椒家人建的？」我一邊看一邊研究。

「有一些是，皇宮密室相傳是當年奇門家族和我們家族一起設計建造。建成後，圖紙即毀，而奇門家族百年前已經隱世，所以……」

他從屏風中走出，一身粗布藍衫，手肘處還有一塊深藍色的補丁。

當濃妝擦去，出現一張乾乾淨淨瘦削的臉，雖然瘦削，但是他的臉也如同天工精雕細琢一般精緻，纖眉鳳目，睫毛纖長平直，如同密梳般整齊排列。鼻梁小巧精緻，唇瓣不厚不薄，唇線恰到好處，無論如何看，這張精緻的臉蛋很難讓人移開目光。

纖巧的容顏因為他眉間的哀愁而略顯陰柔，但這份陰柔恰到好處，非但不會讓他顯得女氣，反而有些雌雄莫辨。

相由心生，沒想到椒萸的容貌會如此精緻細膩，也就難怪他要用濃妝遮掩。

瀏海微垂，長髮兩鬢分出兩縷綁於腦後，用一根粗布帶子整齊綁緊。儘管衣著簡陋，但依然一絲不苟，如他們椒氏人的精細心思。

「這樣不是很好？」我淡笑看他。

他怔了怔，垂目低語：「花樓的衣服屬於花樓，如果我外出，不得穿戴。」

「我知道。孤煌少司今日既然來了，這花樓的媽媽想必日後也會對你好些。」

「呵……」他苦笑一聲：「他留下我，是為了羞辱我。他說過，如果我敢離開這裡，就會砍斷我爹的腿……」

孤煌少司的陰狠不在於折磨你，而在於折磨你最愛、最在乎的人。

椒萸放好破碎的面具，揹起自己的工具箱後，看向我。我眨眨眼，想了想，立刻到梳粧檯前找到一枚假痣，青樓女子有時會在臉上貼一顆美人痣。

痣點得好，會有畫龍點睛的作用。

我走回椒萸面前，他垂眸細細看我，似在觀察每一個舉動。

我也細細回瞧他的臉：「你的臉太過精緻，很難破壞。」

「妳想做什麼？」他微微一驚。

「別動。」我伸手，精準地把黑痣點在他唇角上方三寸、鼻尖右側三分之處，瞬間，一顆痣完全破壞了椒萸所有線條的平衡與比例，精緻俊美的臉立刻被我徹底破壞。

我把他拉回梳粧檯前，他往鏡中一看，立刻皺眉。追求精益求精、完美的椒家人無法忍受這顆痣的存在，就像他，下意識就想取下。

我立刻扣住他的手腕，他疑惑轉向我，我說道：

「這叫媚俗痣，這顆痣會讓人感覺有一隻蒼蠅始終停在你的臉上，讓人分外不舒服。你點上這顆痣後，不會再有人騷擾你了。」

他愣愣看我一會兒，放下了手，再次細看鏡中的自己，從唇角揚起淡淡的笑容。那顆黑痣也隨之而動，讓人有種想拍掉的衝動。

之後，我在房簷上等他出花樓。已是夜深人靜，花街也變得安靜，偶爾能聽到銷魂撩人的喊聲。

椒萸走出花樓時，媽媽桑果然送了出來，還塞給椒萸一些銀子，讓他在家裡多休息幾日再來。

椒萸仰臉望著夜空找尋，發現我走在一邊牆上，他才低下頭緩步向前。

寧靜的月色下，他走在牆下，我如黑貓般走在牆上，月光將我的身影灑在他的身上，與他的融為一體。

「妳到底是誰？」他終於忍不住問。

「我們很快會見面的。現在不告訴你，是為了保你的命。」我淡淡而答。

「呵，我現在只求一死。」

「你讓我想起另一個男人。」他在我的話音中抬起頭，我也抬臉望向高懸的明月。「他當時也只想死。」

「然後呢？」

「然後？他成了我第一個幫手。再然後，我兌現承諾，救了他全家。」

隨後一片沉默。

「我知道了，我也會幫妳！」片刻之後，他認真地說：「我已經一無所有，淪落花樓，毀盡家族名譽，呵，只要能救我的家族，無論什麼，我都會去做！」

我點點頭，深沉俯看他：「若是讓你陪客呢？」

「無所謂！」他轉開臉，雙手握緊工具箱的揹帶：「我已經沒有什麼可失去了，這雙手是做東西還是服侍女人，對我來說，已經沒有區別，如果我的身體能換回家族的一切，我願意！」

我心中感動，椒萸比瑾崋更接受現狀，因為他已經淪落花街青樓之中。正如他說的，他已經沒有什麼可失去了。

夜涼，心更涼。

漫漫長路從京都最繁華的南區花街柳巷，到北區貧瘠之地。隨著巷子的狹窄，四處是隨地亂扔的垃圾，落腳之處老鼠蟑螂亂竄是常有之事，牆根更是散發著難以忍受的騷臭。

如此環境，是一個巨大的病灶，隨時會爆發可怕的傳染病，成為京城一塊隱憂和腐肉。

「被孤煌少司陷害的忠臣家族，現在大多住在這裡……」椒萸嘆息道：「他是為羞辱我們，他不准我們離開京城，讓我們在這裡被老鼠、蟑螂咬死，自生自滅！」

「你是說被陷害的朝臣大多在這裡？」我心中一動，這是一股潛在的巨大力量！

「是的，除了被發配邊疆和被陷害死的。」

「很好！」我不禁高興起來。

「很好？」他疑惑看我。

「你接下來要做的就是給我一份名單，這裡所有被陷害之人的名單。」我笑看他。

「妳要做什麼？」他有些吃驚。

「重新建立一個王朝！」我笑了笑。

他怔怔看我，雙目在幽暗的巷子裡依然明亮如鏡，寫滿了大大的驚詫。

「到家了嗎？」我輕聲提醒。

他一時回神，點點頭：「到、到了。」

我們面前是一扇勉強算是門的門。

椒萸輕輕推開，裡面是兩間勉強能遮雨的破敗泥房。瑾崋走向其中一間，正要拍門，我止住他，輕輕推開門，立刻一股霉味撲面而來。

房內有張用泥堆砌起來的勉強算是炕的床，上面靜靜睡有兩人。

「弟弟妹妹們睡另一間。」椒萸輕輕地說：「這是爹娘的房間，要我叫醒他們嗎？」

我搖搖頭：「讓我一個人進去一會兒……」我走入布滿潮氣霉味的房間，靜靜坐在炕邊，床上的老夫妻睡得安穩，但在夜風中偶有咳嗽。

我看向老爺子的雙手，氣息開始顫抖，淚水潤濕了雙眸。蒼白的月光中，那原本有手的地方，現在只剩下兩個肉疙瘩。而且，顯然當時沒有照顧好，已經微微畸形，上面布滿可怕的疤痕。

我渾身揪痛地揭下了玉狐面具，坐在窗邊握住那扭曲的畸形之處，默默落淚……

「咳！咳咳咳……」老夫人從夢中咳醒，看見了我，卻一點都不驚訝，反而細細看我。「妳是……仙女嗎？」

我揚起微笑，柔聲而語：「是的，狐仙大人派我來告訴您，你們椒氏家族的劫難快要結束了，明年開春你們可以返回家宅，再次成為宮廷御造……」

「太好了……」老夫人轉身在老爺子肩膀上哭泣：「我們終於可以回去了……老爺子，你聽見了嗎？」

老爺子似是聽見般，布滿滄桑的眼角滑落一滴淚水。

老夫人擦了擦眼淚，似是怕我消失般偷偷看我。

「也請狐仙大人保佑琴兒，能讓他在來年開春得到好姻緣嗎？」

「會有好姻緣的……」我微笑點頭：「否極泰來，都會有的……」

老夫人含淚閉上了眼睛，我抬手拂過她的臉龐。隨著淚水滑落之時，她再次熟睡。

我深吸一口氣擦去臉上的淚水，再次戴上玉狐面具，冷冷看了一眼地上蒼白的月光，肅然起身。

走出房門時，我單手負在身後，對椒萸沉沉說道：

「名單盡快，讓我們掀了這烏煙瘴氣的皇都！」

「可這需要大筆的資金！」

我仰天而笑：「哈！你跟我提錢？孤煌少司不是有的是錢嗎？」

我的話讓椒萸變得更加迷惑，似乎完全無法理解這二者之間的關係。

我想，他永遠想不到我會用孤煌少司的錢，來打垮他的帝國！

✣ ✣ ✣

躍落寢殿上方，瑾崋正坐在那裡等我。

「焚凰近期會有活動。妳到底去見誰？」他彙報完便開口問我：「獨狼離京，妳又找了哪個男人幫手？巫心玉，難道我們不值得妳信……」

「是椒萸。」我打斷了瑾崋的急語，他比懷幽更沉不住氣，而我的隱瞞也會讓他感到不安。

瑾崋就此頓住，呆呆看了我一會，一臉驚訝。

「椒、椒萸？他、他還活著？」

「他被賣入青樓了。」我淡淡而語。

「什麼？」瑾崋不可思議地大呼。

「所以，我覺得孤煌少司對你們瑾家還算仁慈……」我拍了拍他的肩膀。

瑾崋低下臉沉默起來，但是雙拳卻攥得死緊。

「如果是我，我肯定自殺了！」

我淡淡瞄他一眼：「椒萸不能死，他如果敢死，他的族人就會被砍手。」

瑾崋詫然抬臉，星眸之中的憤怒已經噴湧而出。

我嘆一口氣。

「椒氏一門的手藝是天下一絕，他們的手比巫月的珍寶還要珍貴。如果沒有了手，如何傳承這門絕技？瑾崋，椒萸並不懦弱，反而比你更堅強。」

我說罷靜靜看他，他的身體已經殺氣四射，無法遏止。

「怕你衝動去刺殺孤煌少司，所以之前沒告訴你。你放心，椒萸現在賣藝不賣身，啊……他的琴彈得可真好啊，我忽然忍不住也想彈琴了……」

「噗哧，妳會嗎？」他取笑我。

我笑了，回到房間，見懷幽惴惴不安地坐在床上，確定我們回來，才面露安心之色。

月光之中，我和瑾崋站著，懷幽坐著，我忍俊不禁。

「這是怎麼了？大家都不睡？怎麼，想打牌嗎？」

懷幽和瑾崋同時一怔，懷幽匆匆躺回中間，瑾崋到密室換好衣服躺到另一側。我一躺在床邊，懷幽明顯緊張起來，身體繃得更緊。

「放鬆……那女人睡相很好，不會碰到你的……」

此番，反而是瑾崋寬慰懷幽。

「我知道。」懷幽的聲音有些發悶：「是你睡相不好，碰到了女皇陛下。」

「是！」瑾崋的語氣立時煩躁起來：「所以你要小心，別讓我踹了，哼！」

瑾崋一個大大的翻身，震得床一陣彈動。

我背對懷幽，看著飄搖的紗帳沉思。現在，就差焚凰了。焚凰的首領，到底會是誰？

巫月二五八年，雲岫公主即位，即位大典在京舉行，普天……同慶……

（待續）

被送上山的時候，我只有六歲。我知道自己為什麼被送上山，因為，我的父親是普通百姓。在後宮裡，父妃沒有身分與政治地位，很難立足，我也不可能成為未來的女皇。

但無所謂，我對皇位沒興趣，聽說自己被送上狐仙山時，我還很高興，終於可以離開那個讓人發悶的皇宮，而且，狐仙大人，只屬於我巫心玉了。

沒有人見過狐仙大人，即便是服侍狐仙大人的老巫女。

狐仙大人是巫月的守護神，是神一樣的存在，巫月只能由皇族侍奉。說是侍奉其實是打掃神廟，擺放貢品，以及擦拭狐仙大人的神像。

這幾年，越來越多人不信奉狐仙大人，畢竟沒人見過神仙，所以狐仙大人更像是成了一個擺設。

但是，我能看見，而且，他很騷很愛美。

「玉玉～～我美嗎？」此刻，狐仙大人天九君正斜躺在臨水的竹亭裡，輕紗飄搖，他絲絲金髮動人心弦。

竹亭的周圍是翠綠的竹山，倒映在碧綠的池水中，優美如畫。

我擺放棋盤在他面前，淡定地看他。

「師傅，你最美，你是世上最美的男人，沒有一個人比得過你。好了，可以下棋了嗎？」

每次跟他下棋，都要先拍他一頓馬屁才行。

他眯眼笑了，迷人的狐狸眼魅力四射，宛如連空氣也隨著他那狐媚的笑容而染上曖昧的氣息。

他緩緩起身，金絲的華衣如數條漂亮華麗的狐尾拖拽在他身後，他輕輕坐在了我的身邊，寬大金絲的袖袍在他環抱我時幾乎蓋住了我全部的身體。

「玉玉～～」他蹭上我小小的臉：「我的好玉玉～～乖玉玉～～妳真的好可愛，可愛到師傅忍不住想把妳……吃進肚子裡～～」

他伸出舌頭在我的臉上長長一舔。

我抖了抖眉：「師傅！請自重！我現在十三歲了！不算成人，但也不是小孩子了！請你不要動不動就舔我、抱我好不好！」

「嗯～～」

他略帶哽啞的聲音撒嬌起來足以讓世上所有女人為他酥軟，他更加抱緊我，雙腿也圈緊我的腿。

「玉玉不要這樣說嘛～～玉玉永遠是師傅的好孩子，師傅最喜歡玉玉了～～來～～我們下棋～～」

他就這樣抱著我伸出手，在棋盤上落下黑子，然後靠在我的肩膀上，散發他渾身醉人的清香。

我深吸一口氣，讓自己在他的懷抱中保持平靜，開始和他對弈。他環抱我的身體，每一次落子，手臂擦過我的手臂，衣衫的摩擦傳來曖昧的「撲簌」聲。

「師傅，我熱。」一直被狐狸這樣全身抱住，會很熱。

「小玉玉熱了？」他貼上我的臉：「那師傅幫妳脫～～」

他漂亮的指尖落在我的衣結上，我立時驚跳起來。

「師傅！你夠了！」

「哈哈哈哈——」他掩唇狐媚壞笑，伸手攬住我的腿，又貼在我的身上輕輕蹭。

「小玉玉真是太可愛了～～真捨不得放妳離開狐仙山～～」

我鬱悶地眉尾抽搐，沒人知道，狐仙大人又騷又媚，喜歡撒嬌。流芳也是狐狸，也喜歡在我身上蹭，但也沒有像師傅這樣黏人。

可是……

我……

其實喜歡被師傅這樣黏著的……

因為狐仙大人天九君，只屬於我巫心玉一人……

「玉玉，妳就快下山了。」師傅凝重地看我，表情充滿不捨，我的心情也開始複雜起來。

我不想下山，我不想離開……天九君。

但是，我不得不離開，因為我是巫月僅剩的皇族，我要擔起皇族的責任。

我跪坐在師傅面前，久久不言。

他第一次沒有對我發騷玩鬧，而是坐在我的對面，一直、一直用擔憂的目光深深地凝視我。

他緩緩伸手，慢慢地、慢慢地撫上我的臉，揚起世上最溫柔的微笑。

「師傅還記得妳上山的時候，那麼小、那麼可愛，但是眼睛裡卻滿是心事……」

他輕輕地撫上我的雙眼，我的睫毛在他的指腹下輕顫，他輕柔的動作像是怕把我碰碎。

「師傅和妳一起相處十二年，玉兒，師傅捨不得妳……」

我垂下臉，心裡梗塞難言，師傅，我也捨不得你，因為……我……喜歡你……

「玉兒……」他輕輕地將我攬入懷中，深深呼吸，每一次呼吸都顯得那麼艱難，像是扯痛了他的心，讓他痛苦萬般。

「我捨不得妳……真的……捨不得妳……」他將我的身體擁緊，在我的頭頂輕輕摩挲。「要是妳還沒長大……該有多好……妳只屬於師傅一個人，而現在，妳要屬於整個天下了。玉兒，妳為什麼要長大……為什麼……」

「師傅……」我伸手緊緊抱住了他的身體，真的很捨不得。但是我知道，他的大限也快到了。

他若阻止我下山，我對不起的，會是巫月天下。

我若阻止他成仙，我對不起的，是他。

但是……

他在我心裡，比巫月天下更重要……

「鈴——鈴——」

今夜，師傅未眠，他上了後山的祭台，靜靜立於狐仙神像之下，面對無邊無垠起伏的雲海，金色的髮絲在月光中美得驚心動魄。

這一站，就是整整一夜。

我立在台階下，遠遠地注視著他的背影。師傅，你成仙後，可不能忘了我。

該來的，還是來了。

攝政王孤煌少司帶著滿朝文武在第二天上了狐仙山，來迎接我下山。

我跑回神廟內，因為，我想見天九君最後一面。

師傅依然慵懶嫵媚地側躺在地板上，金色的髮絲鋪滿華袍，赤裸的腳伸出華袍之下，那晶瑩剔透的腳白淨得讓男人也會心動。

師傅沒有露出任何挽留我的神情，沒有再次對我連聲說捨不得，我知道，昨晚在他的心裡，在狐仙神像前，他已經對我說了一晚。

而在臨走之前，他卻變得格外認真，對我細細叮囑，擔心我下山後的情劫。

我一直以為，師傅是我的情劫，卻沒想到，我的情劫會是在山下。也就是說……我下山後，又會愛上一個男人，而這個男人，會讓我陷入未知的劫難，這……才叫情劫。

「那麼……現在……」

師傅忽然朝我俯來，隨著他的靠近，他身上的清香也撲鼻而來，他嫵媚地瞇起細細長長的狐狸眼睛。

「師傅要在妳下山前，教妳最後一課……」他逼近的臉幾乎到了我的臉邊。

我的心跳在他魅惑的眼神中逐漸加速，師傅又想勾引我嗎？從十三歲起，他對我的騷擾，可謂是與日俱增。

「呼……」一口溫熱的氣輕輕地吹過我的頸項，瞬間，渾身產生一種特殊的輕盈，他的狐狸臉也變得模糊起來，空氣中只聽見他醉啞的聲音：「我就是要勾引妳……」

「嗡——」雙耳被嗡鳴佔據，再也聽不到任何聲音，只看見師傅俊美無瑕的臉在面前不斷地放大……放大……

師傅……

我真的喜歡你……

我真的……捨不得你……

一隻手輕輕按落我的肩膀，他的臉朝我的頸項俯來，如果注定我們無法在一起，我希望能和他，留下最後深刻的回憶……

他俯下身，輕輕咬住了我的頸項，軟舌舔過包含的所有區域，瞬間，融化了我全身的力量，我靠在了他柔軟的金髮之間，視線變得迷濛，可是這樣，真的可以嗎？

身體被輕輕按落，我躺在了地板上，面前，是師傅俊美無瑕的臉龐，我伸手撫上他的臉。

「師傅……」

他薄薄的唇在金色朦朧的月光中揚起，我情不自禁地撫上他的唇角，他微微側過臉，輕握我的手，沉浸地閉上雙眸，張開那水潤的雙唇，下一刻，就將我的手指含入他溫熱濕潤的唇中，柔軟的舌舔過我的手指，不斷地吮吸，讓我的靈魂像是快要脫離身體般緩緩飄起。

他的吮吻順著我的手指而下，衣袖滑落我的藕臂，他伸出舌一點一點舔落。我呆滯地望著他邪魅地舔過唇角，瞥眸看我。

「玉兒真是可愛，師傅一直想把玉兒吃到肚子裡，今天，終於可以了……」

我的臉瞬間炸紅，側開臉無法面對他狐媚迷人的眸光，因為只要看著他的眼睛，我的呼吸就會徹底停滯。

「玉兒……」他的吻落在我的頸項：「喜歡師傅嗎？」

「嗯……」我已經無法再掩藏心底的祕密，我很清楚，他一直都知道。他知道我喜歡他，我也知道他喜歡我，但是，他要成仙，我要下山，我們不能耽誤彼此……

他輕輕扣住我的下巴，讓我正對他的臉，我側開目光，依然無法直視他的雙眸。他的雙唇輕輕地落在我的唇上，我的呼吸立時凝滯，雙唇在他的唇下輕顫，他忽然重重含住我的唇，深深吻入。

一切，開始失控，我情不自禁地環住他的脖子，立刻回應他的深吻，他的舌長驅直入，帶著他唇內特殊的清香蜜液，甘甜而醉人，讓人欲罷不能。

他不停地吻我的唇、我的舌，輕輕攬住我的腰將我從地板上帶起，拉入他的懷中，他一點一點扯去我的衣結，衣衫在他的指尖開始打開，他的手立時滑入我的衣領內，修長的指尖掠過我的鎖骨，帶來一陣酥麻，我不禁在他的吻中輕吟。

他逐漸加深他的吻，帶著一絲燙意的手從我的鎖骨往下，隔著我的抹胸包裹住我，動作相當溫柔。

我的呼吸開始急促起來，深深吸入他口中的空氣，他吻上我的頸項，輕柔的啜吻像是一片片桃花輕輕落下。

他一手輕撫，一手托住我的後背，啜吻緩緩而下。

「嗯！」我立時抱緊了他的頸項，扯住了他纖細絲滑的金髮。他輕輕地啃咬、吮吻，直到我為他綻放。

他的手撫上我的肩膀，衣衫隨著他的手退落雙臂，落在臂彎，山風帶著涼意吹拂在我赤裸的肩膀上，他緊緊抱住我，像是要將自己埋入我胸口之間。我的呼吸越來越急促，無力地靠在他頭頂，呼吸吹拂起他金色的髮絲。

他大口大口地吮吻，猛地一扯，徹底扯開了我的抹胸，再次深深吻上。心跳亂得毫無章法，身體的躁熱也越來越無法阻擋。

我的手只有滑入他的衣領，撫上他的肌膚才能找到絲毫的慰藉，他的皮膚是那麼的光滑，如山間的泉水般，無法停留在掌心。

他的手順著我的身體緩緩撫下，撫過我的小腹，往深處而去，我全身立時繃緊。他的呼吸凝滯了一下，緩緩抬起臉，我第一次在他金色針尖般的瞳眸中看到熊熊燃燒的慾火。

「玉兒，放鬆。」他像是蠱惑般沙啞說道，然後再次吻上我的唇，我的手從他身上滑落，落在了他的衣帶上，情不自禁地扯開。

他的手指也開始緩緩地輕觸，施加誘惑，讓我的身體為他放鬆。

「嗯……嗯……」我難受地不安起來，他卻更是加快了速度，身體忽然壓上，我再次被他壓落地板上。

「師傅……」

「玉兒……」他的臉輕輕蹭過我：「師傅不想弄疼妳……」

他的手指猛地施力，我的呻吟立時溢出：「嗯……」

「玉兒……」他深深地注視我的臉：「妳真是可愛……」

他的手指緩緩離開，邪魅而嫵媚地笑了起來。

「玉兒果然甜美～～」

我的心跳瞬間凝滯，臉紅到自己也感覺到熱燙，我匆匆轉開臉，無法看他不著一縷的身體，那如玉般冰潔的身子上，綻放著兩朵粉紅迷人的桃花。

他金色的華袍從我的眼前墜落，我睜大了眼睛，心跳如擂鼓，他緩緩覆上我衣衫褪盡的身子，開始輕蹭，幾乎讓人銷魂。

忽然間，他滑入我的腿間，在我尚未反應時，他毫不猶豫地動作，登時，撕裂般的疼痛讓我全身緊繃，但因為他之前的愛撫讓這絲疼逐漸被酥麻覆蓋。

「玉兒……」他立刻吻上我的唇，再次與我的唇舌纏綿，雙手再度覆上，指尖帶著溫柔，緩解他為我帶來的那抹痛。

「我捨不得妳……」他在我的唇邊說，緩慢而輕柔的動作讓我大腦陣陣嗡鳴。

「我真的……捨不得妳……」下一刻，深深的撞擊像是靈魂快要被撞出身體。

「師傅……」我緊緊環抱住他：「我也是……」

「玉兒……玉兒……我的玉兒……」他開始在聲聲呼喚中律動，深深埋入我的頸項，急促的喘息吐在我的頸邊。

身體在律動中搖擺，最初的痛很快在一波又一波慾仙慾死的感覺中消失，取而代之的是有如身在雲端上的飄忽感。

當我們徹底融合的那一刻，一切也將在今天結束，我們的過去，我們的情，我們的愛，都會隨之結束……

今天，是我們在一起的最後一天，就讓我們徹底放縱自己的愛，讓我們只擁有彼此，我是他的，他是我的。

然後，他做他的仙，我做我的女皇，從此坐擁後宮，讓他只能在天上妒恨……

師傅……

我的天九君……

知道你愛我，我已心滿意足……

我們愛過，擁有過，已經足夠。從此，放下我，好好做你的神仙。

從此我們天人相隔……

不再……

想念……

後記

各位台灣的親們：

我很想念大家，謝謝你們對我的支持和對我的縱容。

一直想給所有支持我的親們寫一封信，謝謝台灣角川給了我這個機會。

從《八夫臨門》到現在，我一直在寫不同的題材，我知道這很冒險，也會讓一些親們不適應、不喜歡，但是支持我的親們始終對我說：「沒關係，妳想寫什麼就寫什麼，無論妳寫什麼，我們都會支持妳。」

這句話讓我一直很感動，這是對一個作者最大的寵愛與包容，這是一種難以言喻的愛。

這世上有各式各樣的愛，有親人之愛、友人之愛、情侶之愛，而這種愛，是超越了我們所有已認知的感情，這是一種對陌生人的愛。

我們素未謀面，或許有些親在簽書會上見過我，但也只是匆匆一面，我們從未一起好好談心，或是一起吃個冰淇淋，一起逛逛街，但是，我愛你們，你們也愛我。

在這封信中，我想感謝幫我一直打理臉書的怪咖，粉絲團的ＹＣ，還有幫大陸親們代購的楓，是你們在幫我與大家建立更深更廣的聯繫，我可以說這種愛是無私的嗎？

一直以來，我在寫一種大愛，我想，這就是大愛。大愛是無私的，是沒有性別、年齡、地域和距離的，你們是我最大的後宮，我也願為你們繼續打造屬於你們的後宮。

很久以前就想寫一個亦正亦邪的男主角，可以讓讀者罵得要死，又可以讓讀者愛得要死，這一次，在《凰的男臣》裡滿足了這個願望。

凰，顧名思義，是一位女皇。

從《孤月行》以來，很久沒有寫一位女皇了，總覺得那時沒有寫過癮，那時也沒走上NP這條路，所以心裡很捨不得《孤月行》裡那些可愛的男配角們，所以，這一次，我要給新的女皇一個後宮。

《凰的男臣》裡，巫心玉是一位皇女，因為沒有家族背景，從小被送上了巫月國的狐仙山，在神廟裡侍奉巫月國的守護神狐仙大人，其實，就是打掃神廟，幫神像擦拭乾淨。但是，沒有人想到，狐仙大人是真的存在的，他默默注視著這個從小被送上山的女孩，而這個女孩兒更讓他驚訝，因為這個女孩兒看得見他。

他成了她的師傅，傳授她文韜武略、治國之道，讓她成為曠世奇才。他更愛惜她的容貌，用各種仙丹讓她變成讓男人一眼記不住，卻能深深紮入他們心底的女人。

在巫心玉跟隨狐仙大人學習的十幾年裡，山下也發生了翻天覆地的變化。巫月出了一位絕世美男子孤煌少司，他入朝為官，更是深得女皇之心，被封為巫月國史上第一位男性的攝政王，可是就在他成為攝政王之後，女皇接連死去，到最後，竟然只剩下巫心玉這一位繼承者了。

狐仙大人告訴巫心玉：「妳該下山了。」

巫心玉縱然有無數不捨，但她身為巫月皇女，肩上必須擔起除妖男、振興巫月的責任。

而她和他的羈絆也就此開始。

那個讓巫心玉又愛又恨的男人，到底是不是孤煌少司？我是不會告訴大家的，大家自己去體會。

在網路連載時，這個男人成為了本書最大的爭議，恨他的人很多，愛他護他的人也很多，最終他的結局、他的身分，只有看到這個故事的最後一個字，才會知曉。

希望大家喜歡我為大家帶來的新故事——《凰的男臣》。

張廉2015/9/6

定價
NT$240
HK$75

樓蘭古國穿越取材行，遭遇帥氣又煞氣的樓蘭王×10!?

十王一妃 1~6（完）

張廉◎著 Chiya◎插畫

襲捲異世界的人魔大戰一觸即發，
她是否能得償所願，平安抱得美男歸？

好不容易盼得人王齊心，安羽卻為了保護那瀾而瀕臨死亡!?眾人束手無策，那瀾卻在此時提出尋找神王拯救安羽的想法！然而神王可說是神龍見首不見尾，她真的能順利找到神王嗎？面對魔族大軍，他們又是否能發現突破口？高潮迭起的樓蘭古國浪漫冒險譚最終卷！

定價
NT$240
HK$75

角川華文輕小說大賞
Girl's Side 銅賞得獎作品
如秋日暖陽般
和煦的柔情小品！

承載思念的蒲公英

瀾霜◎著　Chiya◎插畫

如果送抵了這封從未寄出的信，是不是，一切就會有所不同……？

不願讓已故主人深埋已久的心意成為遺憾，魔偶少女蒲公英決定和黑貓妖卡拉，將一封未寄出的泛黃舊信件送到收件人手上。只是外面的世界太過耀眼，卻也太過危險，逼得卡拉不僅得絞盡腦汁，還必須犧牲色相出賣肉球和暖呼呼的貓肚!? 一偶一貓是否能順利達成任務呢？

Kadokawa Fantastic Novels DX
台灣角川華文新視野

定價
NT$220
HK$60

華文小說新天后——
張廉穿越系追愛力作！

黯鄉魂 1~6（完）

張廉◎著　Ai×Kira◎插畫

執子之手，
共譜幸福詩篇——

　　出人意料的國主未婚妻挑戰賽開始了，面對一心袒護愛徒青煙的狡猾冥聖，非雪將面臨前所未見的驚人危機！為了完成柳月華的心願，非雪執意重返蒼泯，卻想不到竟然出現真假雲非雪對簿公堂？環環相扣的陰謀與恩怨該如何解決？精采大結局不容錯過！

Kadokawa Fantastic Novels DX
台灣角川華文新視野

國家圖書館出版品預行編目資料

凰的男臣 / 張廉作. -- 初版. -- 臺北市 : 臺灣角川, 2015.11-

冊 ; 公分. -- (Kadokawa fantastic novels DX)

ISBN 978-986-366-790-2(第1冊 : 平裝)

857.7 104019773

Kadokawa Fantastic Novels DX

凰的男臣 1
妖男禍國

2015年11月13日　初版第1刷發行

作　　者：張廉
插　　畫：Ai×Kira

發 行 人：加藤寬之
總 編 輯：蔡佩芬
主　　編：陳正益
責任編輯：林秀儒
資深設計指導：黃珮君
美術設計：宋芳茹
印　　務：李明修（主任）、張加恩、黎宇凡、潘尚琪

發 行 所：台灣角川股份有限公司
地　　址：105台北市光復北路11巷44號5樓
電　　話：（02）2747-2433
傳　　真：（02）2747-2558
網　　址：http://www.kadokawa.com.tw
劃撥帳戶：台灣角川股份有限公司
劃撥帳號：19487412
法律顧問：寶瀛法律事務所
製　　版：尚騰印刷事業有限公司
ＩＳＢＮ：978-986-366-790-2

香港代理：香港角川有限公司
地　　址：香港新界葵涌興芳路223號新都會廣場第2座17樓　1701-02A室
電　　話：（852）3653-2888